U0579642

国家社科基金一般项目"东南亚裔美国小说研究"（批准号：14BWW060）成果

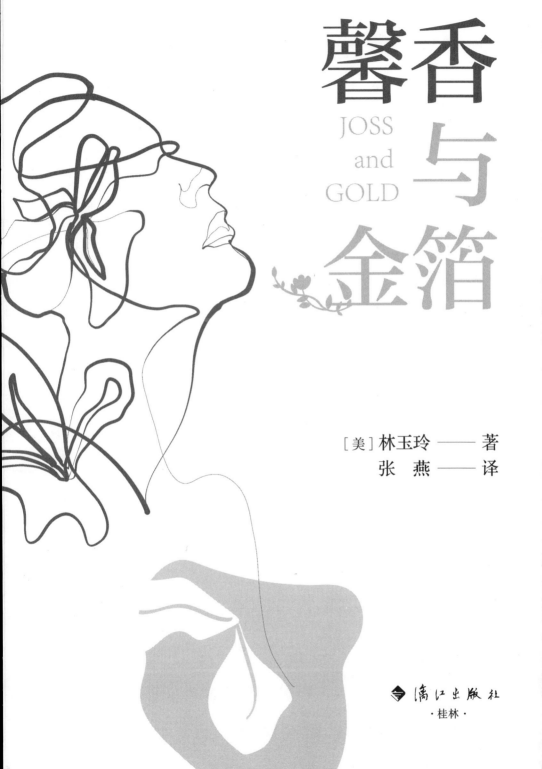

馨香与金箔

JOSS
and
GOLD

［美］林玉玲——著

张　燕——译

漓江出版社
·桂林·

Shirley Geok-lin Lim: Joss and Gold

Copyright © 2001 Shirley Geok-lin Lim

Afterword copyright © 2001 Leong Liew Geok

Translation copyright © 2021 by Lijiang Publishing Limited

All rights reserved.

桂图登字：20-2017-105

图书在版编目（CIP）数据

馨香与金箔/（美）林玉玲著；张燕译．——桂林：
漓江出版社，2021.6

ISBN 978-7-5407-8938-1

Ⅰ.①馨⋯ Ⅱ.①林⋯②张⋯ Ⅲ.①长篇小说－美
国－现代 Ⅳ.①I712.45

中国版本图书馆CIP数据核字（2020）第213339号

XINXIANG YU JINBO
馨香与金箔

［美］林玉玲　著

张燕　译

出版人：刘迪才

策划编辑：沈东子

责任编辑：辛丽芳

书籍设计：曾意

责任监印：张璐

出版发行：漓江出版社有限公司

社址：广西桂林市南环路22号　邮编：541002

发行电话：010-65699511　0773-2583322

传真：010-85891290　0773-2582200

邮购热线：0773-2582200

电子信箱：ljcbs@163.com　微信公众号：lijiangpress

印制：北京中科印刷有限公司

［北京市通州区宋庄工业区1号楼101号　邮编：101118］

开本：690mm×960mm　1/16

印张：19.5　字数：242千字

版次：2021年6月第1版　印次：2021年6月第1次印刷

书号：ISBN 978-7-5407-8938-1

定价：54.00元

漓江版图书：版权所有，侵权必究

漓江版图书：如有印装问题，可随时与工厂调换

目录 Contents

第一部分
跨越

吉隆坡 / 八打灵再也

1968—1969

第二部分

盘旋

纽约，韦斯切斯特

1980

第三部分

落地

新加坡

1981

第一部分

跨越

吉隆坡／八打灵再也①

1968—1969

---

① 八打灵再也，吉隆坡最早的卫星城。（本书脚注均为译注）

第一章

    利安赶着按时去上她的第二节课。文科新生六月份才到校，作为新老师，她在学生面前总有点怯生生的。一名庞大且黝黑的锡兰①学生，戈麦斯，在他们第一次碰面时看着她的神态好像在说，相信她和他一样不能理解济慈的《忧郁颂》。他傲慢的盯视让她拿不准一开学就讲授诗歌的决定，她斟酌是否应该挑选批评实践作品集里较容易些的篇章，让每个一年级的新生都可以阅读。虽然是一时冲动选择了《忧郁颂》，但向班上的同学讲这首诗时的神情透露出她其实是认真备了课的。选择讲这首诗是她犯的第一个错误，现在又迟到则是第二个错误。

    亨利一大早就开车走了。他起床总是很早，七点之前就到了生物实验室。利安在和亨利结婚后仍坚持骑摩托车。她骑着125cc②的本田摩托车行驶在联邦公路上，任凭大风刮着脸。本田摩托车虽然不及诺顿和铃木摩托车以及高速行驶的计程车，但也能载着她跑得足够快。

    六名学生在一个狭小的会议室里等着她——四个女孩、戈麦斯，还有一个选错了课程、脸色苍白、姓黄的华裔男生。黄同学听课听不明白的时候，不会用言辞表达出来，只会咯咯地傻笑。利安建议他改听其他课，他却不肯。他听说教地理课的老师都因给学生不及格而臭名昭著，他指望利安能对他宽容些。

---

① 斯里兰卡民主社会主义共和国，旧称锡兰。
② 摩托车125cc代表的是该车的发动机排量为125毫升。

才一小时刚过几分钟，学生们都责备地看着她，好像她偷了他们什么东西似的。今天早上，她准备了大卫·赫伯特·劳伦斯的小说《儿子与情人》中的一个篇章。她大声地朗读，品味着字母音咝咝声的流溢，好像嘴里吃着调过味的鹰嘴豆。她不顾角落里传来的咯咯笑声和戈麦斯的瞪视，愈加鲁莽地说："你们看，劳伦斯认为身体的吸引力，性，是强大的力量。"学生们不敢做任何评论。

华裔女孩们都垂下眼睑。漂亮的欧亚混血莎莉目不转睛地听课。马来西亚的米娜，父亲在农业部工作，她说过想当演员。利安知道她崇拜自己，她这时却保持沉默，看上去并不信服。

一小时后，利安一动不动地坐在空荡荡的教室里。难道她想要的就是英语单词和顽固心灵的搏斗吗？

就在去年，利安准备考试，她对英国文学百看不厌。图书馆挤满了学生——好像有上百的学生在借阅处排队等候——空调风吹着很冷，每个人都穿着毛衣和开襟羊毛衫。她坐在楼上，读着利维斯[①]的《细绎》过刊，抄写隽永的语句，间或脱掉毛衣，顶着炎炎烈日跑去教师休息室后面，买热乎乎的、薄薄的咖喱松饼，接连抽了两根烟。所有的英语教师都显得富有魅力和才华横溢，甚至连肥胖的梅森也是如此。简·奥斯丁的小说让利安惊叹不已，她的小说都是社会喜剧，毫无例外地以文明的婚姻为圆满结局。

那一年亨利对她非常好。有一天下午，利安在图书馆看书，长时间的大量阅读，加上废寝忘食，她昏厥了。亨利开车把她送回公寓。那天晚上，他带着用特制的绿色盒子包装的几盒品牌鸡精和一瓶科隆香水来

---

① 利维斯，英国文学批评家。1936 至 1962 年任剑桥大学唐宁学院研究员，历任英国一些大学客座教授、美国艺术和科学学会名誉会员、《细绎》（Scrutiny）评论季刊（1932—1953）主要创办人和编辑。

看她。他是念化学的研究生，他的父亲拥有橡胶园，在昔加末①还有一个砖厂、汽车运输公司，在不同的城市还有许多房产，包括八打灵再也的几处。亨利是长子，在吉隆坡和继母住在一起，同时在那里的大学念书。

"你不要太认真！"利安开始和亨利约会时，吉娜说，"他是华人！你喜欢他什么呢？"

"那个男人有很多钱。"艾伦嘲笑道，"她现在已经不去大排档了，只去有空调的咖啡店。"

"亨利啊，亨利，给我买一枚钻戒，像鸽子蛋那么大的钻戒。"吉娜怀疑地故意用真假嗓音交替着唱道。

她们互相打闹，尖叫着，谈笑着。

利安当然不是认真的。她率性而为，一天要抽一包烟，她那本不多的奖学金余下的就是供养二手本田摩托车。她的三条李维斯牛仔裤几乎就没洗过。

她念念不忘的是期终考试期间亨利对她的爱。她感觉他俩像在两个不同的星球上。

在图书馆里她是沉默的，但是沉默里充满了她在仔细倾听的、隐伏的、摄人心魄的语言世界里的对话。成为英语专业的学生在这个世上有着最值得羡慕的地位。她相信所有的人都妒羡她。

在图书馆外面，她朝着印度朋友拉贾、马尼和帕鲁咧嘴笑了笑，穿着肮脏的蓝色牛仔裤的腿跨过本田摩托车，扭动油门，直到发动机发出轰隆隆的轰鸣声。她像趾高气扬的古惑仔骑着摩托车弯腰伏在车把手上。她高速驾驶着摩托车穿越吉隆坡和八打灵再也，无论她冲进讲堂的大教室有多晚，那些印度的学生都会给她留个座位。

①　昔加末是马来西亚柔佛州西北端一县。

但是后来，利安坐上了亨利的白色奔驰车，在去他继母家吃晚餐的路上，她害怕地想象着他的父亲。他父亲，叶先生，四十多岁，矮胖，用大而粗鲁的嗓音说着福建话。他穿的无袖纤维汗衫都遮掩不住他肥硕的胸肌。他的头发理得很短，如果你不知道他是谁，就会很容易把他误认为是海南的肉贩。她曾经见过长得像他那样的肉贩，汗毛竖立在他们血迹斑斑的汗衫里，站在湿漉漉的市场里鲜血淋漓的木头架柱后，手上拿着切肉刀，看上去就像挂在他们旁边巨大的挂钩上的那些没有削皮的猪腰腿肉。他们四周散发着油腥的气味，还有猪油年糕的香味，她把他们想象成行刑前麻木不仁的刽子手。

继母叶太太穿着昂贵的蕾丝上衣和从伦敦进口的裙子。她仔细地打量着利安。

利安说："您好，伯母。"她扭动着穿旧了的 Bata①凉鞋里的脚趾，希望下午吃的咖喱松饼的污迹没有显现在她的牛仔裤上。

利安怀疑伯母大概能透过她的棉 T 恤看到褪色的胸罩带子。伯母是独具眼力的女性，能够立刻看出手指甲哪里裂开了，哪里还没有锉过。每次她看利安的时候，眼光都停留在她衣服脱散的线头上、松散的纽扣上。

伯母和利安的母亲完全不同。利安三岁的时候，父亲去世，一年后母亲改嫁。接着母亲忙着生孩子，似乎没有时间瞧她一眼。利安的继父，韩思春，是橡胶贸易商，每年都要有几周的时间待在国内的种植园。继父自从和母亲结婚就完全控制了她，母亲忙于生孩子、整理房间、做饭，还要对他的家庭尽职尽责，照料他吵闹、跋扈的姐妹和病弱但依然在世的父母。母亲是她第二个丈夫的好妻子，至今没人谈论过利安的父亲，利安感觉他好像从没存在过。她的大哥 17 岁时逃到沙捞越②，很少给家里写信。

① Bata，源自捷克的鞋业集团，创建于 1894 年，在全球拥有 61 家制造厂商。
② 马来西亚东部的一个州。

而她，获得吉隆坡大学的奖学金后，对自己说，终于可以逃离槟榔屿①和比孤儿院更让人觉得悲哀的那个家了。在孤儿院至少可以为自己难过。她的母亲不允许怜悯，利安所有关于英国小孩的书都是禁止怜悯的，取而代之的是想象中的冒险活动，飞翔、探险和征服。她的童年时代没有感伤。

利安惊讶地意识到伯母的评判很重要，实际上是期望得到她的认可。伯母女王似的，将头昂得很高，看来好像很满意亨利找到一位像她那样平凡而新派的大学生。

她认为像伯母那样的人没有必要看书。她们的生活很简单。她们所有的时间都是占得满满的，她们不需要向前冲，因为她们已经抵达目的地。她们的生活稳定而平静。

这样的女人看到的都是细节。细节对她们来说很重要。伯母告诉利安她如何挑选蜜桃色的毛毯来配床单、卧室的窗帘和墙壁。她向利安展示她的毛毯，毛毯还仍然用透明塑料袋密封着。

"真好看！"利安抚摸着塑料袋，掩饰自己的不耐烦。

伯母很满意，向利安炫耀她那红褐色翡翠雕刻的观音菩萨，那是上个月从香港买的。她抚摸着玉观音上温润的发线，愉快而缓慢地说："很划算。"

利安试着记住翡翠上清澈的纹理，金色透过抛光的棕红色条纹，像流淌的火焰。她想如果有一天成为像伯母那般年纪、充满信心的女性，就能测出自己对世上宝石之类的东西知晓多少了，这是她所学的第一课。

她们吃浸泡在酒里的黑色庞大的蘑菇、冰凉的鲍鱼、纸包的鸡肉、油炸大虾配小白菜，还有加了咖喱的猪肉。利安吃得很少，但是穿的牛仔裤还是绷紧了，感觉不舒服。亨利每晚都这样吃吗？食物很可口，只是量大

---

① 马来西亚西北部的一个小岛。

了，便觉着可憎，各种口味不相调和，难以消化。

伯母吩咐用人把菜端进来，叶先生默默地吃着几道大份的肉和蔬菜，亨利谈起福斯特教授做的含羞草实验。

"你们知道吗？只要触到含羞草，它的叶子就会收拢。福斯特正在研究和估量含羞草的触觉位于细胞的哪个位置，以及敏感程度——为什么风吹的时候，含羞草的叶子不会合拢，却对人的呼吸有反应呢？如果有触发阈值，触发物就是天生遗传而来的。"

亨利很专注地说着，根本没留心吃的东西，他咀嚼着他继母放在他盘子里的所有食物。

"我正在考虑转到生物化学。福斯特是遗传学家，他想让我转变研究方向。"

利安说："为什么不呢？几乎就是诗，就是凤仙花，对吗？我更喜欢含羞草这个名字。含羞草这个名字听起来像欧洲的花，外来的品种。我们年幼时，经常把玩凤仙花好几个小时。"她还记得枝条上娇弱的叶子以及粉紫色球形的花。那是常见的杂草，在她的家乡槟榔屿荒地上长得很繁茂，带有令人不快的棘刺。

亨利感觉有点尴尬，但仍笑着说："我不大清楚什么是诗，但是福斯特教授的工作很具吸引力。生物遗传学是世上真正的科学。所有振奋人心的发现都在那儿等待被挖掘。"

他一点都不理解利安说的是什么。他辩解道："语言比其他的东西更让人困扰。我不擅长语言，它会给像我这样的人带来困惑。但是语言也会给像你这样善于言辞的人惹麻烦。"

他没有告诉利安，他知道因为显得腼腆，不会表达自己的看法，大部分人都觉得他无趣；而因为利安常常表露感触，都认为她任性。他相信自己了解她。她实际上很害羞，是用言语来掩饰局促不安，而他是用沉默来隐藏羞怯。

　　那天她晕倒在图书馆，亨利把她扶起来，她看起来弱不禁风、营养不良。当天晚上，他到公寓来时，她已恢复了，有些自以为是，很健谈。她满脑子的鬼主意、侃侃而谈和舌灿莲花让他倾倒。他疑心她装腔作势，但即使没有把她的话当真，他还是觉得快乐。

　　今天晚上利安又开始取悦他了，大谈他们不同专业研究的相似之处。"你那是世上真正的科学研究！这同我看文学不谋而合！"

　　亨利大为赞叹利安的满腔热情，追逐着一点一滴的兴奋劲儿。

　　"文学做的事情就是关联事物，关联甚至最不相似的事物。例如多恩[①]和玄学派诗人[②]。多恩把性和跳蚤叮咬、爱情和圆规联系在一起。这也是我们在生活中做的事情，与他人紧紧相连。"

　　亨利瞥了眼父亲。阿爸[③]通常只说福建话和马来语，但也懂英语，必要时，也能说。他拿不准阿爸是否理解利安的话，他但愿她不要提及性，是不可能指望守旧的华人能懂得那种话的。

　　继母打断他们的谈话："你们要吃点水果吗？有澳洲的李子。"

　　亨利看了看继母，注意她的表情，观察她对利安的话的反应。她正专心地把盘子挪到桌子的一边。

　　亨利舒了一口气，放心地继续吃着蘑菇。他知道阿爸不会理会家务事。亲戚们都期待父亲要求他，家里的长子，继承家族的事业，然而事情

---

①　约翰·多恩是英国詹姆斯一世时期的玄学派诗人，他的作品包括十四行诗、爱情诗、宗教诗、拉丁译本、隽语、挽歌和歌词等，代表作有《日出》《歌谣与十四行诗》《神圣十四行诗》《给圣父的赞美诗》等。

②　玄学派诗人，指英国17世纪以约翰·多恩为首的一派诗人。他们并不是一个有组织的文学团体，只在诗歌风格上有共同点。首先用"玄学派"这名词的是17世纪英国诗人、批评家德莱顿，他指出约翰·多恩这一派诗人太学究气，他们用哲学辩论和说理的方式写抒情诗，用词怪僻晦涩，韵律不流畅。18世纪英国批评家塞缪尔·约翰逊进一步分析了这一派的特点，指出"玄学派诗人都是学者"，他们的"才趣"在诗歌中的表现是"把截然不同的意象结合在一起，从外表绝不相似的事物中发现隐藏着的相似点""把最不伦不类的思想概念勉强地束缚在一起"。

③　阿爸，原文 Ah Pah，闽南语。

完全不是那样。他在学校学习成绩很好，阿爸容许他继续学业，从来没有和他谈过对将来的打算。他的兄弟们都还在上中学，只有马克，看来好像热衷生意，指望在父亲的公司里做事。

亨利只对科学感兴趣。很小的时候，就对材料的性能着迷。材料和其他的元素结合时，如何改变性能呢？反应如何度量和预知呢？就这样整个世界都被亨利看成是度量和反应的材料，任何人只需要仔细观察现象，认识和预计自然界是如何运行。继母的沉着和专注预示着父亲对利安是满意的。

亨利的朋友中没人和他谈起过利安。他们都在努力早日硕士毕业，然后拿到欧洲或美国大学的奖学金继续攻读博士学位。他的有些朋友吐露，孤独一人在异国他乡生活会很不容易，所以打算先结婚再出国。他们的女朋友都是护士或小学老师，不仅对烹饪很在行，而且总是面带微笑。

他之前从没谈过恋爱。他太羞涩，那些与理科学生约会的女孩都是腼腆极普通的类型，所以他从没尝试过约会。

利安则不同。她喜欢高谈阔论，语速很快，让他觉得有些尴尬。她喜欢像男生一样骑上摩托车游荡。她的紧身牛仔裤凸显出大腿和小腿的轮廓，再加上吸烟，让她在人群中很惹眼。男人们会立刻把她识别出来作为取笑的对象。她像西方的女孩，放肆、招摇、不顾忌名声。

他喜欢她充溢着思想的生动圆脸，但是想要娶她的原因是她的身体让他着迷。夜晚他亲吻着她道晚安，嘴里充盈着她的气息，他真想吞下她。她穿着男人的衣服，仍显得柔软窈窕。每次他拥着她，都会颤抖，渴望是如此强烈。

那天晚上，他们开车来到湖滨公园，把车停在高高的非洲郁金香树下。他关掉车灯，长时间在模糊的黑暗中沉默不语，呼吸着潮湿的凉凉的空气。

利安蜷缩在车的角落里，看着窗外，黑暗缓慢地挪出了她的视线。昏暗的辉光来自点缀着星星的夜空，一轮弦月的光洒在几近镰刀的原野上，细长的芦苇遮掩住暗淡的水洼。

亨利感觉胸部有一种很疼的压迫感，他扭动了下身体，想缓解这种疼痛。他有些气恼，利安离他这么近，但好像很冷淡，她的轮廓浸润在沉思中，他担心她的世界中没有他。

他胸腔中充满着妒忌的刺痛和占有她、打动她、让她心里只有他的欲望，他想这一定是恋爱中的男人的感觉。他用颤抖的声音问她："考完试你想做什么呢？"

利安大笑起来，似乎在戏弄他："做什么？这要看考试的结果。如果我考得好，就能获得奖学金，然后去美国。"

"美国？为什么是美国？"亨利重复着"美国"这个词，屏住了呼吸。他从没想过利安会离开——离开吉隆坡，离开这所大学，离开他。况且之前，他们还从没谈过她的计划。

"为什么不能是美国？难道那里不是什么事都可能发生吗？这里太乏味了。没有什么会发生改变。没人在做有意思的事，没人写诗，没人绘画，没人唱歌，没人到处走动。所以为什么不能去美国呢？"

"你像小孩一样！"他很高兴怒气填满了他，舒缓了胸腔里的疼痛。是的，她孩子气十足，已经是女人了，却把自己装扮得像个男生，抱怨无聊，骑着摩托车闲逛，好像这样就能把无聊感驱散。

"这里各种各样的事情都会发生。这是我们坚信自己的时候。我们是有头脑的人，会成为国家最重要的人物。国家才独立 11 个年头，你怎么能期待会有诗和艺术呢？这像科学，每天都要做实验，然后有一天会发现别人找不到的真理。马来西亚就如同实验。去美国是很自私的行为。"

她从来没想过她的生命属于一个团体，而不是属于她自己。她第一次看到亨利气恼。他惯常客观而且宽容大量，像和蔼的老师。

"你真的相信这里会发生什么？"

"发生？为什么你总是要求什么要发生？兴许发生了你终归会不喜欢。"

利安大声抱怨道："但是这里什么变化都没有！所有人都那么无趣。女孩们只聊男生，顾虑她们的发型和服装打扮，老师们讲课单调乏味。我不想像黛妃太太那样一辈子都待在某个小镇上教书，她都六十多岁了，年年教同样的历史课，逐渐苍老，陷入乏味的生活。"

他不能再忍受下去了："我很无趣吗？"他的恼怒消散，手臂变得无力。他已不能抬手去触摸她。

他明白自己确实无趣。他身材矮小，脸色苍白，长相普通，丝毫不引人注目。即使他事业成功，利安那样的女生对像他这样的男人也会不在乎的。

"亨利，原谅我吧。"

她伸出双臂搂住他，搂紧他好像在宽慰孩子一般。他喜欢她搂紧他双臂的力度。

她把头靠在他胸前，抚摸着他。他对这个举动感到紧张。

"我并不是指你。你一点都不乏味。你在遗传学方面做的工作非同寻常。你做的事情很重要，所以我羡慕你。你清楚自己想去的地方，清楚自己属于什么地方。我真希望自己是男人，是科学家。这里就会有属于我的地方。我希望能成为医生，学会医治热带疾病。或者我还希望像你那样研究热带植物。但是我所擅长的只是英语。在马来西亚我能做的和英语有关的事情只有教书。"

他没料到她的脸会和他靠得那么近。他把脸贴近她的脸，说："嫁给我吧，和我结婚，和我在一起，你用不着去教书。我会偿还你的政府公债，你不用被逼回到你的小镇。如果你不想工作，你就可以不去工作。"

　　她的身体颤抖着，好像他在冒犯她一般。她的呼吸像温暖的和风拂过他的耳，他闭上眼睛。他的肺被忧郁堵塞，他感到危机，几乎说不出话来。

　　他并不想说这些。他们九月份才相识，仅三个月。他并不满意她。她的名声，也并不是坏得像荡妇，她的名声依旧是——大胆和奔放。

　　利安没有松开他："噢，亨利，你知道我多么穷吗？我一无所有。我的父亲已去世，母亲再婚，继父的家里容不下我。哥哥在沙捞越，已有孩子，没时间顾及我。我所拥有的只是大学学位。"

　　她松开双臂，挪开身体，靠到她座位的一角。她的声音强劲，好像又在嘲弄他。

　　他有些慌乱，她是同意还是说不同意呢？

　　"我不在意。我有钱。我的祖母给我留下一大笔遗产。"他闭上嘴，想这话是不是听起来像是在试图打动她。

　　他说这话时，有些难为情。这并不是他想告诉她的。他希望她并不是为了他的钱而嫁给他。

　　"利安，你可以写作。我会让你写作。你说过是该让马来西亚人写他们自己的时候了。你不可能在美国写马来西亚。"

　　他想告诉她，他爱她，但是他太羞怯了。

　　她希望他没有说这些。他开始问她时，她正开心地看着向她鞠躬的弦月和耷拉下垂的黑色枝条，琢磨着晚上出来活动的动物看到的树更多是黑色而不是绿色。

　　亨利的身体在颤抖，她想她明白亨利想要什么。如果他坚持，她是情愿的。她不同寻常，他会满怀感激，他不会伤害她。

　　他伸出双臂搂住她，脑袋倚着她的头发。他像一个小男孩，默默地请求她的注意。

　　残缺的月亮是静美的，发光的一动不动的实体在宇宙中难以企及。

　　她想，它像我。无人能了解我。她被自己孤独的能量吓到了。对自己的怜惜打败了她，她抬起头亲吻他。

　　他们三月份举行了婚礼，随后，利安得到了英语系助教的职位。亨利最终不需要为利安偿还政府公债。她仍旧教书，但，是在这里的大学。

第二章

看到利安嫁得好，韩太太放下心来。她没有提出要延迟婚礼。她只身来到新加坡参加婚礼，她的丈夫除了把继女看作她放纵的青春的不速之客外，很早就不再注意继女的存在。亨利的母亲安排婚宴的一切，这是传统和现代相结合的喜筵，其中最重要的仪式，茶艺，在她家里进行。

通向东陵路大片的杂乱无章的平房外面，入口处粉色的夹竹桃灌木丛生长茂盛，通畅的小道旁一棵高大的木麻黄树蔓生着长长的针刺的枝条。亨利以前的卧室给了利安，亨利睡在弟弟马克的房间。叶太太[①]表示出最大限度的敬意，把利安的母亲安排在她婆婆睡过的那个最大的卧室。婚礼之后，韩太太独自一人乘火车回到槟榔屿。利安和亨利在香格里拉饭店住了几天后，回到叶先生为他们在八打灵再也利安教课的大学附近买的新房子里。

利安深感亨利的母亲和她的母亲以及继母叶太太有多么不同。虽然叶太太是华人，但穿着纱笼卡芭雅[②]，嘴里念叨的是马来语。不同于继母叶太太，亨利的母亲不会说英语。她宽松衣裙里的丰满身体给人的印象是像

---

① 叶太太指亨利的母亲，若指继母，则用"继母叶太太"。

② 卡芭雅是赫赫有名的娘惹服饰。它是在轻薄简便的马来服饰传统基础上，加上中国传统的花边修饰，再改成西洋风格的低胸衬衫，穿戴时无带无扣，仅以三枚胸针将衣服对襟扣住，给人一种既清新又华贵的感觉，尽显精致与奢华。服装颜色，不仅有中国传统的大红及粉红，也有马来人的吉祥色土耳其绿。服装上点缀装饰的图案，则常常是中国传统的花鸟鱼虫、龙凤呈祥。随着服饰的不断发展，不仅运用中国传统的手绣和镂空法，而且从欧洲引来英、荷衣服的蕾丝缀在长衫上，剪裁充分显示腰身，再配上峇迪沙笼裙，使姑娘少妇愈加娇媚婀娜，同时显得贤淑，丝毫不张扬。见陈恒汉：《从峇峇娘惹看南洋的文化碰撞与融合》，载《沈阳师范大学学报（社会科学版）》，2011年第3期，104-108页。（娘惹：华人在南洋定居，娶了当地的马来女子生下的后代，男孩称为峇峇，女孩称为娘惹，主要分布在今天的新加坡、马来西亚、印尼等地。）

填塞过多的枕头，而继母叶太太苗条的身体，好像是经过了严密的束缚。利安的母亲穿着西方服饰，系着腰带，显得有些过时。她处在叶氏家族圈子的外围，保持着微笑和沉默。

叶太太似乎能在同一时间瞅十样东西，好像世界是物与人混沌的一团。她任何事情都依靠阿嬷①。一整天听到的都是她的呼喊："阿嬷，阿嬷！我的钱包在哪里？阿嬷，你准备了饺子吗？你洗了亨利的衣服没？请给我拿些菊花茶——我太累了，觉得身体有些不舒服。"

然而她没有料到利安会注意她，除了同时和身边的所有人讲话外，她停下来的时候仅仅是和进到房间里的陌生人打招呼。利安的母亲显得很高兴倾听叶太太讲话，赞同她无论用什么语言发出的轻柔的建议。

房间里尽是来拜访的叔母和堂兄堂姊。然而，叶先生和第二任叶太太待在附近朋友的家里。利安很惊奇第一任叶太太和第二任叶太太相处得很好。她们用闽南语相互称呼"姐姐""妹妹"。当她前夫和第二任叶太太进门时，她会坚持亲自端上饮料。

利安想，这真的很奇怪，前夫是疏远的访客，却欢迎他的情人——尽管中国人称她为第二任妻子——到她家里。利安仔细观察叶太太，想要找出隐藏的妒忌和怨恨，然而叶太太跟第二任叶太太说着关于婚礼的令人愉快的意见，露出她世俗的微笑，好像确实在取悦所有人，包括第二任叶太太和利安的母亲。

举行婚礼的那个早晨，叶太太和她的前夫坐在客厅沉重的紫檀木座椅上。利安穿着在乌节路②的一家精品店买到的紧身短装红衣，跪着把茶倒到小瓷碗里，端给公婆。叶先生表情冷漠，亨利跪着用双手端茶给他时，他的眼睛才亮起来，点了点头。

---

① 阿嬷，原文 amah，指东亚或南亚国家的女佣、保姆或奶妈。

② 新加坡最出名的购物街道。

前一天晚上，利安的母亲悄悄对她说因为独自一个人来参加婚礼，她不想在仪式上喝端给她的茶。但是，当叶太太搀扶她坐在岳母的座位上时，尽管排斥对她表示的尊重，她还是微笑着啜了口亨利和利安端给她的茶。当叶太太一直冲着利安、亨利、马克和京——她最小的儿子微笑时，利安注意到伯母——继母叶太太站在云集的宾客后面，昂着头，挺直身子，蹙额闷闷不乐地看着这个情景。

参加婚礼的人开奔驰前往登记结婚的市中心办公室。利安穿着泡泡袖的白色蕾丝长裙，戴着白色绸缎做的花点缀的头饰和面纱，像性感的帷幔，这是伯母在吉隆坡的罗宾逊购物中心买给她的。她带着利安试穿，然后把长裙带到了新加坡。

登记结婚仪式上，伯母站在叶先生旁边，而两个小儿子则陪伴着叶太太。利安有一会儿注意到伯母代替了母亲，母亲留下来和客人待在一起，在混乱中催促她按时登记结婚。利安磨蹭时，她的母亲催促她和叶氏家庭一起开车前往市政大厅，"快去，快去，和你的丈夫、你的家人一起去。"

利安说"我愿意"时，这奇怪的话从嘴里说出来，她感到一阵突如其来的悲痛，好像正在放弃极其珍贵的东西或者接受了并不想要的一辈子的责任。

亨利给了利安一个灿烂的笑容，但是利安低下头，凝视着别致的蕾丝花边，蕾丝在耀眼的灯光下熠熠发光，像银色的金属。长裙让她看上去像照相馆贴在墙上做广告的照片上的新娘。面纱让她的额头发痒，她只得克制自己不去乱抓。长裙很紧身，当她想弯下腰叹口气时，长拉链硬杆般抵着她的背，迫使她一动也不能动。

坏心情消散了。结婚宴会上，鱼翅汤、蟹卷、烤螃蟹，以及其他近二十道菜都端上来了。

利安和六位叶氏家族成员坐在一起，她自己也是叶氏的一员了。她拨弄着螃蟹，那螃蟹像只鸽子，它娇嫩的蘸有酱油的翅膀折在蓬起的胸上。铺着白色台布的餐桌上，到处扔的是纤细的翅膀骨头。她无法吃东西。四十张桌子，四百位客人咬牙咀嚼的声音震动着她的耳膜。她臆想着听到尖利的牙齿咬着飞行中可爱的蓝棕色鸟儿娇弱肢体的嘎吱嘎吱声。

她又穿上整洁的红衣裳。她在桌布下轻轻地揉着肚子，舒缓恶心感。

她想和艾伦、吉娜坐在一起，但这当然是不可能的。婚礼是家庭事务。她小心地四处张望，想要找到她们。

因为她们一起做几乎任何事情，在大学里被称为三剑客。如果她不是单独一个人的时候，就一定是和艾伦、吉娜待在一起。她们的宿舍在同一层楼。早上约着一起吃早餐；晚上约着一起淋浴；手挽手，说笑着一起去图书馆看书。她们听课的时候才会分开。艾伦学的是经济，吉娜学的是历史。接着，亨利出现了。

利安告诉艾伦和吉娜她准备嫁给亨利时，她们就再不取笑他了。她们之间出现了隔阂。吉娜开始和帕鲁走回学生宿舍，帕鲁一直对吉娜着迷。他拿着她的书，无视骑着摩托车经过他们身边的同学的呼喊声，"嗨，帕鲁"。

他们最后一年的最后几个月里，帕鲁每个晚上都在电视室等着吉娜下楼来。她说："哦，又是你啊！什么，你想和我一起去图书馆呀？"

帕鲁大概六英尺高，是有着白皙皮肤的印度旁遮普人①。他用几乎崩溃的神情环视着只有五英尺高的吉娜。对于她侮辱性的幽默，他都用最温柔的语气回应。

无论利安什么时候到他们跟前，吉娜都在苛求帕鲁。"嗨，为什么你

① 旁遮普人，南亚民族之一。属欧罗巴人种地中海类型，典型的旁遮普人高大魁梧，肤色稍白，略带褐色。

不说话呀？是你的母亲让你惧怕女人的？你是一个大宝宝！"

　　她们三人中吉娜的家庭最传统。她的父亲是柔佛①一所中文学校的校长，母亲在中国的时候很活跃，后来因为包办婚姻来到马来亚②。吉娜是她家唯一受英文教育的人。她所有的兄弟姐妹都在父亲的学校读书，父母为了表明他们在联邦的英国公民身份，特地把吉娜，他们最小的孩子，送到英语学校读书。

　　吉娜有中文名字，魏华，但看了吉娜·罗洛布里吉达③的电影后，就称自己吉娜了。

　　她宣称："我不喜欢中华文化，包括紧身旗袍、油腻的点心、香港的武打片，还有乏味的华人男生！"

　　有一段时间，她和马来西亚的学生交朋友。她跟每一个愿意听的人说："这个国家的将来是马来西亚，所以每个人都应该和马来西亚人结婚。"

　　但是马来西亚的男生并不喜欢她。她话太多，太爱开玩笑。马来西亚的女生都很排斥她。一些男生开始谈论她，也总有人会把闲话转述给她。

　　对利安和艾伦，吉娜又表现出有优越感的华人的一面。她说："我们华人，我们华人有头脑。我们华人懂得如何挣钱。我们华人知道如何尊重历史。我们华人拥有世上最悠久的历史。是我们华人使这个国家运转。"

　　同时，她又鄙夷所遇到的华人。从商店出来，她愤怒地说："华人都是见钱眼开的。并不只有英国是充满了店主的国家，华人也有店主的心态。"

　　有一次在安静的图书馆，经过围着一群华人学生的桌子，她大声嚷嚷："哎哟！华人适宜行凶抢劫。要用心学习才行。华人在其他方面都没有

---

① 柔佛，马来西亚州名。

② 马来西亚的前身即马来亚。

③ 吉娜·罗洛布里吉达（Gina Lollobrigida），意大利女演员，摄影师和雕塑家，世界著名电影传奇人物之一，战后复兴时期欧洲出现的首位以性感著称的影星，欧洲电影与好莱坞连接的标志性人物，出演过《巴黎圣母院》里的女主角艾丝美拉达。

天分。"那些华人学生都盯着她看，然后目光又回到书本，再没有人搭理她了。

她认为他们扁平的脸颊和鼻子是地球上最丑的面容，称他们的直发油质多，比较反感他们纤细的体型。她说："华裔男子一点都不性感，像绦虫。我喜欢有主心骨有阳刚之气的男人。"

利安在第二学年初遇到了吉娜的父亲，她发现他不仅严厉而且强硬。他站在车旁，吉娜的包在车后备箱里，他嘱咐吉娜："魏华，背上你的包啊！"然后他上上下下打量利安，好像在审查她是否够格做吉娜的朋友。利安告诉艾伦："他像眼镜王蛇，随时准备进攻。"

考试之后，吉娜回到柔佛，父亲为她在当地的中学安排了一个教职。帕鲁回到怡保①的家里。虽然利安邀请他参加婚礼，他还是没有随吉娜到新加坡。

利安和艾伦不能想象吉娜和她的华裔家庭住在全是受中式教育的家庭的小镇上。大学三年，她享受了太多的自由。

艾伦甚至比吉娜更加西化。因为艾伦总是谈论美国，利安起初以为她也想去那里。利安羡慕地说："至少，当然，你能够去，你有钱！"

艾伦的父亲在吉隆坡有经营得很好的文具店和书店，她是家里三个孩子中唯一的女儿。她非常受宠，在大学的第一年，家里就给了她一辆希尔曼·明克斯汽车，她能在周末开车回到并不远的家里。

艾伦长大之后能够读父亲书店里的漫画和西方杂志，一开始是读《超人》，然后就看《少年》《十七岁》《坦白》《时代》和《生活》杂志了。书店很吸引游客和移居国外的购物者，艾伦说英语时带有很夸张的美国腔，她是模仿在店里遇到的白人的腔调。

---

① 怡保，马来西亚霹雳州的首府。

艾伦说英语时偶尔还带有她认为的法国口音。一个法国人来过书店几次，想要劝说她父亲卖法国报纸，如《世界报》。他教了她一些法语句子，她心情好的时候，就会用这些句子开玩笑。

"您会说法语吗？是的，我一直都很喜欢你。"[①]艾伦说这些时，还时常改变单词的顺序，就像炫耀之后被给予奖赏的聪明鹦鹉。

那个法国人几周之后离开了吉隆坡，但是艾伦从来就没忘记他。他是她的偶像，浪漫的语言里充满着起伏的辅音和有诱惑力的元音。

她并不喜欢大学里认识的那些男生，虽然他们喜欢她。她的骨骼很大，胸很高挺，比吉娜更像吉娜·罗洛布里吉达。男人们经常垂涎地盯着她。她的臀部是弧形的，对华人来说很罕见。她穿牛仔裤和昂贵的毛衣迷倒了甚至白人老师——他们经常表现得好像学生是遥远的海市蜃楼，还给学生邮寄讲义。庞德两年之前来自英国，曾经向一个男学生询问过关于艾伦的信息，谣言立刻四处流传，说只要艾伦愿意，随时都可以得到庞德。

然而，艾伦喜欢跟利安和吉娜在一起。她嗤之以鼻："哼！所有这些男人都只想做一件事。他们满脑子都是下流事。"

利安和亨利交往，她不开心；吉娜和帕鲁开始约会时，她觉得很沮丧。

艾伦和吉娜关系很好，在大学的头两年，她们住同一间宿舍。利安去和她们闲谈时，艾伦会教她们一些在书店从西方游客那里学来的胡诌的歌曲。她们一遍一遍唱着流行的歌曲，一开始唱得还轻柔，后来在喧闹的笑声中歇斯底里地曲终。

　　所有人都恨我，
　　没有人喜欢我，

---

① 原文 "Parlez-vous français？Oui. Je t'aime toujours." 为法语。

猜着了，我就是要去吃虫子。

大而肥的虫子和瘦而小的虫子，

噢，它们那样蠕动着。

我要咬掉它们的头，

吸它们的血，

扔掉它们的皮囊。

没人知道我如何一天三顿，

靠吃这些虫子存活。

每次唱完这些歌，她们都会互相挠胳肢窝，然后在床上打闹。

利安知道艾伦非常惦念她们三个在一起的美好时光。她现在想知道她们各自的将来会是什么样。

伯母坐在她旁边，用臂肘轻推了下她，柔声催促道："你应当每道菜都吃一点，要不然我们家会认为你不喜欢这顿晚餐，或者会认为你比较自傲。"

服务生撤掉了乳鸽，然后把整个蒸熟的鲷鱼肉切成片。利安看着鲷鱼的大眼，把鱼的凝胶状部分放入姜汁酒里。

她不由自主地想，用已屠宰了的雏鸟和鱼来庆祝婚礼对任何人的未来都不是一个好兆头。我们应当开车向北前往金马仑高原①，由一位英国的牧师主持婚礼，一位花匠和一位厨子做见证。我们期望在炉火前吃黄瓜三明治，喝添有真正奶油的大吉岭红茶。我还期望带一册华兹华斯的诗，给

① 马来西亚中西部游览区。1885年一名叫威廉‧金马仑的英国政府人员来到这个高原上进行测绘工作，发现了这个被崇山峻岭所遮藏的美丽高原。此后这片美丽富饶的土地就被称为金马仑高原。此地终年气温处于20度左右，对于临近赤道热带国家甚至世界各地的人来说，都是一个不可多得的避暑避寒胜地。

亨利读《不朽颂》。

她能肯定亨利未曾读过那首诗，那他还能明白华兹华斯诗句里的"绿草青青"和"繁花似锦"吗？

她还记得电影《天涯何处无芳草》里的女演员娜塔莉·伍德①，这部电影讲述的是关于年轻人的恋爱、心碎以及死亡的故事。她的婚礼上只有被宰割的鸟和鱼。她知道亨利永远不会让她心碎。他发现她手捂在肚子上时，便让她起身去向三十九张桌的每一桌客人敬酒。

艾伦和吉娜坐在一起，像往日那样咯咯地说笑。她们曾经很自然地成双成对，驾驶艾伦的希尔曼汽车一起旅行，在小旅馆住同一个房间。

"干杯，干杯！喝完！"亨利的亲戚，父亲的同事、朋友，以及他们的妻子，所有的陌生人都在为新郎新娘的健康和幸福祝福。

吉娜压过所有的叫声喊道："干杯，干杯！"艾伦醉醺醺地向吉娜晃动着装有轩尼斯白兰地的酒杯，吉娜像离经叛道的异教徒般嚷嚷："无赖，无赖！"

---

① 娜塔莉·伍德（Natalie Wood, 1938—1981），美国女演员，曾三次获得奥斯卡金像奖提名，她在《西区故事》中的精彩演出曾让无数观众为之动容。

第三章

婚礼的三个月后，艾伦打电话给利安提议一起吃午餐，商量下怎么帮助吉娜和帕鲁。

吉娜仍然在俊贤中学教历史，只在假期才来吉隆坡。然后就碰到了帕鲁，他大概是从怡保市来的。

吉娜和帕鲁是绝望的一对。他们连续在不同的酒吧喝虎牌啤酒，其间没完没了地抱怨他们的父母反对他俩在一起，倾诉对象通常是艾伦。只要吉娜来到市里，艾伦就把公寓借给他们，自己则回父母家住。

他们是不大有希望的情人。利安想象不出他们单独在一起时，除了绝望还会聊些其他什么。他们像一对离经叛道的信徒，既不喜欢华人社区，也憎恶旁遮普人社区，两人粘在一起，要弥补失去的所有一切。

小咖啡馆装有空调，灰暗，寒气袭人。利安看不清桌旁的任何一张脸，每个人都像间谍一样窃窃私语。油腻的羊排和变坏了的芥末的气味在充满空调风的屋子里流转，给室内提供了异域情调，远离了午后的湿热和光照。

利安穿过一张张餐桌和沙发，打量着用餐的人，同时试图避免看上去像好管闲事的人。艾伦小声地说："嗨，嗨，我在这里。"利安悄悄落座后，看到她正在喝一杯啤酒，服务员站立在一旁。

艾伦点餐："两杯生力啤酒。你要羊排还是童子鸡？"

"不知道他们有没有炒面？"

服务员打断道："没有炒面，只有西餐。"

艾伦没有等利安回答。"两份羊排。加点芥末。"

"你不应该帮我点啤酒。我今天骑的是本田摩托。啤酒会让我头昏脑涨。"

"不要紧，你不用喝完。"

利安明白艾伦的意思是她喝完自己的第二杯后，会帮她喝。拿到经济学的二等二级成绩的学位后，艾伦在联邦银行谋到职位，却厌恶那里的官僚作风；换到华侨银行，又不满那里的经理（她说他们一个个都是妄自尊大的男人），于是辞职，寻求另一份工作。不仅仅是教书，同时还想在美国的大学申请攻读硕士学位。她对将来拿定主意时，父亲为她付学费，还给她零用钱。

利安每次和艾伦会面，都会一起喝啤酒。艾伦能够连着喝三杯。啤酒让她打开了话匣子，她用不纯正的美国腔慢吞吞地聊了几个小时。

"吉娜和帕鲁的事我们怎么办？"

"怎么办？我们能怎么办？"利安小心地、一点一点地喝生力啤酒。女服务员让玻璃杯里留有一大团啤酒泡沫。

"他们要么结婚要么分手。"

"看上去他们想要结婚。我不理解他们为什么不私奔然后结婚。毕竟，他们不需要任何人的同意。"

"你要知道吉娜害怕父亲。"

"那又怎样？谁不害怕她父亲？但是现在可是二十世纪。我们都是马来西亚人。不能嫁给印度裔，不能娶华人，这真是一派胡言。现在马来人和华人都能通婚了。"

羊排端上来了，滑腻腻、硬邦邦的。利安费力地用刀切割着灰白的未煮熟的肉。稀薄的血丝渗漏在刀片上。

"你从未理解过吉娜！"艾伦咽下酒杯里的最后一口酒，然后伸手去拿第二杯，"吉娜在装腔作势。事实上她骨子里缺乏安全感。这就是为什么她能和帕鲁如此般配。他俩都是骗子和胆小鬼。别人都以为帕鲁很强硬，因为他六英尺高，又是旁遮普人。你要知道，旁遮普人是守卫华侨银行的。但帕鲁是内心柔弱的人。吉娜告诉我他哭的次数比她还多。"

利安拿出餐巾，擦掉艾伦唇上的酒沫星子。

"谢谢！如果我们不对他们的生活负责，他们真的会被毁掉。"

"我并不认为他们会被毁掉。再说，没有人能对其他人的生活负责。"

"利安，你是我遇到的最自私的人之一。"艾伦嚼着一片羊肉说道，"正因为你幸福地嫁给了一位有钱的丈夫就忘了朋友。现在你是重要的英语教师，将要成为地位高的英语教授，你的所有旧朋友再也不受到重视。"

艾伦经常这样说，利安并不介意。

"听我说，下次他们到吉隆坡来时，我们何不为他们安排一个市政婚礼呢？那么他们的父母也不能再干涉了。帕鲁和吉娜能在这里找到教书的工作，你就能尽可能地照顾他们了。"

半明半暗中，她能看到艾伦咧着嘴在笑。

"你这么天真，"她说出了决定性的意见，"第一，他们并没有表示要求结婚。第二，他们是有束缚的，并不想换工作。第三，他们担心父母会反对他们。"

"噢，我不能忍受这种软弱。"利安突然猛地伸出手臂，碰洒了啤酒。"谁会在意父母的意见？如果他们彼此相爱，父母说什么又有什么关系？我有时候觉得吉娜乐于大惊小怪。即使她能够，也不会和帕鲁结婚。帕鲁是吉娜没有对生活做出决定的借口。他是软骨头和马屁精。吉娜把他作为自己做出疯狂事情的理由。她就是决意使自己的生活痛苦，哭着和他继续交往她很开心。"

她知道讲话太大声了。即使在说的时候，她也为自己那样说话感到抱歉。

吉娜和帕鲁最后一次来吉隆坡时待了一周。他们跟艾伦和利安在一起的时间比他们单独在一起的时间都长。

"我母亲每天哭。她说已经为我安排了一门婚事。对方是来自新德里的大学生，是她叔叔的朋友的女儿。她每天给我看那女孩的照片，虽然她说我不用看，因为这样好像说她的美德不重要似的。很漂亮的一个女孩。但是怎么能娶一个陌生人呢？"帕鲁两腿交叉，赤着脚懒懒地坐在艾伦新买的藤摇椅上，显得像男主人。

"见鬼，陌生人！"吉娜盘着腿坐在他旁边的地板上，"你母亲认为她是印度人，所以不可能是陌生人。我才是陌生人，华裔。如何才能使我成为你母亲家里的一分子呢？"

听着这些话，利安能够明白为什么有人会认为吉娜和帕鲁结婚是不可能的事。她仿佛看到帕鲁在家里和漂亮的黑皮肤印度妻子在一起，妻子穿着红绿相间的纱丽，怀里抱着个目光庄严的孩子。家里弥漫着姜黄和檀香的味道，干净的客厅角落里，象头神①在祭坛里微笑，象牙抬得很高，让在新年②来拜访的人祷告。利安想，这应该就是帕鲁的将来。

那么吉娜呢？吉娜不应该结婚。她问题太多，太痛苦，太迷茫。

利安眼里看到的吉娜将来的情形并不清晰，只看得到拜访的房间，有些像艾伦的房间，有时髦的玻璃罩的桌子，啤酒杯在桌子上留下湿湿的圈印。并没有吉娜的中式婚礼的景象，只见得到单身女子相互说笑，经

---

① 象头神（Ganesha），印度神话中的智慧、财富之神，在普通百姓中人气极高。是湿婆与帕凡提的儿子，特征是大腹便便的肚子和一根象牙。

② 原文为Deepavali，印度人的新年，又称为屠妖节、万灯节、印度灯节，10月末到11月初举行这个节日，这一天是印度历7月的第一天。

过大城市的商场和饭店，像蓝灰相间的群鸽，友善地聚在一起，对人生评头论足。

　　这也许是因为她没法想象吉娜会是其他样，因为吉娜、艾伦和她一直是"三剑客"。她知道轻易地抛弃帕鲁是不公平的。毕竟她跟亨利结了婚，她有了变化。帕鲁也一定在某些方面改变了吉娜。

　　"嘿，那么你的意见是帕鲁比较差劲？"

　　艾伦的讥笑让利安感到不满。

　　"那是我们俩的观点，"艾伦继续，"但是吉娜认为没有帕鲁，她就活不下去。她写给我的信令人伤感，有十页纸之长，都是关于她如何爱恋旁遮普人帕鲁的心灵，他有多么忠贞，甚至他和华人男性的气味都相距甚远，他就像一朵'男人花'。你能想象出'男人花'吗？"

　　顿时她们高声大笑起来，像以往那样。无尽的狂欢的感觉却瞬间消失了。

　　"她不知道她的信有多么伤害我。"她咳了一声，清了清嗓子，"每天十页血淋淋般的信件，没完没了讲述她的痛苦和帕鲁忠贞的爱。"

　　"你难道不能不看吗？"

　　"噢，还是要看的，信还有其他意义。有时她记得我——还有你——然后告诉我她在柔佛的事情。"

　　利安觉得无可救药。这所有的似乎很令人生厌——艾伦对吉娜的特别关注，吉娜和帕鲁不愉快的恋情。这让她想起了她的辅导课，对语言重视到了令她厌烦的地步，没完没了的讨论，变换花样地说同一件事情，对语言的秘密、文字深处的生命力奥秘，却从未触及。"好吧，那么，你有什么建议呢？"

　　"吉娜应该和帕鲁结婚。然后她就能决定是否那就是她真正想要的。"艾伦喝完了她的第二杯啤酒。

利安看看表，她计划下午去图书馆看书。她也想要艾伦离开，不想让她再喝了。

"给你，喝我的吧。"她说着，把她的半杯啤酒推到艾伦跟前，"要知道，不是那样做事情的。你在结婚之前就要抉择是否真的想结婚。"

"但是你不是那样做的。"艾伦说，她把脸贴在玻璃杯上，"你没有决定就结婚了。"

"噢，闭嘴！"她已无数次建议艾伦应该学英语。艾伦对欧洲腔调特别着迷，对西方所有的东西都很欣赏，她的机智敏捷会让她成为和自己一样优秀的英语专业学生。

"我做的难道不是正确选择吗？即使我做的不是明智的选择，亨利也绝对是好丈夫。你对男人又了解多少呢？你甚至不喜欢他们。我敢打赌你这一辈子都会是处女。"

"什么时候起你丢掉贞洁就成为一个了解男人的专家？在地上挖个洞就能成为农场主？"

利安大笑。不可能对艾伦隐瞒什么。艾伦用女巫的眼神观察。利安不介意婚姻，只在乎无聊感——但是艾伦坚持认为亨利是她厌倦的原因。

如果不是亨利，她自己都不知道该怎么办。或许像艾伦那样酗酒，不然像吉娜那样陷入使人伤心的恋情中。还只是开始教书的第一个月，她就已经厌烦了这样刻板的生活。

第四章

另外一次辅导课效果要好些。她选择了乔治·赫伯特[①]的诗。

> 甜美的白昼，如此凉爽、安宁和明媚，
>
> 天地间完美的新娘，
>
> 今宵的露珠儿将为你的消逝而流泪，
>
> 因为你必须离去……

这一次所有学生都赞同她的选择。关于死亡的主题对莎莉、戈麦斯、米娜、华裔女孩们以及黄同学都有吸引力。他们都对多愁善感满腔热忱，想使其精神净化脱离死亡，比木头和糖果更强硬，比人的一生更长久。她如果能让整个讨论室的学生对一首优美的诗歌意见一致，那么他们就会认为英语老师不是那么糟糕。

艾伦在冷藏超市找到当助理经理的新工作，连续五天没有给她打电话了。利安想，艾伦一个人待一段时间是好事，她微笑着进到教师休息室买香烟。她注意到一个高个子的美国人也在找香烟。

"你在这里教书吗？"他问，"你能帮忙问问是否有带过滤嘴的香烟？"

---

① 乔治·赫伯特（1593—1633），玄学派诗人，生于显赫世家，毕业于剑桥大学，著有诗集《教堂》（*The Temple*，1633）。他的作品将丰富的感情和清晰的逻辑融为一体，描写生动形象，隐喻出神入化。他一生敬虔，在剑桥大学及国会都拥有很高地位。

她对拉纳姆笑了笑。"拉纳姆是懂英语的。他只是不好意思跟你说话。他要过滤嘴香烟。"她对拉纳姆说,他从不介意她糟糕的马来语。

拉纳姆把头低下,在柜台香烟存放处查找。

"我是美国人,"那个陌生人说,似乎在掩盖他的无知,"切斯特·布鲁克菲尔德。"他伸过手来。

手的汗毛很多,汗津津的。她能肯定也不怎么干净。

她谨慎地握了下他的手。她仍对白人讳莫如深,不像艾伦,她曾经瞧见过他们偷书,在账单上作弊。利安接触到的白人只是英国教师,她把白人主要和总督、其他殖民地官员、李维斯评论的那些伟大的浪漫主义诗人和小说家联系在一起。大学里的所有白人看上去都高人一等,而且冷淡,利安都尽量避开他们。

她认为切斯特应该不同,因为他是美国人。还有,他没有要紧的工作。他在八打灵再也的职业高中教书。

他解释木工活就是像艺术一样的木工手艺。做榫子,把接合空隙处塞紧,而不用螺丝、钉子和胶水。这样,设计木头就能使接合处紧致和光滑,水就不会从木桶里渗漏,梳妆台的抽屉就会像涂上了润滑油般很容易推进拉出。

这就像诗一般,她思量着。但是她不敢说出来,唯恐他不赞同。

"李安①?"他问,高高的皱缩的鼻子里发出悦耳的声音。

"不是,是利安。"她纠正他,吐出扬扬格的音节。

但是他没能明白。"李安,对吗?"

他的声音听起来显得懒散,从一个单词到另一个单词,很平稳地滑动。她放松下来,笑着说:"对。"

---

① 切斯特的发音是"Lee Ann"。本书翻译成李安。

　　切斯特在早上教完木工课后，便在大学里学马来语。他在职业高中的课进行得不是很顺。实际上，只有三个学生注册。马来西亚没有人愿意成为手艺人——木匠，他恼怒地说。那三个学生来听课，因为他们想听听关于美国的事，他们一整个上午都在问问题。"美国有多大？比马来西亚大吗？比英格兰呢？""你住在哪？什么？康、涅、狄、格、州？噢，新英格兰？新英格兰有好莱坞吗？""美国有多富？""你为什么留长发呢？所有美国人都留长发吗？"

　　马来语的课才刚刚开始。他知道如何说"早上好""谢谢"以及"你好"。他尽可能多地、愉快地练习说这些词。她看出切斯特非常想让人们喜欢他。他没有时间和其他西方人聚在一起，他花了大量时间和马来西亚人在一起。

　　但是他并不只固守一个圈子。他有了华裔朋友，很快就包括亨利和她自己；有了印度裔朋友，像多拉扎米、戈皮；有了马来朋友，像他的室友——阿布杜拉和萨马德。

　　在美国和平队①，他并没多少钱，这却使得他讨人喜欢，并不是说他会向人借钱或对人有所求。他和利安一起吃午餐时，坚持要付账。但他并不像罗宾逊一样买报纸或在商场购物，他解释说是因为钱不多。

　　亨利喜欢切斯特。利安和切斯特一起吃午饭，聊木工和马来西亚人对手工劳动的态度后，她邀请切斯特到家里吃晚餐。

　　她告诉切斯特她对他的课觉得有些困惑："我们并不自己做家具，也不自己修理任何东西。如果屋顶出问题了怎么办？咳，亨利会请工人来修理。如果门松脱了怎么办？我不知道。我想亨利会找木工来修。如果我需要书架而又没钱怎么办？这种事不会发生。如果我需要书架，我有钱买。

---

① 美国和平队是美国政府掌管下的一个志愿者组织，这个组织的宗旨是提供技术帮助，帮助美国以外的人了解美国文化，帮助美国人了解其他国家的文化。每个和平队成员都是美国公民，都有大学学位，经过三个月的培训后，在国外工作两年。

否则我不会看书。"

　　他不相信地看着她。"你的意思是这里只有有钱人才看书？"

　　她想起伯母。她见到过也有富人不读书的。她洋洋得意地回答："中产阶级看书。"中产阶级听起来比较学究气。她觉得自己在宣称大学老师的地位。

　　切斯特嘲笑道："你骗不了我。我在这里虽然只有四个月，你还是没有办法说服我店主、饭店经理和银行出纳员看书。这就是你所谓的中产阶级。"

　　她感到丢脸。听他的一席话，她觉得对自己的交际圈一无所知。

　　切斯特来吃晚餐，她让莱奇米做马来晚餐，这是她能招待这位新近来自新英格兰的美国人的最有特色的马来西亚食物。她在厨房查看食物，切斯特和亨利讨论 DNA 结构的发现。切斯特跟亨利讲述普林斯顿大学一位生物化学家核蛋白的实验，亨利礼节性地询问了些有关细胞结构的问题。

　　邀请切斯特到家里来利安很开心。她决心接受他为朋友，向他表明马来西亚是现代国家，并不是他受和平队培训时听说的"落后"。

　　切斯特吃饱了仁当肉①、辣味空心菜②和米饭后，问利安："你教哪类文学呢？"她很惊讶切斯特大口大口地吃辛辣的食物而毫无抱怨。亨利赞扬了他的这种能力后，他笑起来："也许我前生是马来人。其实我和室友一直在吃马来食物。我已习惯了辣味。"

　　她给他看实用批评文本、十六世纪到当代的油印装订的诗歌和散文作品集。她熟悉每一部作品，在学生时代，她就对所有的选集写过评论。

　　他翻翻选集，开始笑。他笑得前仰后合，从扶手椅里跌落，绣着黄色太阳花的坐垫也一同滑了下来。

---

① 仁当肉（rendang），马来西亚的名菜，用很多调料做的肉，一般是牛肉，也有鸡肉。

② 原文 chili kang-kong，马来语。

"我不明白有什么好笑的。"她说，从地板上捡起坐垫，假装掸灰。

"这个太奢侈了。我不敢相信你在这里居然教这个。除了英语诗和英国小说的节选，这里什么都没有。你的学生们能从这里学到什么呢？"

她想把坐垫摔到他脸上。"这是英国文学的精华集。有约翰·邓恩、济慈、霍斯曼、劳伦斯、乔治·艾略特、狄更斯，甚至最当代的霍普金斯……"

他笑得更厉害了，用大拇指翻着选集像赌徒在一沓牌中搜索。"霍普金斯？杰拉尔德·曼利？"他开始高声朗读那页，"清晨，我看到那黎明的宠儿。"然后，他问："他同马来西亚有什么关系呢？还有霍斯曼？我不能肯定听说过他。"

利安一把夺过选集，很高兴地发现他终于有一方面很无知。"这儿。"她说。她找到那页，把选集又递给了他。

他朗读起霍斯曼的诗。亨利带着同感微笑地听着。

> 从那边遥远的乡村，
> 传来让人心碎的曲调：
> 那些记忆中的蓝色山顶，
> 那些塔尖与农庄，
> 已永久封存。
> 那是一个失忆园，
> 阳光稀薄，
> 我离开时的快乐公路，
> 已不可再往。①

---

① A. E. 霍斯曼的诗《什罗普郡男孩》(*A Shropshire Lad*)。

他吟诵着这些语句，夸大了节奏，这些意象让他掀了掀双眉。

知道他在取笑这诗，他带着嘲弄的意味高声读"塔尖"和"农庄"。而在他读的同时，她忍不住赞赏诗句的美妙。切斯特和亨利讥笑这些想象的荒诞时，迷人的曲调却从这些语词中逸出，让她产生共鸣。她觉得整个人都静止了。多美啊！她发现这首诗让她和从前不一样了。

接着，亨利开始大笑起来。

"把选集还给我！"她大叫，伸手去拿集子。

这两个男人立刻安静下来。

"别那么生气！这并不是一本《圣经》一样的圣书。听我说，我不是有意无礼的。教这些诗没什么用。这是英国文化，明白了吗？英国人的。我们已经有过一场革命，已经把英国文化和他们的茶叶袋子一起扔掉了，所以我知道自己在说什么。你们国家有你们自己的文化。那才是你应该教的。"切斯特两手递还选集，好像是在提议和解。

"可是我教的不是文化，是文学，是语言、文字、意象、情感……"

"你指的是英国的语言、英国的文学、英国的文字和英国的意象。"

"好吧，难道你说的也不是英国的语言？你把它也连带着你的茶叶袋扔掉了吗？为什么你们没有自己美国的语言呢？那将会是什么语言呢？美国印第安语？爱斯基摩语？"她轻轻地接过集子，好像他已经撕烂了它似的，而她像母亲般去治愈它的伤口。

"利安能赢任何一场争辩。"亨利骄傲地说。

"你应该从政，而不是教英国的文学。"切斯特特别强调"英国的"这几个字，好像这是一个不怎么好的术语。

利安纠正了他的说法："我正是在教文学，只是英语写的文学。我也读美国文学，你知道吗，很多美国作家也是像霍斯曼一样的英国人。例如庞德、艾略特和亨利·詹姆斯，他们离开美国到英国，生命中的大部分时间都是在美国之外的地方度过的。你对他们有什么看法呢？然而，桑德把他们列入美国文学的课程中。他们是我们研究的最重要的美国作家中的一些。"

切斯特耸耸肩。"我的专业是人类学。我认为手工很重要。都是为人们日常生活所需而做的用具。我没做太多的文学研究，特别是你教的那类。我相信从书本中学到的关于人类的知识不如从人们制作的和每天使用的工具中收获的多。比如炊具、衣服、寝具和礼佛用的佛龛。"

这些才是无趣呢！她想说，然而她很有礼貌地不说出这话。于是她换了个话题问道："那么，你从你的课上能学到些什么呢？"

"从我木工课的学生那里没有。只可惜手工活在这里不受重视。但是我从室友和马来课上学到很多。要知道，马来语是这个国家唯一真正的文化。"

"你这是什么意思呢？"亨利很纳闷。

"马来语是最本源的东西。它是人们生活的一部分。而像霍普金斯，什么名字来着，霍斯曼——从别的什么地方来的诗就和人们的生活无关。"

"那华语呢？"亨利问道。

切斯特拂开遮在脸上的褐色长发，这个女人般的动作让利安震惊。她注意到他高额头中央很清晰的美人尖①。微红的颜色像伯母的玉观音，闪闪发亮像鲜活的动物。

切斯特回答说："华人并不是真正的马来西亚人，对吗？他们到这里来是为了钱。他们说华语，生活在他们自己人当中。他们能够很容易地生活在香港，甚至纽约的唐人街。"

---

① 美人尖指发际（头发跟前额的接线）中间向下呈 V 字形突出的部分，有遗传性。美人尖的英文 widow's peak（寡妇尖）源于英国民俗，传说有美人尖的女人会活得比其丈夫久。

　　亨利的脸颊微带红晕，他眼睛的呐喊胜过言语。"那我和利安算什么呢？还有我的家庭？我的朋友？我们并不想待在香港或你说的唐人街。我们拥有华人的传统，而这并不使我们马来西亚人的成分就少些。为什么马来语是马来西亚真正的文化，而华语就不是呢？你在吉隆坡是不真实的，只有在美国才是真实的吗？"他低声地用闽南语咕哝，"红毛鬼子。"

　　利安很欣慰亨利不同寻常的粗鲁。她觉得他们是愤怒同盟。

　　"你最好当心点，切斯特。"她握着亨利的手，用友好的口吻说，"说那样的话你就死定了。哦，我是在开玩笑。"切斯特惊恐地站起来，她接着说："你不知道近来这里的人们正在进行激烈地争论到底谁是马来西亚人。听起来你就像是极端的马来政治家，想把华人从这个国家踢出去。我母亲的家族在这个国家已经有五六代了。一些马来人其实是真正的移民，他们最近几年才从印度尼西亚过来。你不能根据谁或者什么是最本源的来做判断。的确，华人的传统来自中国，然而伊斯兰教来源于阿拉伯，难道不是吗？没有人会说这不是最初的。马来西亚的一切都是混杂的马来西亚沙拉。一点点马来的，一点点中国的，一点点印度的，一点点英国的。马来西亚人就是马来西亚沙拉，如果调制得好，就会很可口。"

　　"马来西亚沙拉？那个风靡一时的沙拉就是芒果、豆腐和花生调配的。"

　　"还有更多。要知道，你说得很不对。华裔和印度裔在这里都是马来西亚人。重要的是你内心深处知道你是谁。"她把手放在胸前，"再给我们更多几年，我们就会是一个全然新的国家。不再是马来裔、华裔或印度裔，而是一个民族。"

　　切斯特微笑着说："嘿，李安，你的话听起来像个美国人。"

第五章

利安再一次看到切斯特时，他一副闷闷不乐的样子。她每个下午都会去休息室，希望在那里碰到他。自她上次见他从拉纳姆那里买烟后已经有一个多星期了。

"无论你有什么，一定会被关注。"他说，"校长不让我教木工活了，要我教英语。和平队当时告诉他的是只能教木工活，他同意了的。但是现在他说他真正需要的是一位英语老师，而不是木工。"

她狞笑道："你要教多恩、莎士比亚和霍斯曼？"

"更糟。他要我给学生教唱民歌。你要知道。"切斯特唱了一句，"'献给世间万物，旋转，旋转，旋转。'①"利安鼓掌时，他扮了个鬼脸。"学生们想要学美国歌曲。但是基于此，他认为我能教英文综合考试②课程——阅读和写作。现在学生都期望我写文章他们来抄，让他们考试之前背下来。我不明白为什么所有人都要学英语。这对他们并没有什么好处。似乎没有人意识到英国人已经走了。"

"但你不是英国人。你是美国人，你在这里。"

"你们这些人确实有问题了。"

利安咬着指甲，有些恼火。"我不觉得有什么问题。为什么语言会有问题？"

---

① 原歌词为：To everything, turn, turn, turn. 选自歌曲 Turn！Turn！Turn！
② 英文综合考试（the General Paper），新加坡剑桥 A 水准考试里的一个重要科目。

他透过烟雾盯着她，紧张地把头发撩到脑后。"我的室友们一直告诉我，他们不喜欢我教英语。他们称英语为私生子的语言。"

"英语？"她挖苦地说。

"你不明白。我只是短期逗留而已。见鬼，我不想为这里的什么负责。和平队不希望我们干预国家政治。要知道，利安，你应该做些其他事情。"

再次见到他，她的幽默感却消失了。"为什么你担心我？我本想带你去大商场，马来的新商场，但是你这么爱发牢骚，最好忘掉这些，哈！"

"你现在说话像我的室友。"他微笑着说，"好啊。我们去吧！"

让切斯特坐在她的摩托车后，利安觉得有点不自在。她的本田摩托车轰鸣着驶过岩石路，她相信所有人都盯着他俩。他很沉，如果是自行车就不可能那么快，尽管如此，她还是喜欢他的手轻柔地搭在她的肩上。他这么高，在风中说话时的声音她几乎听不到。他只好弯下腰在她耳边说。

马来的这家新商场上周才开业。成排的棕榈树和装饰用的纸花仍然悬挂在货摊之间，但没有多少人购物。货摊上堆满了木雕像、波刃短剑、水牛角的勺子、黑白分明的古兰丹州①的银器、各种蜡染布——折叠起来的纱笼裙②、陈列的桌布和餐巾，还有束腰外衣和裙子。每个货摊摆放相同的商品。

零售商们都坐在货摊旁的椅子上，愁眉不展、局促不安的样子，好像宁愿是在其他什么地方。所有的货品看上去都是最新的，都是人工制造的。但是生意并不好。

她不想买什么东西。马来商场的商品一般是卖给游客的，而切斯特是唯一可见的游客。"有这么多东西卖，可是没有人买！"她轻轻地说，虽然眼前的情形让她郁闷，"你还是要买点什么的。"

---

① 马来西亚地区州名。
② 印尼和马来民族的服装。

最终他为自己挑选出两匹格子花纹的纱笼布。阿布杜拉和萨马德喜欢穿着像这样布料的纱笼在屋里晃悠，而他想让自己的纱笼使他们惊奇。

他们回到本田摩托车旁，他说："等一下。"他从利安那里拿过车钥匙，把买的东西递给她，然后跨上摩托。"上车吧。"

她喜欢闭上眼睛，感受风呼啸而过。他不像她那样无所顾忌，挺拔的身躯帮她挡住午后交通的臭味。有着阿拉伯式阿里巴巴尖塔的火车站飞驰而过。摩托车在拥挤的车流中穿梭前进，离开这个城市，然后在布里克菲尔德①附近的一个小屋前停下。这一带聚集了印度移民，利安从来都不敢在这里逗留。

"这是我最喜欢的茶室。"他说，"进去吧。"

他们坐在低矮摇晃的凳子上。苍蝇嗡嗡飞过桌子，装有扁豆糕的锡盘上覆盖着铁丝网，在柜台上排成一排。圆胖的印度厨子裸露着胸，一块满是污渍的白布随意地围在圆滚滚的肚子上。他将茶水从一个金属容器倒向另一个容器，浅褐色的水流于是便被拉伸为彩色纸带一样的形状。

茶是热的，也很甜。汗即刻从她的脸颊和颈背渗出来。她觉得很不自在。但是切斯特津津有味地嚼着一片水果面包，表示出很满意的样子。

"我每天都来这里。这是城里最好的茶。"

她凝视着未擦洗过的混凝土地面，脏得像泥地。一群群苍蝇将触角伸到了肯定是一摊摊橘子汁的液体里面。她很高兴茶煮得很烫。

"你在哪里学会骑摩托车的？"她问，转过脸不再去看苍蝇了，看着他轮廓鲜明、满面通红、一点都不同于亨利的脸。

"百慕大群岛。我们曾经去过百慕大群岛过寒假。"

百慕大群岛。这个词像铙钹一样触动了她。切斯特居然在百慕大群岛

---

① 布里克菲尔德（Brickfield），位于马来西亚吉隆坡市郊的小中等城镇。被称作吉隆坡的小印度，因为那里印度居民和他们的商业事务比例较高。

骑过摩托车。他去过很多地方，美国、百慕大群岛，现在是吉隆坡。他的阅历丰富，像一位路过的王子，而她只是井底之蛙。

"我没有牌照。我是白人，萨马德说警察永远不会阻拦我。"

已经差不多五点了。亨利很快就要到家了。看也没看他一眼，她说道："我有执照。我要在六点之前赶回去。"

切斯特在大学附近的公交车站下了摩托车。她独自骑摩托，在亨利从实验室回家之前准时到家，然后洗了个澡。

艾伦立刻知道有事情要发生。

利安抗议道："没有事发生，傻瓜！亨利喜欢他。他是朋友。"

"你能躲到哪里？"艾伦说，她的眼睛很警觉，"女人有渴望的时候，全世界都看得到。"

"噢，胡扯！"利安不想和艾伦一起吃午饭。她每个下午都去休息室，希望在那里碰上切斯特。他们这样碰面了好几次，每次他都带她骑上摩托在吉隆坡观光或者做别的什么。他们甚至骑着摩托去黑风洞①。

她在寂静午后的高温潮湿中欣然爬了一百多个台阶。他们是岩洞里唯一的游客。没有人愿在下午阳光最炙热的时候去爬台阶。凉爽昏暗的洞穴里，有股刺鼻的蝙蝠粪便的味道，金盏花冠环绕着树墩，在土地上隆起。切斯特告诉利安，这是男性生殖器像，象征着印度的男性神体和性能力。她快要昏厥过去，不得不坐在泥地上，头倚在膝盖下。

他表示歉意。"你个子那么小，我忘记了你没有我那样的力气。待在原地不要动，把头低下。血要循环。体内没有足够的血循环，就会头晕。"

她怀疑，如果站起来，米色的牛仔裤会不会很脏。她身下的泥土凉飕

① 黑风洞（the Batu Caves），印度教的朝拜圣地，位于吉隆坡北郊 11 公里处，是一个石灰岩溶岩洞群。是世界上最大的宗教节庆之一马来西亚大宝森节主要的节庆场所。

飕的，又干又硬。她将头又低下些，竖高膝盖，保持平衡。金盏花强烈的气味和她两腿之间散发出来的体味以及褐色泥土的香甜味混合在一起。

如他所建议的，她缓慢呼气，深呼吸。头晕逐渐减缓。她的头还是有些疼痛，但是已经开始稳定，胃已恢复正常。她全神贯注于血液，血液在大脑数百万条的血管中环流，她始终意识到的仅仅是切斯特蹲在旁边，拍着她的背。拍，拍。他的手大而且有力。她情愿他的拍打温柔些。

他们在黑风洞没有久留。离她家还有一段距离，他知道她每天要在六点之前回家。那天亨利提早到家，她差点来不及洗澡。

起初她想告诉亨利她和切斯特的旅行。最终他知道的仅仅是她偶尔在午后遇到切斯特。

亨利认可美国和平队。他了解到和平队在一些村子做了些善事，比如帮助灌溉、改进水稻种子。亨利和利安都很欣赏切斯特愿意花两年时间在初级学校教书，而他已经拿到普林斯顿大学的学位，还有机会在另一所名牌大学继续学业。这是他们从来没有体验过的一种理想主义。他们说，也只有美国能够产生如此理想主义的人。

她没有告诉亨利她和切斯特的旅行。她知道亨利不会赞成她浪费时间。

亨利每天工作非常拼命，周末两天都会去实验室检查他的实验。他的工作周末都不会停下来。草木每天都在生长和起反应。不管是否有人照看它们，细胞照样繁殖和消亡。他观察，做实验，记笔记，写报告，校准度量，施行新实验和进行新的观察，等等。

亨利没有时间来浪费。利安提起切斯特时，他是放心的。她有聊天的对象，就不会再抱怨无聊了。

但是她谈及切斯特时，艾伦意识到有些不对劲了。

"那么美国靠近你了，"她取笑道，"好玩的地方看完了后，你打算做些什么呢？你接着要做决定。"然后她又打趣道："你最好不要在晚上看风光。晚上所有的颜色看上去都一样。"

今天艾伦没有谈论利安和切斯特。吉娜和帕鲁来吉隆坡度学校假期，她想给他们做些安排。

艾伦抱怨吉娜最不配合。吉娜想和帕鲁在一起，却不考虑结婚。帕鲁的母亲也反对他们的婚事。吉娜的家庭完全忽视帕鲁的存在。

艾伦最终写信给帕鲁，寄到怡保市他的学校以防他的母亲私拆信件。建议他在吉隆坡申请一个非宗教婚礼，下次他们再在一起，就是合法的了。

艾伦嘲笑地说，也许他花朵般的男子汉气概能说服吉娜的犹豫迟疑。

利安不情愿地提议道："我去跟吉娜谈吧，虽然你跟她关系更近些。你是对的，如果他们想要在一起，没有理由不结婚。她不应该为他是不同种族而痛苦。"

她认为现在能设想吉娜是帕鲁的妻子了。作为教师，吉娜和帕鲁能够充当新型马来西亚人的典范。吉娜会偶尔穿着纱丽来证明对印度文化的接受。她会把长发向后一丝不乱地束成一个结，在前额上点缀一个装饰物，这是已婚妇女的红色标记，不然她还是之前的那个吉娜，叽里呱啦，傲慢无礼。但正因此，帕鲁爱她，爱她的这种气魄，爱她大笑着粗鲁地斥责她自己和其他所有人。一旦她结婚，无论有什么使她疯狂的事情，她都会平静下来。她会有浅黑色皮肤的小孩，看上去都像是印度和华人的混血或者都不像，是全新的马来西亚人。

切斯特告诉她这是全世界都存在的问题。他告诉她关于马丁·路德·金说过的话："'不是以肤色而是以品格的内涵'来判断人。当然，帕鲁和吉娜在美国都会被视作非白人。但这是全世界都会有的问题。"是的，利安想，美梦对于吉娜和美国人来说也是相同的。

第六章

吉娜得知帕鲁申请了非宗教婚礼，确定了婚礼的日期时，大声尖叫起来。利安窘得弯下身子。

"你们这些该死的多管闲事的白痴！"她尖叫着说，"你们都以为生活很容易，只要一结婚，一切都会顺利解决。如果我嫁给一个癞蛤蟆①，泰米尔的家伙，父亲就会和我断绝关系。他甚至辨不清泰米尔人②和旁遮普人！我怎么能和帕鲁生活在一起呢？我是华人。叫我如何昂首挺胸呢？我的兄弟姐妹都会嘲笑我。镇上所有的朋友都不会理睬我了。你和艾伦都有你们自己的生活，你们不可能老是照顾我。没有了家庭，我该怎么办呢？"

帕鲁坐在她的旁边，胳膊肘撑在艾伦的餐桌上，眼睫毛上沾满了泪珠。

"噢，别在意。"吉娜说，吻了吻他的肩，"我知道是艾伦和利安唆使你这样做的。她们是我最好的朋友，但是她们不了解我们的问题。我向你保证，我们总能想出办法来。"

帕鲁绝望地说："或许如果你来我家，我母亲见到你，会喜欢你。我母亲向来很和善，对我们的亲戚都很好。她也会对你好。"

"你不了解我父亲！如果我带你回家，他会把我踢出家门。他信儒

---

① 原文 keling-kwei，粤语。

② 泰米尔人（Tamil），居住在印度南部泰米尔纳德邦等地和斯里兰卡的人。

教，养女儿没什么用。如果我带回一个旁遮普人，算了吧！父亲会和我脱离关系！"

帕鲁一定是以前听到过多次这样的争执，他用手捂住脸，再也不说一句话。

最后，利安离开了，她对他们的怯懦非常愤怒。她会告诉艾伦她的干预无济于事。她决定"金盆洗手"，不管他们的事了。就她而言，让他们想做什么就做什么吧。

但是，第二天早上，艾伦打电话给她。"噢，天啊！"她说。利安从未听到艾伦如此心急如焚过，"吉娜和帕鲁，他们服用了安眠药。在我的公寓里。警察刚刚跟我打过电话。我要到警察局去。噢，天啊！"

"他们到底出了什么事？"

艾伦的抽泣声晃动着听筒。"吉娜死了。"她恸哭着，"她死了。自杀了。"

真是个傻瓜！利安愤愤然。她对着听筒说："你想让我过去吗？我在你父母的家里等你。你现在不会回公寓吧，是吗？"

她想，真是奇怪。她应该像艾伦那样哭泣。然而好像吉娜将无形的袋子罩在她头上，让她窒息。她觉得透不过气来。

艾伦不知道警察的盘问还需要多长时间。她父亲坚持她应先咨询律师，以防他们的家庭起诉她。她不知道接下来的几天会发生什么事，她们再见面时会说些什么。

利安那天没有课。上午的时间好难熬，她一直在图书馆和休息室之间徘徊。

虽然离期末考试还有几个月，图书馆还是挤满了学生。成群的去教室上课的学生站在不同的大楼门口，盯着她看。

她不会受到大众侵扰。还差一年就能和高年级学生脱离开来。目前她还只是助教，就已经进入令人敬畏的教师群体，享有不受公众干扰和行使权利的优待。

她是多么孤独啊！没人能和她分享心情，没人能和她交流吉娜和帕鲁的事。艾伦忘记告诉她帕鲁的遭遇。他死了吗？他也服了安眠药吗？他们人现在哪里呢？谁去告知他们的父母，聚集在柔佛华人学校的吉娜的大家庭，早上大概在碾磨咖喱酱的帕鲁的和蔼的母亲？他们会葬在一起吗？不太可能。每个家庭都会把责任归咎于对方的孩子。如果我的儿子没有遇到你品行不端不光彩的女儿……如果我的女儿没有遭遇你穷凶极恶勾引人的儿子……

她发现在远离学生上课路线的两栋楼之间有种植了幼小的棕榈树的草坡，和叽叽喳喳成群的学生。她坐在稀薄的树荫下琢磨为什么吉娜选择自杀。她的独处有些矫揉造作。明媚酷热的上午，开放式的校园里修剪过的整整齐齐的草坪、细心栽种的树木、远处抱着书从容行走的学生——这些都与她心里的惶惑不安形成对比。

她能想象吉娜和帕鲁的四肢随意地摊开并躺在艾伦的床上，比活着的时候更无拘无束。她如何才能理解他们的绝望和愚蠢，以及他们惧怕的数不清的叫不出名来的家族成员。

没有一丝风吹拂在土壤上。低矮的棕榈树叶动也不动，好像是刻在蓝天上一样。

她百思不得其解。她不耐烦地站起来。她很清楚自己的感受是被抑制住的愤怒，而不是内疚。如果吉娜生还，她会摇她几下责怪她做蠢事。

然后她想起吉娜已经不在世上了。整个蓝天和平静闷热的空气里没有吉娜存在了。她的泪水缓缓地流下来。

她吸着喜欢的新鲜的酸橙汁，期望在休息室碰到切斯特。她一根接一根地抽烟，希望抽完这一根他能出现。

她抽完半包烟，他终于和阿布杜拉一起来了。

她毕业的同一年，阿布杜拉获得了历史学学位，在《新报》[①]做记者。她很少读《新报》，政治性太强，发表每日社论为马来人争取特权。读这个报纸让她觉得自己在异己的国家里有被抨击的危险，她拒绝买这个报纸。如果有足够多的马来西亚人都不去买《新报》，她希望就能阻止它的出版。

起初，切斯特和阿布杜拉是室友让她觉得很不舒服。后来和阿布杜拉聊过几次后，发觉他有趣而且温和。尽管他聊的大多是关于政治，她还是喜欢和他交谈。他的立场非常鲜明，但是他很巧妙地跟她争辩，仿佛一个好搭档评论精美舞蹈的花式造型和优美动作。他机智优雅地解释马来特权的必要时，她并没有感觉受到威胁。他让它显得公平正义，就好像是舞蹈基本设计的再调整。这是温和的劝谏，她喜欢这个关于马来西亚未来的设想，她问阿布杜拉为什么他的文章没有从这个角度陈述立场。他回答说他是这样写的，只是她没有读明白。此刻，不管怎样，她希望来的只是切斯特一个人。

阿布杜拉问道："她是你的朋友？她自杀了？我一听说就给切斯特打了电话。我的文章报道了这件事，你知道的，我记得她的名字。她是你们一伙的哟？"他在她旁边坐下，同情地看了她一眼。

她坐在靠最远角落的桌旁，烟灰缸里是一堆烟蒂。

"我们能帮点什么忙吗？"切斯特在她左边坐下。

她感到一些宽慰。毕竟世界很小，总是撞见熟人或是以前见过的人。假如吉娜和帕鲁接受朋友的帮助，他们就不会如此孤苦伶仃了。

她瞧阿布杜拉的眼神更热情些。当然她情愿切斯特没带他来，但正是他把切斯特带过来的。

---

① 《新报》(*The New Paper*)，即《新加坡新报》。

"你是吉娜读二年级时与之调情过的马来男孩之一吗？"

"啧，她跟所有人都眉来眼去。她最喜欢的是萨马德——她喜好牛仔风格。"

利安记得萨马德，在图书馆外面和他那伙人在一起时，常戴顶帽子。"像原野奇侠①，呵！"吉娜大声说，厚颜无耻地当着所有男生的面挑逗他数分钟。然而萨马德从未理会她的撩拨，只是咧着嘴笑，仍和他的朋友们待在一起。这些马来男生从不吃窝边草。

"那个印度男孩没死。"阿布杜拉回答利安，"服的安眠药还不多，他醒过来时，捶打自己的手腕，但声音太大，房东听见声音赶过来，发现了他们。"

"天啊，"切斯特说，好像第一次听到这件事，"你们这些人总是想不开。"

她发觉自己在哭泣。帕鲁手腕包着绷带，躺在医院的病房里，想到吉娜已经死了，他的哀伤让她无法忍受。

阿布杜拉从桌上的纸巾盒里抽出一张纸巾递给她，但是她的眼泪直往下流。她注意到两位男士将椅子挪得离她远了一些。她让他们觉得尴尬了，她使劲咽了下唾沫，舔了舔嘴唇上的咸味。

"异族恋是非常困难的。"阿布杜拉对切斯特说，"物以类聚。印度人和华人不可能合得来，太多的不同——食物、习俗、语言。要成为夫妻须共享相同的宗教、相同的种族和相同的历史。马来人和华人也是油水不相融。马来人有亚达特法②，伊斯兰教教徒也有伊斯兰教的法律。教导的都是善行。华人没有亚达特法，他们吃猪肉，爱好赌博、赚钱。"他停下来，对利安说："当然，华人也有自己的信仰。但是如果他们想和马来人结婚就

---

① 美国 1953 年上映的一部美国西部牛仔片《原野奇侠》，主人公是肖恩（Shane）。

② 亚达特法（adat），印尼、马来西亚一种传统的不成文的习惯法。

须变得和马来人一样。"

　　她没有听。她用粉红色的餐巾纸擤鼻子，纸巾皱成了湿湿的碎条。她又抽出一张。餐巾纸四周印有火凤凰。就在上个月伯母送了她一件红色绵缎夹克衫，上面就绣有这样的火凤凰。"凤凰是非常好的吉祥物。"她解释说，瘦长的手指摩挲着纸巾上凤凰扬起的翅膀，红丝线融合在红色的纤维里，"象征着长寿、新生。能给年轻的已婚妇女带来吉祥。"提起这些，利安有些神经紧张地抓弄着纸巾边。

　　阿布杜拉一定是领会到了她的沉默，他说要回办公室，然后离开了。

　　她用湿手指夹了根烟叼在嘴里。

　　"不要哭了。"切斯特帮她点着烟，劝道。

　　透过眼泪和烟雾，她看到他率直的褐色眼睛和高挺的鼻子。她祈盼他能吻她，但是还有亨利呢，然而丝毫不像切斯特和她之间那么回事。

　　她告诉亨利那天晚上关于吉娜的事，他问道："为什么你不打电话到我实验室呢？要知道，你任何时候都可以找我的。你怎么能一整天独自忍受呢？"

　　她没有告诉亨利下午她都和切斯特在一起。

　　切斯特带她去了他最喜欢的茶室。离开学校她非常愉快，她喜欢沾满了同样黏糊糊的一摊摊橘子水的脏地板，皱皱的玻璃纸包装的水果蛋糕片，甚至那个很自然地在她面前将腰布打结的胖胖的印度厨师。

　　她告诉了切斯特有关吉娜和帕鲁的事，当说到帕鲁描述他母亲对吉娜顽固排斥时，她压低了嗓音，以免厨师听到。毕竟他抱怨自己的母亲是一种背叛行为，任何一位印度人都会被这个故事激怒的。

　　切斯特说吉娜也许有恋父情结。这并不仅仅因为是华人，而是普遍的心理疾病。吉娜真正想要嫁的是她的父亲，她和帕鲁的关系对她来说从来就不是很重要的事。

利安很震惊，但不想表明她多么不赞成他所说的。吉娜有可能是那样喜欢父亲！甚至觉得这是她记忆中的罪恶。然而谁敢告诉帕鲁，吉娜对他不是认真的！她正是出于对他的爱才自杀的。她认为切斯特所谓的恋父情结对美国女孩适用，因为他们有堕落的性文化，但吉娜并没有性反常。

然而，她没有和切斯特争辩。已经快到她不得不回家的时间了。即使他不理解吉娜面对的这样的种族隔阂，她还是喜欢听他深厚权威的声音。

亨利太能理解。他说："吉娜太中国化了。这是她的错。可怜的帕鲁！她没有足够的勇气改变她自己，所以采取了最简单的方式来解脱。他的运气不好。"

吉娜总是说她非常胆大。她认为吉娜缺乏的不是勇气，而是想象力。她想象不出如果她不是华人的话，可以过一种怎样的生活。历史没有教如何改变人的种族。只教了人与人之间，甚至相同肤色和血统的人之间的战争和暴力。吉娜还不够聪明到能超越历史。

她没有参加吉娜在柔佛的葬礼。吉娜的家人没有通知艾伦葬礼的安排。艾伦听从了律师的安排，远离这个惨案。她只是吉娜以前读大学时的朋友，将公寓借给了她，对她和帕鲁的这个事件一无所知。

"你不知道对他们撒谎是多么费力。"她激动地对利安说。利安过来帮她搬出公寓。

艾伦请了搬运工打包家具和物品，她不能忍受再待在公寓了。

警察搬走了所有吉娜和帕鲁的物品——艾伦向警察指认哪些是他们的东西。有几件衣服、两个小箱子以及一些化妆品。

艾伦说谎，保留了吉娜的一把梳子。这是一把木头柄的小硬毛刷，艾伦给利安看时，吉娜一些短粗的头发还缠在梳齿上。

她们不再哭了，温柔地抚摸着发梳，仿佛它是吉娜身体的一部分，而这部分没有被埋葬。

虽然只是上午十一点，艾伦就已经在喝虎牌啤酒了。她不顾父母的反对，搬到了一所平房里独住。

"我不能和他们一起住。他们会限制我，这个不能做，那个不能做。我在韦斯顿·阿伦公司面试过了。薪水可观。我不需要父亲的不义之财。"

她没有再说要去美国。

搬家卡车到达，艾伦什么也没做。她站在卧室的窗户边，忧郁地向外眺望下面一排排的小院子。每个院子的四周围有高高的铁门和防飓风钢丝网。一半的院子铺着水泥，另一半院子是古怪的混合——长满了蟋蟀草和茂盛坚挺的白茅草，支架上挤满了一盆盆黄色和紫色的盛开的兰花，到处散落着碎砖头和倒扣的塑料提桶。

利安在艾伦旁站了一会儿。不知吉娜和帕鲁在吞服安眠药躺在床上之前是否向外注视过破旧垃圾的情形？起居室和厨房在屋后，朝向更加有伤风化的景象，床单、毛巾和内衣在烈日下暴晒到僵硬。

搬运工搬动摇椅下楼时彼此吼叫。艾伦把床和床垫留了下来。房东之前从未见过吉娜，很高兴能把这些留给下一位房客使用。

艾伦问："你自己曾经跳出过窗户没？"钢骨架的窗格大开着，她轻轻伏在窗台上，圆润的乳房和身体微微倚在窗户边沿。

"噢，没有！从未有过。"利安不假思索地说道。

艾伦转过身来，说道："我也没有过。这些工人太慢了，他们要花一整天搬。他们搬完之前，我们去小酒馆吧。"

利安提醒她："但是你要指引工人把行李搬到你的新家，还要等着他们卸下行李。人总是要搬到另外的地方！你不能只是打包行李然后就离开，你还要整理行李，安顿下来。"

艾伦这段时间很迟缓，对利安的意见反应得比较慢。她有些变了，情感不是那样顺畅。她对这个世界有些不满，只专注韦斯顿·阿伦公司那里新职位的机会。

利安感觉到应不再干涉艾伦，但是艾伦仍旧给她打电话，有时候天天打。即使她开始了新工作，有六周的密集培训，她还是每晚打电话过来。她们间或聊聊帕鲁，利安曾到医院去看过他。虽然艾伦没有理由对他有意见：吉娜死了，他活下来了，这并不是他的错，艾伦还是没有去探望他。

利安和切斯特一起去了医院。在他们的头次探访期间，帕鲁就一直在流泪。仿佛利安亲眼见到吉娜在他身旁死去，他用从柔佛买的闪亮的蓝色吉列剃须刀片割了手腕。虽然他的伤口看起来比当初殉情时所划的伤口还要深，他的哭声惊动了房东，房东跑上楼来时，他已经缓和过来。吉娜不再呼吸，再也不会回来了。这个事实让他大声哭起来，也使得他不再硬要伤害自己了。他意识到吉娜就算死了，也不会和他在一起。

帕鲁没有尊严地哭着，抽泣得很厉害，护士跑了进来让他们离开，他们让他难过了。

利安准备第二次去看他之前先打了个电话。帕鲁接了电话，说可以，几天之后他就要出院了。虽然他们学校的校长写信给他说要终止他的职位，他还是准备回柔佛。他想要见她，和她告别。

切斯特说："我想我还是不和你一起去了。毕竟我和他不大熟，也许他想单独见你。"

"不行，不行！"她不能单独拜访帕鲁。他经历了这些之后，她有些怕他。

他离死亡太近了，他对她来说像鬼魂或者凶手。她需要有人保护。

帕鲁穿着短袖衬衣和带条纹的蓝色宽长裤，这次他能笑了。

他用以往热情的语气质疑道："你是和平队志愿者？为什么你们美国人费神跑到这里来工作，哈！在印度所有和平队的家伙都是美国中央情报局特工。我的朋友普什帕说的。"

切斯特和他谈英文综合考试课程的教学。他们应该在咖啡厅谈这些。

"然而，要知道，我们校长不是一个通情达理的人。他看到报纸就认为我是坏人。现在我在柔佛已经失业了。"帕鲁说这个让人沮丧的事情时面带微笑。

"嗨，也许我的学校能给你个职位！"切斯特非常激动。他喜欢去实现可能，解决问题，把配件组装起来，"我去跟校长说。他也是印度人。戈维兰德先生，文学硕士。"他对自己的俏皮话大笑不已，"他非常喜欢这个头衔。我们都称呼他文学硕士戈维兰德先生，特别是如果我们想求他帮助的时候。我确信他会帮助你。学校缺英语老师。学生抱怨我是唯一受过训练的英语老师，而我还不是英语专业出身。不在我班上的学生不断地要家长投诉。戈维兰德先生会抓住这个机会让你在学校任教。"

帕鲁眉开眼笑。脸圆起来，已经看不到朦胧的轮廓了。切斯特是一位多么好的朋友啊！切斯特甚至还不熟悉他。戈维兰德先生真的会给他一份工作吗？和切斯特这样一位好心的人在同一所学校工作是多么好啊！他经历了这些后，到底是否还能找到一个职位呢？人们会让他忘记曾经发生的事情吗？因为自怜和对希望的忧虑，他的眼睛里充满了泪水。

第七章

伯母扫了一眼利安邋遢的裹身短裙和 T 恤衫，右腋下衣服缝合处都脱线了。她问亨利："你们准备什么时候要孩子？"

利安一脱下拖鞋放在推拉门门口，脚趾就猛地踢到了活动地板上。伯母在她身上看到了令她伤心的什么吗？她每次都戴了避孕用的子宫帽。亨利希望在德国继续生物化学研究。福斯特教授推荐他获得在巴登的一笔可观的博士奖学金，他每周六在歌德学院学习德语。

教授上个月邀请亨利和利安吃晚饭——这对亨利来说是荣幸，因为福斯特教授并不喜欢社交——告诉利安，她可以在那里轻轻松松教中文。德国人热衷于东方的一切。利安说不会读写中文，只会说闽南语，他感到吃惊。他认为德国人不会接受她为英语老师，说他们对正确的口音非常苛刻。当然她正在攻读英国文学的硕士学位，这很好，但是这并不——他停了下，然后说，在巴登，这对于她并没什么优势。

那天晚上，亨利对利安说她总能找到事情做的，她是那么自力更生。她会去交朋友，研究德国文学，学做德国菜。她会去写有关他们旅行的诗。要孩子并不在他们的计划当中。

伯母说"你们的孩子"时，好像已经有一份礼物了。利安闭上眼睛，希望这不是真的。

亨利坐在靠近空调的乐至宝①牌沙发上，翻看《新海峡时报》②。

伯母很直接地对利安说："你必须马上要小孩。"

利安小心翼翼地走在发亮的水磨石地板上，光脚板下凉凉的。她抚摸着雕花黄檀木咖啡桌旁她最喜欢的蓝色陶瓷花瓶，如释重负地回答："再过几年。"这栋房子里所有东西都很昂贵。

叶先生不在家的时候，她喜欢来拜访。这次叶先生是在瓜拉江沙③他的新储运分公司查看卡车。她现在称呼他阿爸，但是他们还没有讲话。

他偶尔用闽南语和亨利聊聊他的研究。"你在做研究吗？好的。什么样的研究？还是上次那样的研究吗？为什么是同样的研究呢？科学家们都是那样做研究的吗？好，好。"

利安和亨利周日来吃晚饭时，他却通常保持沉默，近乎梦游。利安跟亨利说神气十足的华人大老板在真实生活中原来是疲惫不堪的老人。

伯母继续说道："即使我向观音祈祷，捐钱给彭和寺庙，我还是没有孩子。而你有健康的身体。年轻的时候要珍惜啊！"

她的眼睛似乎穿透了利安皱巴巴的衣服。利安感觉身体被闲置了，像密封罐。伯母大概知道她戴子宫帽避孕的事。

利安在光滑的石头上走来走去，或者陷进带靠垫的沙发里，或者当着伯母的面轻轻拍打着一只光脚丫。伯母注视着她。

伯母转向亨利，温和地说："我们总在变。你要让她跟着你变。"

亨利脸上挂着开心的笑容说道："随着德国变。"

利安再次感觉到亨利的好。对于伯母的跋扈，她会因为沮丧而尖叫。

---

① 乐至宝（LAZBOY），美国家具名牌，始于1927年。
② 《新海峡时报》（New Straits Times），在马来西亚出版的英文版报纸。是马来西亚历史最悠久的报纸。1845年创立《海峡时报》，1972年重建为《新海峡时报》。
③ 瓜拉江沙（Kuala Kangsar），简称"江沙"，马来西亚霹雳河上游左岸一城市。

亨利一向说话温柔，好像是向着实验室的凤仙花说话似的。他解释事情非常清晰、具体，对利安讲话时央求的语气让她觉得不好意思。

和他在一起，她感觉自己直率、敏感易怒的作风有些收敛、改变，整个人仿佛进入静止状态。在亨利的生活中，她是梦游人，她毫不怀疑地相信他能决定他们的将来。

然而，她自己也不清楚为什么不告诉他自己和切斯特的碰面。或许他并不介意切斯特什么时候来访，或者他喜欢切斯特，她不想表明什么特别的关系影响他们之间的友谊。

有天晚上，切斯特带阿布杜拉和萨马德来拜访时，亨利并没有不高兴。亨利刚刚到家，利安才冲完澡，马路上小车的喇叭声便响起。"一定是艾伦。"她在卧室里嚷道，匆忙拿毛巾把头发擦干。

"切斯特带了些朋友来。"亨利在前门提醒道。利安抽空把缠结的湿发梳顺。

她还记得萨马德，他大部分下午的时间待在图书馆的入口处，下嘴唇上叼着香烟，翘起一边的髋部，牛仔帽遮掩住他俊美的脸庞。他几乎和切斯特一般高，但是不像切斯特那般悠闲。

"漂亮的房子。"萨马德说，点燃一支香烟，蜷在伯母为他们挑的丹麦扶手椅里。他的眼睛飞快地掠过她，看着亨利。虽然他很英俊，他和男性待在一起时却更加自如。"你自己的房子？"

亨利犹豫了会，说道："我父亲的。喝点饮料吗？"

利安不知道他们是否想喝啤酒。

切斯特答道："你有玫瑰露吗？那是我室友最喜欢的饮料。"他解释说，他和阿布杜拉、萨马德一样，都是禁酒主义者，他喜欢甜食和甜饮料。

她认为切斯特之前说得对，他前世也许就是马来西亚人。

然而，他们喝的是可口可乐，切斯特小题大做地说，来马来西亚是为了摆脱美国。他和萨马德，这位牛仔，却在这里喝可乐。

阿布杜拉和萨马德一直用深思的眼神看亨利。"科学类型的人和艺术类型的人是不可能相容的啦，"他们跟亨利解释，"这就是亨利对像我们这样的人退避三舍的原因。但是利安这么漂亮，他是无法回避的。"

她对他们的恭维开怀大笑。

萨马德做广播类的工作，写报道。他说不久会被派去负责新的节目，《我们居住的世界》。他计划采访农民、渔夫、沿街叫卖的小贩和摊贩之类的小商贩，还有信奉宗教的教师。

她猜想他只会采访马来西亚人。这个节目将会在马来西亚播出。她又觉得有些不自在。萨马德早就获得地理学学位，他的节目真的打算带来整个世界吗？

切斯特喝完了饮料，而其他人还仅仅是抿了下。"真是太棒了！阿布杜拉在报界，萨马德在广播业——他们一起会征服全马来西亚！"

阿布杜拉向着利安笑了笑，说道："当然永远会有英语和科学家的一席之地。"

厨房里煎鱼的气味和发出的嘶嘶声让萨马德跳了起来。"必须走了，不打扰你们吃饭了。"

萨马德他们不会和他们一起吃饭。况且，利安拿不准是否猪肉会端上来。她很清楚如果桌上摆猪肉，阿布杜拉和萨马德会非常生气。她让莱奇米想做什么菜就做什么菜，她很欣慰不用去买食品做饭。

她端出花生和马铃薯片，极力劝说他们再待会儿。

阿布杜拉嘎巴嘎巴地咀嚼一小把花生。"当今的政治形势不是很好。华人不太喜欢政府，而他们犯下大错误，是政府在保护他们。马来人非常非常有耐心。我们并不是说华人不好。所有人都好。我们的宗教信仰教会我们这些。为什么华人说马来西亚人不好，政府不好，而想改变政府呢？"他瞧着亨利，揣摩他的反应。

亨利说："我明白你的意思。"

阿布杜拉说："比如说英语，并不是想让你难过，哎，利安，英语是杂种语言。在马来西亚，我们都必须说国家语言。"

有一会儿每个人都面面相觑。

她感到疑惑，他们真的能这样做吗？如果他们马上都突然转向说马来语，会发生什么情况呢？她如何表达自己呢？就像一个蹒跚的六岁的小孩，在昏黑的世界里摸索阳光？她的世界是被语言点亮的。通过多年的阅读和会话而吸收的英语在她的大脑里形成了一张精妙的组织网。放弃她的语言就像大脑经受一场极其有害的手术。诚然，她能活动、睡觉和吃饭，外表不会改变。然而，没有英语，她就会被当作残疾人，如同街上没有手臂、没有腿的乞丐一样。

"我们马来人，是啊，在学校、在办公室，处处都得说英语。我们英语又不是很好，而我们为什么一定要说英语呢？那又不是我们的国家语言。"阿布杜拉的声音非常温柔，说话的样子和亨利一样，像老师给喜爱的孩子解释一堂很难的课程。

她想，对阿布杜拉来说，不用马来语，而用英语来表达自己当然就不好了。他会感觉像六岁的盲童在脑海里暗中摸索思考的对象。失去了语言他在大学里一定会变哑。

但是他为自己辩解时说得多好啊，即使是用简单的慢速英语。她对他产生了钦佩之情。

亨利有一丝不耐烦地晃动了下架起的二郎腿，说道："但是你出国怎么办呢？我现在正在学德语，所以我理解学一门外语有多难。而我没得选择。如果我要继续在德国的研究，就不得不学德语。"

萨马德回答道："那只是不到百分之一的人。"和阿布杜拉不同，他不肯吃东西。"这百分之一的人，当然他们必须学英语。他们会成为政府高层官员。其他人，比如说，的士司机，甚至老师，为什么需要英语呢？马来语对这个国家来说已经够好了。"

"然而谁会选择成为这百分之一的人呢？马来西亚人会努力加入这百分之一吗？如果他们不想成为的士司机而想成为科学家，那该怎么办呢？如果他们认定不仅需要马来语还需要英语，那该怎么办呢？"她一停下连珠炮似的问题，就意识到做错了事情。萨马德毫无表情地闭上眼睛，阿布杜拉皱起眉头，甚至亨利也咬了咬自己的嘴唇。

切斯特站起身，伸了伸懒腰。他的手臂很长，几乎碰到了天花板。他挠了挠头发的尖峰。他说："要走了，用餐时间到了，要吃饭了啦。"

她站在精致的铁门口，难过地和他们挥手再见。阿布杜拉驾驶一辆新的菲亚特。他们开车走时都在笑，好像已经忘了那场谈话。

她继续忧心忡忡地站在门口，亨利来到她跟前。太阳已经落山了，夜幕降临。沥青路依旧泛着热气。

她感到绝望："我说错了什么吗？"

"顶撞别人是没有礼貌的。"

"但我并不是顶撞，我只是指出……"

"你瞧，"他打断道，"你又这样。"他叹了口气，"你变得太过于西方化了。首先你必须接受别人说的。即使你不同意别人的观点，你也要保持沉默。女人抵触男人，他们会不高兴。"

"但是亨利，你不是那样的。你会让我说出我的感受。我知道你不会同意萨马德的立场，他……"她不知道自己说的是什么了。

"最好不要争执。"他的声音温和，但有些冷酷。

她生气地哭了起来。"你和马来西亚的其他人，华人、马来人，甚至切斯特，都是一样。一个女人没有权利有自己的见解。她只能听取、附和男人说的话。"

亨利觉得有些意外，伸手搂着她的肩膀，安慰道："我相信不是那样。当然我很骄傲你是那么的聪明。但是你应该用你的聪明才智和他人的见解一致，而不是发生争执。这就是华人的方式。甚至男人也是遵循这条原则。"

她把亨利搭在她肩上的手臂推掉。"噢！"她从嗓子里挤出，"但我不是华人。我是马来西亚人。"

第八章

艾伦和切斯特立刻喜欢上了对方。

"他就是那个神秘的男朋友。"她开玩笑地捅了下他的肋部,"她为什么要把你藏起来?她的丈夫没注意?"

切斯特大笑。"她的丈夫认识我,但不介意。我只是来自美国无伤大雅的一个人罢了。"他举起双臂证明他清白。

她又捅了下他,但他无动于衷。她又继续捅了他几下:"哈!男人四处嗅嗅,他们只想得到一样东西。"

利安既难过又尴尬。"艾伦认为男女在一起就会胡来,不会成为朋友。"

"那从来也都不是我的经验。"切斯特朝艾伦欠欠身,大声地笑起来,抬起一只手抚在她身上,好像她身上疼痛。他说:"马来西亚人到底还是有幽默感!"

艾伦很不高兴帕鲁一月份开始在八打灵再也教书。她郁郁寡欢地警告说:"你们瞧,他是个惹麻烦的人。切斯特,你最好小心点。有些人不管到哪里都会给我们带来麻烦。"

"这样说不公平!"利安还记得帕鲁呆滞的脸上挂着泪珠,对切斯特的提议毫无抵抗,"咳,帕鲁深受他人困扰。他非常温和。他若努力,是不会找麻烦的。"

"这正是我要说的。"艾伦用力地把椅子从房间的一边挪到另一边。切斯特想帮助她,她却瞪着眼,摇了摇头,"你认为我怎样?和帕鲁一样软弱？”

艾伦在八打灵再也寻到一处两层楼的房子。速生软木树使得前院笼盖在浓密的树荫下，腐烂的树叶时常凌乱地撒落在地面。丛生的灌木开满了血红的龙船花。这座房子显然是无人管理，灰绿色的常春藤蔓生在防飓风的栅栏上——鲜花肆意绽放在篱笆上的原始景象——增添了荒凉的气氛。租金有些过高，但艾伦想独自住，她的父母帮支付了些费用。

她说在韦斯顿‧阿伦的工作不怎么样。薪水没有达到预计水准，做相同的工作却有三个等级的薪水：薪水最高的是有两年合同的英国人；低一点的是马来西亚男士，他们都想争夺晋升；最低的是像艾伦她们那样的女士，她们都希望公司能马上改变政策。

艾伦把摇椅拖到茶几旁，把光脚丫砰的一声搁在玻璃台面上。“要知道，帕鲁是不祥之人。内心空空如也。就是这种人会招惹麻烦。自然界憎恨真空。”

利安猜想亨利也许会赞同艾伦的话。牛顿说过这话。或者是爱因斯坦说的？

“我们都知道吉娜是个麻烦，但如果不是因为空虚，她也许会活下来。”艾伦带有敌意地用脚后跟踢着桌面，“等着瞧，他就是寄生虫。他需要吸吮别人，切斯特，你就是他吸附的对象。”

不过，利安思忖，可以说如果没有吉娜，帕鲁本来会很好。想起亨利讲的关于她过于争辩的话，她就一声不吭了。

“难道不是吗？”艾伦向着利安说，“吉娜和我们一样。我们都有难处。这就是生活。当然，”她不怀好意地大笑道，“利安不知道她有麻烦，但是我们知道，对不，切斯特？”

“那么为什么吉娜要自杀呢？”艾伦的声音快速提高，“我们都很坚强。吉娜是一个很强势的人。她的死是帕鲁的错。”

她发觉自己情绪越来越激动，不禁大笑起来。"要是你们男人离我们女人远点，我们就会相安无事。"

艾伦的脚就要扫过茶几上的啤酒杯，利安拿起了杯子。切斯特坐在椅子上尽可能地向后靠。

那天是周六下午，亨利在歌德学院和施奈德先生一起学德语。他已经能读一些简单的文章了。

利安拒绝和他一起上课。"在德国会有一些事情做。"她说，"再说，听了阿布杜拉和萨马德的话，学习马来文学，情况可能会好些。"她对这个是半认真。切斯特懂马来语比她懂得多，虽然他只学了六个月。

现在无论什么时候看到那讨厌的油印批评实践诗，她都很反感。每次辅导，她都觉得自己像骗子。她曾相信过这些都是自己的诗，源于自己的身体，就像源于那些诗人身体一样吗？

她觉得心灵和身体分割，身体每天越来越陌生。她的神经末梢在紧邻的平面上反常地鲜活地颤抖着，但是除此以外的部位都没有了感觉。和学生讨论诗，语言和她的身体之间不再有吟唱的关联。反而，讨论缓慢而艰难，学生不能领会她的讲解。然后，她新的身体，对自己吟唱，没有任何形式或语言。她的心灵接近不了身体。

亨利亲吻她，贴近她的嘴唇，那时她都感受不到自己新的身体。她想，那种共鸣的感受，像金色的蜂蜜堆集在她身体的蜂巢里，愉悦了别的什么地方，在她的心灵之外，亨利之外。

现在她和切斯特在一起的时间越来越少了。他们在一起的时候，她有些麻木的感觉，好像在等待一场灾难。没有再继续探险，他们大部分时间都在一起聊天。更确切地说，是他在说，她在听。

现在惶惶不安地听着艾伦讲话，利安怀疑是否她也像帕鲁一样，内心空空如也。

切斯特向艾伦解释，帕鲁要和他合住，但是房子里只有三间卧室，阿布杜拉和萨马德都坚决反对这个想法。他补充道："我的朋友祖尼和巴拉正在找人合住。"

艾伦说道："公寓，为什么你们美国人喜欢用一些比较正式的大词，比如用'apartment'和'elevator'代替'flat'和'lift'？哎哟，关于美国的每一件事一定都很重大啦。甚至你说的每个单词都很长。"艾伦一脸戏谑的笑容。

利安明白艾伦在消遣切斯特。他看起来很欣赏她轮廓鲜明懒洋洋的身体，她的腿搁在茶几上，丰满的乳房在空中很显眼。艾伦把头倚靠在摇椅的靠背上。她的整个姿势肆无忌惮，无所顾忌。

她也欣赏艾伦的姿态。她自己的身体像一把被敲击的调音叉。她不敢像艾伦那样伸展四肢，能够自主独立——她会颤抖和痛苦。她的肩膀绷得紧紧的，双手也是攥得紧紧的。艾伦意味深长地瞅着她，她明白艾伦了解她。

她有些妒忌地问切斯特："你喜欢她吗？"她不希望他们互相喜欢。她想要他们各自独立地喜欢她，就像亨利、艾伦和她的关系一样。艾伦对亨利仅仅是客气，亨利并不喜欢她，但他并不承认这点。

他回答的时候，她让摩托车的发动机不断地运转。他在公寓附近商店的拐角处下了车。

"是的。"他大声地说着，声音盖过了发动机，"我在普林斯顿遇到过很多像她那样的女孩。她们有时候是男生最好的朋友。"然而他说这话的时候看上去不大自在。然后揉了揉她的头发，跟她说了声再见。

她弄不懂他话的意思，揉揉她的头发又是什么意思。这是他第一次亲密地触摸她。但是他说话的方式让她明白不必嫉妒艾伦了。

她对艾伦说："小心，他要喜欢你了。"

不料艾伦却说："不会的，他是个呆子。除了他自己，他不会喜欢任何人。"

但她知道艾伦喜欢切斯特。每次她们见面，艾伦都会问："你的男朋友在哪儿啊？"切斯特来拜访时，她喝得更猛了，经常是虎牌啤酒，他们俩没完没了地争论美国政治。她跟切斯特在一起和跟利安在一起时一样愉快放松。她穿着平常的牛仔裤——她上班只穿定做的西装——她坐着的时候两腿张得很开，或者脚抵着家具。

有时亨利也来。他和艾伦在切斯特和利安跟前聊天，这就是一个四人小组。只是有些下午切斯特仍然会和她一起出去逛，去布里克菲尔德的茶室或吉隆坡周边。在那时她觉得仅仅只有切斯特和她自己。

"别想隐瞒我。"艾伦某天下午吃午饭时说，"你和吉娜一样坏。你是想还是不想呢？你的亨利真的是一点都没察觉。其他人都知道发生了什么。"

"我不明白为什么你总是暗示切斯特和我之间有什么事。"利安很任性，"我们不再经常见面了。事实上我们在休息室遇到时，他通常是跟阿布杜拉在一起。如果亨利没有觉得我做错了什么事，我不明白你为什么要这样认为。"

"不明白，不明白。"艾伦嘲弄她，"你的亨利不想明白。为什么女人都如此疯狂，我想我永远也不会知道！我敢打赌，阿布杜拉明白会发生什么事。你不必对我撒谎。我看到你看他的眼神了。你从未那样看过亨利。那个切斯特，我会杀了他。"

的确，前几周，切斯特在洗手间时，阿布杜拉也说过这话。"我的好朋友利安，你要小心。这些和平队的人，他们会离开我们回到美国去。他们不是属于我们的人。"

她假装不明白他说的话。"但是阿布杜拉你告诉过我，我也不是你们的人啊！我和亨利马上就要到巴登去了。我要到哪里去找我的人呢？"

阿布杜拉的黑色眼睛透出善意。"你要走你自己的路，利安。如果你是马来女孩，我就能帮你。有时我想你是华人，这个有点糟。切斯特是很好的人哟，但是，要知道，他内心深处还是个白人。他想成为马来西亚人，只不过是逢场作戏。他并不是认真的，你知道吗？"

真让人绝望。没人明白她为什么喜欢切斯特。他们都认为她有外遇了。除了亨利。还有切斯特。切斯特尊重她。他待她友善且拘谨，视她为马来西亚的向导。

他和她一样无所适从。徘徊在繁忙有方向的其他人的生活之外。他们与现实隔离，没有方向。他们俩偶然相遇，如今有时候发现他们同病相怜。

她总在往前冲，后来到达某处。但是事实上，她的生活充满了没有目标的眩晕感，被动，被不同的人推着到处走。比如说阿布杜拉，她现在每天读他的报纸，但让她越来越惊恐。她不明白这么温和、善解人意和善良的阿布杜拉怎么会和那些文章联系在一起。那些文章居然鼓吹马来西亚只认可一个民族，任何不同意的人都要被监禁或遣返中国或印度。

她很疑惑："中国会要我吗？"她出生在马来西亚。中国会如何对待她呢？然而她吸取了教训。她不会再和阿布杜拉争辩。她让自己讨人喜欢，他就会善待她。

与亨利一起，她被系在了他的生活当中。福斯特教授安排他完成博士学位后，于1970年6月在巴登开始奖学金课程。她知道自己不可能走得那么远，很乐意被拴在亨利身边。

伯母停止唠叨要他们生小孩的事，开始教她如何在寒冷的气候里穿衣恰当。利安去他们家吃饭时，为了取悦她，不再穿牛仔裤，下午时间和她一起购物，买合适的服装和雅致的裙子。她放弃了写诗的打算，而在图书馆的小自习室里给英语系的系主任读十七世纪的英国诗，好让他对她满意。

切斯特抱怨说不想再在职业高中教书了。他在那里还不到一年，但已经开始厌烦戈维兰德先生和他的爱管闲事。帕鲁总在课后和休息时间等他。他但愿帕鲁能再找个女朋友——不想再听他谈论吉娜了。他甚至没有见过吉娜！

他不高兴地说，和阿布杜拉、萨马德待的时间越久，就越意识到和他们有多么不同。他已经喝腻了玫瑰露，也吃腻了有辣椒的食物。他和利安吃饭时，点了猪排，挑衅地浇了厚厚的番茄酱在肉上；再三地说自己不是穆斯林，猪排的热量比多脂肪的牛肉要少得多。

他说喜欢她的陪伴，因为只有她不期望他循规蹈矩。他教她一些美国的事情，来自华盛顿的连续不断的新闻、反对越南战争的示威游行、在美国校园里发生的事情，这些她都比较感兴趣。他带她到美国信息服务图书馆，她选了威廉·卡洛斯·威廉斯、华莱士·史蒂文斯、罗伯特·佩恩·沃伦和约翰·多斯·帕索斯的书。

他说："利安，你不能依照莎士比亚的十四行诗来写诗啊。这个世界已经变化了。你如果读现代作家的作品，就会懂我的意思。"他抱怨说美国似乎离得很远，到这时才意识到多么想家。

利安觉得他们在一起时像两个无家可归的孤儿。他们喜欢在外逍遥。她跟他聊想写作的欲望，用英语写作在马来西亚遇到的阻力；他则告诉她美国是个大熔炉。每个人都融入美国中产阶级。他大学三年级，曾修过美国文学的课程。作家，比如沃尔特·惠特曼，谈论过民主美国的远景，给他留下了深刻的印象。

他说道："当然，黑人因为他们的肤色，在美国面临很多的种族歧视。你们华裔马来西亚人不会遭遇社会歧视这样的问题。你们在这里有很多的同胞。你们遇到的问题仅仅是用英语写作。英语已经随着英国人离开了。你实际上应该移民到美国。"

她感觉到生命的小船在他话语的激流里旋转。中国、巴登还有美国。她觉得只有跟他和艾伦在一起时才轻松自如。

第九章

"并不是我怀疑你。"亨利用力咽了下唾沫,说道,"只是切斯特是男性。也许是我太忙了。我应该花更多的时间和你在一起。你那么活泼,我一向知道你比其他女性需要更多的关注。"

福斯特告诉他应该休息几天,或许带利安去度个假。福斯特咕哝道:"啊,并不是警告你,只是女人,嗯,都不想被忽视。你,嗯,你工作一直非常努力。你前途光明。然而作为科学家,你还必须,还必须也照顾好家庭。"

多半亨利不止一次看到利安和切斯特在美国信息服务图书馆或骑着本田摩托车去咖啡屋。他干巴巴地继续说:"那些美国人,马来西亚对他们来说很生疏。他们并不像我们那样严守规矩。"

她抗议道:"但是没什么事发生啊!你看到他的次数和我遇到他的次数一样多啊。"这并不是事实,然而,她并不为自己的谎话感到难为情。

亨利很痛苦。他从未经历过如此强烈的苦痛——让他想转身走开,闭上眼睛,这样就不用再看到她。不,不应该怀疑她。男人难道会不知道妻子和另一个男人是否有染?难道不会察觉她的肌肤、肉体被玷污?他应该觉察到她的不同。

但是他没有怀疑。他只是猜想她的将来。福斯特已经不再信任她了。他如何预料明天或明年利安和切斯特或其他男性可能会做什么呢?他疑虑的是她的未来。

他恳请道："我们去曼谷几天吧。现在是四月，你没有辅导课了。我也可以不去上德语课。我们还没有一起度过假呢。"

就在上个月他们还庆祝过他们的结婚周年纪念。确切地说，是伯母提醒他们庆祝的。

伯母喜欢浪漫的结婚周年纪念和节假日这样西方的习俗。她会庆祝圣诞节、节礼日①、英国新年②、复活节、情人节，还有个人的生日。她有一本日历，标记着英国的节假日——英国女王母亲的生日、伊丽莎白女王的生日③、圣灵降临节④、银行假日⑤、罂粟花日⑥——但是她只庆祝高档商场庆贺的假日。虽然她并不是基督徒，她还是买并没有人吃的复活节巧克力彩蛋，还用英国圣公会祈福过的棕榈树装点房子。第一任叶太太跟伯母不同，她只庆祝中国传统节日中的中国新年。亨利告诉利安，在卫塞节⑦、

---

① 节礼日(Boxing Day)，每年的12月26日，圣诞节次日或圣诞节后的第一个星期日，在英联邦部分地区庆祝的节日，欧洲其他一些国家也将其定为节日，叫作圣士提反日（St. Stephen's Day）。这一日传统上要向服务业工人赠送圣诞节礼物。

② 英国新年（the English New Year），在英国，公历元旦虽没有圣诞节那样隆重，但在除夕夜和元旦，还是会根据当地的风俗习惯开展种种庆祝活动，以示送旧迎新。

③ 伊丽莎白女王的生日（Queen Elizabeth's birthday），英国国庆日是女王的"官方生日"。英国女王伊丽莎白二世的真正生日是1926年4月21日，而其"官方生日"则定在每年靠近6月11日的那个星期六。每年的这个时候，一向有"雾都"之称的伦敦天气也比较好。其主要活动，是由女王亲自检阅军旗敬礼分列式。由于星期六本来就不是工作日，因而这一天也不在假日之列。

④ 圣灵降临节（Whitsunday），又称五旬节，定于复活节后的第五十天，是教会用来庆祝圣灵被赐给使徒们，使得教会在早期迅速成长的一个节日。

⑤ 银行假日（Bank Holidays），和欧洲其他国家相比，英国的公共假日相对较少。通常，这些公共假日也被称为银行假日，因为银行在假日中会关闭，暂停所有交易。英国的银行假日有两个，分别为5月最后一个星期一春季银行假日（Spring Bank Holiday）、8月最后一个星期一夏季银行假日（Summer Bank Holiday）。

⑥ 罂粟花日，11月份是英国人缅怀过往战争中牺牲的士兵的时间。英国人会佩戴纸制的罂粟花。罂粟花可以在商店里买到，也可以在商店外募捐点拿到。人们通过义卖罂粟花为老兵筹款。11月11日，是英国的烈士纪念日（Remembrance Day），之所以选择这一天，是因为1918年的11月11日，第一次世界大战正式结束。

⑦ 卫塞节（Vesak Day），纪念佛陀出生、成道觉悟、涅槃的节日。即把佛陀出生、成道、涅槃于同一日纪念。世界佛教联盟将其定于公历每年5月的月圆日。

清明节或万灵节①，还有祖父母的祭日，母亲会准备精美的食物，邀请和尚到屋里来做法事。她还会在家族及成员的重要日子里祈福，如叶先生的新水泥厂开张、亨利参加期末考试等。

他和利安并不重视节假日。圣诞节对他的实验室工作完全是干扰。事实上，圣诞节那天他非常希望去实验室做一项实验。

他们拒绝伯母希望为他们的结婚纪念日举行的宴会。然而，她还是在家里举办了宴会，邀请了福斯特教授和他的妻子、施耐德女士和她的丈夫，还有艾伦。

利安没有邀请切斯特，因为邀请了他，也就得邀请阿布杜拉和萨马德，这样就会让宴会出现很多问题，伯母就不得不避免餐桌上出现猪肉。萨马德对任何伊斯兰法律所禁事物的出现都非常严格。

亨利以为现在说服利安让她开心是不明智的，不料，她很乐意地同意了。他又说了一遍："得，就是曼谷。我们就待在东方国家，应该是很浪漫的。你想买多少泰国丝绸就买多少。"

他们乘坐小型福克友谊飞机，她默不作声地坐在亨利旁边，所有决定都由他做主，她觉得很轻松。空中小姐穿着紧身印花包裙，在过道小心翼翼地走过，扭动的臀部是乘客瞩目的焦点。她递给他们洒有古龙香水的冷毛巾。利安不喜欢这种黏糊糊的气味，讨厌塑料餐盘上带紫红色斑点的兰花。

飞机飞过海峡时，撞进一个气旋中，托盘在可伸缩的桌板上弹来弹去。她后面的一位女士尖叫起来。利安紧紧抓住亨利温暖的手，发现自己不介意现在死去。她的灵魂已经脱离了躯壳，已经分不清哪个离她更

---

① 万灵节（All Souls' Day），天主教节日。纪念被认为是在炼狱中进行涤罪的基督教徒亡灵。一般为11月2日，998年由克吕尼主教奥狄洛建立，13世纪才普遍庆祝。此节日紧跟在万圣节的后面，当初的构想是在纪念天上的圣徒之后，还应该谨记那些等待救赎的灵魂。

远——她在剧烈颠簸的飞机上被气流掀翻时，灵魂和躯体都已离开了她。然后气流平稳下来，他们安全着落了。

飞机场非常潮湿又嘈杂。从机场出来是一条宽阔的大道，她眺望着这迷人的平地和广阔的排水渠——它们本来是狭窄的运河，浓密的一丛丛大叶植物，还有粉白色的荷花浮现在水渠里。在城里，三轮车飞奔如电，堵塞了道路，的士司机拼命地按着喇叭。即使交通灯变成绿色时，大量的行人仍走离拥挤的路边，推撞着的士。空气明显灰蒙蒙的，一氧化碳的烟雾从公共汽车和卡车的后部喷出来，吹进的士敞开的车窗里。虽然的士里没有空调，她还是关上了车窗：拥挤的交通、行人，还有酸酸的空气让她恶心、反胃。

东方酒店红彤彤、金灿灿的大厅，散落着织锦覆盖的椅子，利安假装没有注意到行李员粗鲁地搬运他们的两小件行李。"他大概认为我们不会付小费。"她焦虑不安地想。她只能紧张地站在铺着漂亮地毯的房间里，直到亨利给了一把硬币。

每个上午她都在豪华酒店的精品店闲逛，亨利一直陪着她。她的手指触摸着丝绸厚重的质地，这些丝绸泛着难以置信的色泽——紫红色、夹竹桃粉红色、酸酸的柠檬黄，还有像榨取的椰子头道汁的米色。她细看着饰有花卉图案的棉制品。那些庞大的花簇显得有些猥亵——如果她穿上这些衣服，好色之徒会对她欲念横生。

她不喜欢商店的任何东西，但还是选了三段丝绸，顺从地站着不动，让女店员拿着卷尺围住胸、脖子和手臂量尺寸。她有服从亨利的义务，亨利看到她把丝绸让店员裁剪成宽松的外衣不禁满心欢喜。他们在巴登会很愉快。

他们顶着下午炎炎的烈日，游览了寺院庙宇。她麻木地穿过玉佛寺。他们从昏暗的寺内走出来，庭院的石头焦灼着她的光脚，她慌忙穿上鞋子。她在菩萨、魔王和皇室贵族像前缓慢步行，它们的饰带看起来模糊不清。来到不知是第六还是第七座寺庙，她凝视着一尊巨大的卧佛，希望自己也能静下来，什么都不想。她看不到佛像的全貌。它太大了。她只能观察各个部分，如庞大的头部、大得像空餐盘的呆滞的眼睛、与地面平行的全部躯干、一袭凝聚成金色的松垂的袍子。佛像的大脚平伸着，毫无生气，脚趾很完整——不像她的那般小，它们永恒地弯曲着。

那天最糟糕的时刻是晚上。她没有什么话要对亨利说。他们在东方酒店喝茶，她点了黄瓜三明治，这是她喜欢吃的。英国人一定也喜欢这个，白面包薄片，中间夹着半透明的黄瓜薄片，黄油把它们粘在一起。

他们在酒店餐厅吃饭。她可以吃到泰国特色菜、欧式西餐、上海佳肴、莫卧儿咖喱，甚至塞满了牡蛎的澳大利亚提包式牛排①。她咀嚼着食物，把嘴巴塞得严严实实。

她一点都不想家，一点都没想起他们在八打灵再也的房子，那里有真正丹麦现代家居、开放的起居室，以及莱奇米在后院种的小香蕉树苗。她被盘踞在心头的空虚击倒，就像湄南河棕色的河水懒洋洋地流过东方酒店的花园。

甚至亨利也明白这个度假并不成功。昨天晚上，他在酒店房间的床上紧紧地搂住她。"你不喜欢曼谷。"他将她拥入怀中，说道。她躺在他怀里一动也不动，像一只被罩在手掌之中的鸟。他不希望她躁动不安、心神不宁，眼神都没有集中在一处，老是游离在他周围。

她想让他放心："我喜欢，我喜欢。只是曼谷太大了。我感觉像墙上的苍蝇。我不知道在这里做什么，整个城市对我来说像一堵空白的墙。"

"但是我们不是去看了寺庙、逛了商店吗？我们不是坐小船沿河漂流

---

① 提包式牛排是烤熟后在其中切个口并在里面填入蛤肉的牛肉块，形象地讲牛肉在此就像个提包或口袋，里边装有蛤肉。提包式牛排在澳大利亚最受喜爱，在美国西部和南部尤其新奥尔良附近，这种牛排也非常普遍。

了吗？"

"我确实喜欢曼谷。"她把脸埋在他胸口，压低了声音说道，"谢谢你，亨利。这是我过的最快乐的一个假期。"她舔了舔他的耳朵，温柔地抚摸他，他的激情让他俩沉默下来，她乖乖地顺从了他。

第二天他喜形于色。他想要回到家里。莱奇米很不情愿地独自一个人待了两周。她对他们操心得有些过分："小姐，你喝酸橙汁吗？我把先生所有的衬衣都熨好了。"

莱奇米经历了一场不幸的婚姻，没有生育，后来在橡胶园做了采胶工，再然后就到他们这里了。有一天她的丈夫敲门进来，威胁要把她拖走，亨利报了警。她的丈夫再也没有来过了，她有些溺爱亨利。

他们在曼谷的星期日跳蚤市场为莱奇米买了黄铜舞王湿婆①像。她匆匆吻了下湿婆像，就把它拿回房间了，生怕他们改变主意要把礼物收回去。现在她打开行李包，取出他们的行李，忙着收拾几大堆脏衣服去洗。

利安拿起一本研究十七世纪美国殖民地时期清教主义的书，躺在不那么舒服的丹麦沙发上读。这是切斯特在美国信息服务图书馆找到的。这可以补充她英国十七世纪诗歌的阅读，还有比英国历史更丰富的西方历史。她希望亨利到实验室去。今天是周日，切斯特会在家。她明白自己不会去见他，在亨利反对之后就不再去见他了，但是他们可以通电话。

然而亨利一整天待在家里，补读报纸，报纸上都是即将到来的选举的消息。

他说："瞧，你的朋友阿布杜拉又在写那些了。"

这是报纸上阿布杜拉的一篇社论。

---

① 舞王湿婆（Nataraja），湿婆是印度教的主神之一，毁灭之神，兼具生殖与毁灭、创造与破坏双重性格，并呈现出不同的相貌，是生殖、音乐、舞蹈之神，非常受崇拜。他终年在喜马拉雅山苦修行，学会跳舞，成为刚柔两种舞蹈的创造者，后被尊为"舞王"。

"他们怎能指望我们对这个保持沉默？"他对那页报纸猛捶了一掌，报纸被撕破了。

她抹平了那页报纸，把被撕破的部分拼凑在一起。这社论是惯常的呼吁团结、号召对付共同的敌人。社论说，选举不应该做任何改变，除非是为了真正的人民百姓①的利益。人民百姓必须以任何必要的方式维护自己的权利。要让敌人意识到他们对待人民百姓有些过分。矛盾会很激烈。

黑体字在她疲倦的双眼前仿佛蠕动的小虫。

她突然想起吉娜，她死去的模样在脑海迟迟不能散去。她想象就是这同样的蠕虫爬过吉娜的肉体，繁殖出数百万只其他黑色的蠕虫。现在它们逃离潮湿的泥土，爬行在几十万份星期日报上。

她很担心读到的预兆似乎是真的。她记得阿布杜拉温和耐心地解释一个民族的憧憬。如果主张民族分裂，就不会有爱的可能。爱可以化解单一纯粹民族的设想。宁愿要仇恨，也不要单一自我的分裂，撕裂一个种族的可能性。

---

① 此句在"真正的人民"（the real people）后面加了马来语 the ra'auyat，也是"人民、百姓"的意思，加以强调。

第十章

　　焕然一新的亨利每天早上等着她，开车送她到学校，中午准时接她吃午饭，甚至晚上跟着她去跟艾伦会面。因为亨利尽心的陪同，艾伦大部分时间闷闷不乐地坐在电视机前，而没有像往常那样跟利安开玩笑闹着玩。

　　福斯特教授让亨利觉得羞愧而意识到对利安的责任。他接受了在生物系任一年期讲师的职位，然后就要离开去巴登享受见多识广的自由，在那里她不会觉得受到限制。与此同时，他有责任缓解单调学习生活的束缚，使她快乐，填补她的寂寞。

　　除此之外，他还要详细记下实验的结果。他不喜欢写东西，只愿意在一段有限的时间在办公室写作。他不得不摸索着把单词组成句子，尝试着写。但是这些单词陷入令人感觉糟糕的混乱状况，他有些担忧，又重新修改。他开玩笑地对利安说："我希望你帮我写啊。"

　　利安又开始写了，但杂乱无章。她试着开始写日记。

五月一日

　　读克兰肖。对清教文学越来越感兴趣。简·奥斯丁的小说有太多的虚构，比真正的浪漫史要糟糕得多。事实上没有大团圆的结局，也许来世有。今天特别热。和亨利在马克西姆西餐厅吃了午餐。报纸上仍旧充满了坏消息。

五月二日

已经厌倦了英国文学。思考了下普利茅斯岩的清教徒理想中的新上帝王国。这就是阿布杜拉所说的伊斯兰教国家。讽刺性的历史——瓦茨暴动①、马丁·路德·金遇刺②之后的山巅之城③和美国之间的不同。马来西亚对美国式的暴力过于容忍。和亨利去看望了伯母。她期望下周阿爸回来。

五月三日

作家的日记应该比我这个要有意思得多。生活如此乏味当然成不了作家。今天依旧非常热。吉隆坡总是很热。为什么我要记录这个呢？关于天气我甚至没有什么可写。早晨晴朗，白天渐热，湿度增大，下午雷阵雨，傍晚天晴了，夜晚繁星闪烁。一篇日记。报纸更有意思。大量的政治报道。每个人都想得到他的那份。问题是这是同一块蛋糕，总有人会遭受损失。大概报纸会说，这是真的生活吗？我的生活呢？我的蛋糕在哪？我是赢家还是输家？

---

① 瓦茨暴动（Watts Riots），20 世纪 60 年代中期，美国黑人运动从非暴力的群众运动走向城市造反的高潮。1965 年，洛杉矶市瓦茨区发生了震动美国社会的黑人骚乱。1965 年 8 月 11 日，洛杉矶市警察以车速过快为由，逮捕了 1 名黑人青年。事件发生后，该市瓦茨区的黑人与警察发生冲突。黑人抢劫了白人的商店，焚毁建筑物。1965 年 8 月 16 日，骚乱被镇压下去。这次骚乱造成 34 人死亡，1032 人受伤，财产损失达 4 千万美元。

② 马丁·路德·金遇刺指的是 1968 年 4 月 4 日，美国民权运动领袖马丁·路德·金在美国田纳西州孟菲斯的旅馆内遭枪击亡故。马丁·路德·金遇刺意味着非暴力策略结束。

③ 山巅之城（city on a hill），出自《马太福音》第五章第十四节："你们是世上的光，城造在山上是不能隐藏的。"清教徒相信上帝与他们有个契约，并挑选他们领导地球上的其余国家。约翰·温斯罗普充满希望地将马萨诸塞湾的宗教领地描绘成"山巅之城"。

五月五日

必须更认真地记日记了。差不多两天没有写日记了。显然一定还有什么可以写。天气这么热,难以认真对待任何事情。整天待在空调开得最低的卧室里。我有些不对劲——我心情并没有不好,难道不是吗?美国信息服务图书馆的书要到期了,我还没有读完其中的两本。尝试效仿威廉的可变音步写首诗。切斯特建议读美国诗。听起来不像我的诗。我写的东西听起来都不像我写的——烦躁、无聊、不满意。诗太恢宏壮丽了,不错的看法。如何写一首发牢骚的诗呢?也许我应该像阿布杜拉那样成为一名记者。诗是深有体会的人写的。难怪我很沮丧。

五月六日

到美国信息服务图书馆还了书。不再喜欢在吉隆坡骑车,又拥挤又危险。汽车冒出一氧化碳呈巨大的云团,的士将你挤到排水沟里,行人从某个隐藏角落突然出现在你面前。很惊讶是否和曼谷一样糟。我会逃跑。切斯特却不在美国信息服务图书馆,这有些古怪。第一次觉得那地方阴森森、沉闷乏味。切斯特洪亮的声音能让每样事情都赏心悦目。图书馆有些昏暗,摸索着寻找晦涩的小说、《时代周刊》《新闻周刊》和参考书。奇怪的是,是由马来西亚职员服务公众。那些美国人自己待着——我看见他们坐在玻璃门后的办公室里。一点都不像切斯特。我发现他总是东跑西颠。他告诉我说,这就是和平队的思维,和当地人一起游玩。

五月七日

今天是星期四。在休息室碰到切斯特。他想知道发生了什么。我猜测他是想我了。我告诉他我在写作——他认为我在写有关十七世纪的宗教诗歌的论文。但愿他知道我写的是日记。和亨利一起在小餐馆吃午饭。我不喜欢这个小餐馆。我告诉亨利想花点时间和艾伦独处。毕竟，我和艾伦的友谊是在亨利之前。亨利心很好，他同意了。报纸连续报道关于选举的事情。每个人都在讨论这事，甚至系领导也顺便做了评论，意思是要对每个人的看法保持理性态度。当然，他是站在一个很高的角度，所以能看清每个人的观点。但是我是糊涂的。华人难道不是真正的马来西亚人吗？难道问题在于我们都不是马来人？也许最终吉娜是正确的。也许每个人都应该跟马来人结婚。然后我们就都会成为一个民族。然而我无法想象亨利和马来女孩结婚，他是如此顽固的华人族类！

五月八日

今天是星期五。切斯特打电话到系里，想要知道我为什么躲避他。我对他有些不耐烦。我觉得他并没有把我看作女人。我告诉他我已经结婚，亨利不喜欢我和其他男人一起外出。或许这会让他受到震动，能领会到什么。和平队的男人们像当代的和尚，贫穷，对女人没什么想法。亨利是正确的，他总是正确的。我要小心切斯特，否则会发生愚蠢的事情。切斯特想要谈一下我们之间的事情。我知道亨利不喜欢我和他见面。大概我们能在艾伦的家里，当着艾伦的面聊聊。她能保持清晰的思路。

五月十二日

这是令人激动的星期二。选举今天进行。看起来好像我们这边赢了。我们这边？我在这里，并没有投票，然而我是有倾向的，知道哪是我的蛋糕。亨利明天要去参加个聚会，和他的生物学朋友一起庆祝选举取得胜利。为什么他突然对政治这么感兴趣？在我看来，所有人都突然对政治充满激情，所有人都在谈论这个权利、那个权利，所有人都聚集在休息室和走廊。嗡嗡嗡，嗡嗡嗡，人们就像红色的蚂蚁，非常激动，谣言四处蔓延。发生了太多的事情。我有一周没有阅读了，除了报纸。甚至伯母也开始在周日和阿爸谈政治了。所有这些有关华人权利的话题也让我心烦意乱。马来人的权利，华人的权利。没有人谈论马来西亚人的权利。我是马来西亚人。我并不存在。

利安说："你自己去参加聚会吧。艾伦又要和我唠叨换工作的事。"

她撒了个小谎。她在休息室撞见了切斯特。这次他看来像是在等她。

她明白不应该接受他的邀请，但好像是选举让人抑制不住的激动情绪触发了她。切斯特也显得比往常要紧张焦虑一些。他把长发拨到脑后打成个结，但马上就松散了。

"我们难道不能仅仅是谈谈话吗？阿布杜拉和萨马德对各类有关选举的消息忙得不亦乐乎。我却开始想家了。也许这就是工作满一年综合征。我被提醒过这个事。一年之后和平队队员就有许多中途退出。像你们的体制不再会吸纳所有的外国人。我甚至梦到以前的高中学校，大概是想念它了。我的情况有些糟。"他的笑意有些局促不安。

她在休息室给还在上班的艾伦打电话。

"现在你想让我款待你的情人？好吧。我五点半到家。你需要个监护人，但是伤害已经造成。"

她有些诧异，为什么艾伦总是这么直率呢？她希望有一位能信任的慈爱的母亲，像伯母那样的母亲，而不像她自己的母亲，只顾着埋头于继父和第二个家庭。

几个月以来，她把艾伦和切斯特看作最好的朋友，但是现在她有太多对他们保守的秘密。有关感情的秘密。

感情将人互相阻隔，甚至当——或者尤其当——对他人产生感情时。艾伦女巫般的眼睛看出她对切斯特的感情，甚至在她自己意识到这份感情之前就觉察到了，但她仍旧不对艾伦承认。她和吉娜不同，吉娜愿意和艾伦分享她的感受。艾伦也乐意利安这样做，但是这样会是对切斯特的不忠。或者说也是对亨利不忠吧？

利安不想在亨利离开家之前先离开。她担心他会尾随她到艾伦的家里，尽管她知道他绝不至于做出这种低级的事情。他的聚会在六点开始，她告诉切斯特五点半她会在艾伦的家里和他碰面。

五点十五分她准备离开，在骑车离开之前，她等着亨利进浴室洗澡。她的等待让亨利感动，一个劲地跟她说话。最后她提醒他："已经五点三十五分了。你的聚会要迟到了。"

她到的时候，切斯特正坐在门口的水泥台阶上。已经差不多六点了，艾伦还没回，门是挂锁锁住的。龙船花丛漫过篱笆，垂在他的头顶，风将大片的棕色相思树叶吹到了角落，将他的脚埋在这堆树叶中。

她抱歉地说："对不起，艾伦说她五点半会回来，以前她从未晚过。"

他有些忧郁，但脾气很好。"没关系。我已经习惯一个人被孤零零丢下。"他看着她，仿佛希求她能做点什么来安慰他。

"我们该怎么办呢？"她将本田摩托摁熄火，呆望着锁着的门后那漆黑的花园。

要是她有艾伦房子的钥匙就好了！她不能让切斯特到她家去——莱奇米会对亨利说闲话的，而且如果亨利仍在家里该怎么办？他会怀疑她是计划好了，他一离开就把切斯特带到家里。

"我们再等艾伦十分钟。或许她的那辆车有一只轮胎在路上漏了气。"切斯特的话听起来还有点说得过去，但是她对艾伦感到非常愤怒。她能肯定艾伦是故意忘了他们要来。艾伦要惩罚她爱上切斯特，就像她想要惩罚吉娜爱上帕鲁一样。艾伦一定是在吉隆坡的某个酒吧喝酒，一定是不想离开，又要了杯啤酒。

一大片绿色的树叶从悬垂的相思树枝上落下，掉在她的脚上。

切斯特没有从台阶上站起来。他伸手去捡那片树叶，从容不迫地将它翻过来倒过去，拨弄着它。

他的眼睛停留在那片树叶上："你真的在忙着写作吗？"

她无法对他撒谎。

她没有回答，他接着说道："我得做出决定，是否待在吉隆坡。或许和平队的工作不适合我。我知道一些志愿者还要求第二个两年任期。我在训练营遇到一对夫妇，曾经去过拉合尔市①一个荒无人烟的小村落。他们很瘦，而且晒黑了。你会以为他们是饥荒灾民。然而他们还打算再去两年。他们迫不及待地想要返回村子。她在学校教书，教从幼儿园到老奶奶各个年龄的人。他则在帮助农民找水井，一直挖了两年，只找到几口井。我认为我是想要像他们那样，同时教书和挖井。这就是我为什么志愿教木工活的原因。用自己的双手做一些有用的事情。谁知道会没有人对木工活感兴趣呢？"

---

① 拉合尔市（Lahore），巴基斯坦的文化和艺术中心，有两千多年历史，曾是莫卧儿帝国首都，素有"花园城市"之称。公元 630 年中国唐代高僧玄奘曾来此访问。

他忘记了是在等艾伦。利安看出他想找人倾诉。他需要一位听众，站在夜里锁着的门前台阶上，对他来说这里同样是一个好地方。

"我并不适合这个国家。"他的声音放慢下来，好像没有什么好说的了。

"噢，回到美国去！"她让自己的声音听起来冷漠无情。然而切斯特仿佛并没有聆听。她搜索着黑暗街道上艾伦的汽车的踪影，然而什么人也看不见。其他人家的房子灯火通明，只是所有的大门都已经关上了。隔壁房子的电视机还在热闹地发出声音，可能上演的是国外的节目。

他不停地说要尽快做出决定。天突然黑了，虽然他离她仅几英尺远，她还是看不清他的脸。凉爽的树叶和龙船花的香气与黑夜融为一体，缭绕在她的四周。她挨着他坐在台阶上。他们靠得很近，她的头挨到了他的肩。

"得了，"他说，"把你的车钥匙给我。到我家给你煮点咖啡吧。"

她去他屋的路上，一直在想阿布杜拉和萨马德是否在家。街角的咖啡店空寂无人，街道昏暗、冷清。她没有停下来问为什么。空寂冷清就像是她正在想象的东西。

萨马德在家。他锁上铁门，匆忙地把他们拉进屋。"你们为什么还在街上？你们疯了吗？"他板着脸，"你们不知道宵禁了吗？很幸运你们没事。"

他不高兴地看着利安。"她来这儿干吗？"他只跟切斯特说话。

"我带她来喝咖啡。"他轻轻地搂着她的双肩，好像是为她辩解。

"什么宵禁？"她想起空无一人的街道和锁着的门。

萨马德没有回答。

切斯特问："又是选举吗？"

"是，那些人把猪肉扔到我们的人的后院，开始找麻烦了。"

从萨马德的眼睛回避她目光的情形来看，她知道她也有麻烦了。

"她得在这里过夜。"萨马德跟切斯特说，他的话听起来不大顺耳，"但是她不能睡阿布杜拉的房间。"

"我该怎么跟亨利说呢？他会担心我的！"

萨马德走上楼梯。他回过头说："我回我的房间。我无能为力了。"

利安听到他把门关上了。

她打电话回家时，只有莱奇米在家。她含糊不清地说："噢，小姐，你小心点！主人已经打过电话来了，说回不了家。他也担心你。我祈祷湿婆舞王保佑你安全。"

切斯特却有愉快的心情。他带她上楼时说："床不是太干净。我从来都不擅长洗衣物。"实际上是床上没有叠被子，床单被推到了脚边，拖在地板上。

装烟蒂的碟子在地板上，一堆平装书与皱巴巴的枕头挨在一起。

"我去屋顶查看下，看看是否能看到什么。"

他站在一张椅子上，推开天花板上的一扇小门，爬了出去。利安跟在他后面。他紧握她的手，把她像一袋米一样拉上来。她伸开双臂，平躺在屋顶平台上，呼吸着夜晚凉爽的空气，然后爬起身。

屋顶是平的，没有围栏。虽然她站在屋顶广阔区域的中央，她还是立刻觉得天旋地转。她闭起眼睛。空气凉爽，但是烟雾弥漫。

他把手搭在她肩上，说道："看，那儿有一处光芒。我能看到烟雾。"

她睁开眼睛，看到一边的夜空带有一点橙色。橙色光下极小的黑暗光带升起来了，像飘忽不定的蜘蛛网。他们听不到任何声音。整个区域建得很密的联排住宅都是寂静的。好像宵禁的同时也管制灯火。所有人似乎都关了灯，像萨马德一样关了门，然后隐匿了。

切斯特非常兴奋。他反复地说："这是一个历史性的时刻，你知不知道？五月十三日。①"我们看到历史性的时刻就在眼前。"

她看到的全部就是八打灵再也黑暗沉寂的地带，地平线上半明半暗的光线、轻柔如羽的烟雾编织的网。

稍后，她躺在床上，不知道自己的感受。暴动是预测到的大选后的困境。这是类似阿布杜拉那样的人所期望的。他说华人不可能毫不费力地获胜。她不期待任何事情。她固执地期望，或许，阿布杜拉是错误的，不论种族、宗教和语言，大选都会赢或输，整个国家的分裂就像一挂挂鞭炮爆炸。她知道那烟雾不是来自爆竹。

切斯特给了她一件纱笼，让她睡觉时穿。她把纱笼绕在胸前较为牢固地打了个结，思忖着这是切斯特的纱笼。

她无法在心里隐藏这个苦恼。包裹在纱笼里她的心怦怦直跳，身体在悄悄震颤。她意识到身体的震颤是自然的动作。每个人都会不断地颤动，呼吸、脉动、心跳都会引起无休无止的运行、欲望的张力，这就是生命。

台灯还在楼下亮着。她走下楼梯时，他仰起头。他在读一本平装书。他腰间裹着一件纱笼。他的胸宽而平坦，略带红色的头发厚厚地搭在额前。他的乳头小而红润。她简直不能抗拒他的裸体。"我很害怕。"她说，她故意这么说。

他关上了灯，抱住了她。直到此时，她才意识到他终究是爱她的。

----

① 1957年独立以来，马来西亚都是由巫统、马华公会和印度人国大党组建的政党联盟执政，并先后在1959年和1964年两届大选中赢得三分之二多数国会议席。然而，在1969年5月10日举行的第三届全国大选中，马华印联盟却首度受挫，未能像前两届那样赢得三分之二多数国会议席，而反对党，特别是华人反对党民主行动党和民政党的席位明显增加。5月13日，民主行动党和民政党的华人支持者举行胜利游行，游行队伍向雪兰莪州务大臣拿督哈仑在吉隆坡的官邸前进时，与马来人发生冲突。骚乱自吉隆坡蔓延到其他地方，持续了近半个月，史称"513种族暴力冲突事件"（简称"513事件"）。事后，据马来西亚全国行动理事会公布报告书的统计，这次冲突共造成196人死亡，439人受伤，39人失踪。种族骚乱导致如此严重的后果，在马来西亚是史无前例的。参见廖小健：《马来西亚"513事件"与"308政治海啸"的比较——兼论"308政治海啸"后马来西亚的政治发展》，载《东南亚研究》，2010年第5期，第10页。

第十一章

阿布杜拉敲门，把门推开时，她还在熟睡。透过落地扇呼呼旋转的声音和她的昏沉睡意，她听到他说："呃，利安！你现在必须离开了。快起来！宵禁令解除，只有一个小时让人们回家。快，哦！"

她紧张地坐了起来。格子花纹的纱笼仍裹在她身上。没有收拾切斯特的床她就睡着了，那堆平装书还散落在枕头旁。她的脸贴在一本书上，书脊在她脸颊上留下了恼人的皱痕。

阿布杜拉站在门边。"你赶快。我送你回家。"

那天早上，她那身衣服看来不大合身。她有被挖空的感觉，同时充溢着甜蜜的活力。她希望在穿衣前能洗个澡，但阿布杜拉又在敲门了。

他说："最好我开车送你回家。"切斯特已无影无踪。她记得他随她上了楼，搂着她的腰，在门口吻了她。她听到他倒在了阿布杜拉的床上，然后更浓烈的倦怠席卷了她，再接着阿布杜拉敲门了。

前门开着，花园的门也开着。她猜想阿布杜拉一定是刚回来。她的本田摩托车仍在门外。

"我们改天把摩托车带给你。你坐我的车回去安全点。"

清晨凉爽的空气最终唤醒了她。所有院落的门都关着，所有屋子的门也还未开。他们是马路上仅有的人。

他驱车驶过空无一人的街道时，她怯怯地望着他。他有着方形的脸颊和下巴，黝黑的脸显得固执且坚毅。他睡眼惺忪地瞪着前方的路面。她注意到他的衬衫很皱，好像他枕着睡过似的。

"发生了什么事？"

"吉隆坡发生了骚乱。"

"什么？"她又问。

"我告诉过你华人不能把我们逼得太紧。这是我们的国家。如果他们自找麻烦，会吃苦头。"

她明白，又不明白。她现在知道阿布杜拉跟她讲的是实情。我们／我们的国家。他们／没有国家。

他的实话是错误的。她能肯定他是错的。不可能你出生和一辈子生活的地方并不属于你。隐形的连接细线将你拴系在土地上，水之发源处，你怎能不生根呢？树如果被拔离生长的土地，失去水源，就会枯死。

然而现在不是跟阿布杜拉争论的时机。或许今天之后，她和阿布杜拉就再没有争辩的机会了。

阿布杜拉按喇叭之前，莱奇米就把院门打开了。整个上午她一定在窗边等候。亨利正在打电话，阿布杜拉没说再见就飞驰而去。她一进来，亨利就放下听筒，莱奇米匆忙锁上院门和屋门。

"我和阿爸联系不上！没有人接电话！"他心烦意乱地抚摩着她的肩。

她能够想到的就是洗个淋浴。她需要洗掉她身体上切斯特的痕迹。她担心亨利会觉察到她享受切斯特快感的地方。她确信她的脸、乳房、大腿和手指上一定带有切斯特嘴唇和汗的味道。莱奇米以特有的女性感知肯定会知道她和另一个男人有染。

"我有点神经性胃炎。"她说，然后匆忙进到浴室，脱掉衣服，在灼热的水中淋浴了很久。她仔细地在全身搽了爽身粉，然后抖了抖粉，让粉均匀，似乎想覆盖住切斯特的指纹。

她穿着干净的衬衫和裤子下楼，亨利还在努力打电话。

"因为宵禁，阿爸所有的公司都停止营业了。我不想给还在新加坡的马克打电话。他们会恐慌。"

他明显有些惶恐。他不停地拾起听筒，拨号码，数着嘟嘟声，然后才放下电话。

到下午，亨利说能肯定阿爸发生什么事了。利安从未见过他处于这种状态。他坐回到电话机旁的扶手椅上，一整天不说话，皱着眉盯着墙看。他拒绝了她要他喝点咖啡、吃点早餐、吃午餐的催促，又接着打起电话来。她坐在他身边的沙发上，假装看书。

她几次打开收音机，除了关于宵禁时间简短的消息通告，还有报道说一切都在军队和警察的掌控中，然后就是惯常的流行歌曲。

他像凤仙花般坐在那里一声不吭，谁也不理。他惯常的理性的好情绪和有目的的活动变成了痛苦的焦虑。电话终于来时，他一点都不惊讶。

并不是警察，而是医生打来电话。伯母休克了，有轻微擦伤——她躲在衣柜里，衣柜里满是阿爸的衬衣和裤子，熨烫得整整齐齐干干净净，挂在昂贵的木质衣架上。她蜷缩着身体，把衣柜门拉上，身体弯折扭曲，在相互缠绕的衣架之中，脖子几乎脱臼。但是她没有发出一声痛苦的叫喊泄露她的存在。她一直保持这种姿势直到警察终于到达，然后她把头往门上猛撞，所以他们发现了她。叶先生，没有设法隐匿自己，被拖到客厅杀害了。

报道的伤亡人数逐渐增加，医生们都超负荷地工作。伯母不愿继续待在医院，她要求去亨利和利安那里。

警察不交出叶先生的尸体。家里人可以安排葬礼，但尸体不能观看，以免引起进一步的公众骚乱。

后来的几周伯母都不愿离开他们的家。每当利安想去学校，她都哀求："不要走。"她不想和莱奇米单独待在一起，她不信任她。她警告说："她会给他们开门。你不要信任其他人，除了你自己的同胞。"

亨利帮不了忙。他忙着和律师、阿爸的业务伙伴以及许多公司和工厂的经理交谈。

他们的房子塞满了花圈和花束。没有惯常的众人守灵环节，阿爸就很快地入葬了。大家都秘而不宣。大量的本来应送去守灵的赤素馨花、雏菊、菊花、高大穗状的大丽花、马蹄莲，却送到了房子里。

利安拒绝把花放在家里。浓浓的香味让她想到阿爸的尸体腐烂在医院安排的廉价制造的棺材里，这种成百上千相同类型的棺材用来装所有被杀害的、周三送到太平间的尸体。然而她没有把花扔掉，而是把花放到了屋外，插在竹桩上，搁在坛子、瓶子等任何能存储它们的地方。在令人窒息的五月酷热中，这些花都枯萎了，变成了棕色。

然而留在屋外的花圈，和成百上千的花腐烂的浓郁气味一起，还是充满了整个屋子。没有一丝风，带霉味的空气从窗外扑鼻而来，让她悔恨不已。她和阿爸待在一起时从未自在过。他对她来说显得很冷酷，他自己却惨遭荼毒。因为疼痛和悔恨，现在她行动迟缓。

一日清晨，亨利准备外出和一家公司的董事们会面，父亲曾是这家公司的大股东。利安出去为他打开院门，她发现本田摩托车停在院外。她想找附着在车把上的便条，却什么也没见到。车身上破旧的红塑料座位和燃料箱的圆缸体在阳光下闪闪发光。

亨利把车退出去的时候，没有注意到她的本田摩托车。自从阿爸去世后，他一直心事重重。他如今似乎学会像父亲那样深陷沉默。

她把本田摩托推到前院，放在倾斜的花圈和繁茂的百合之间，像另一种纪念仪式。

她等着切斯特打电话来。

六月中旬，伯母在八打灵再也他们家附近找到一所房子，亨利把吉隆坡的房子出售了。很多漂亮的紫檀木家具都破损了。房子里的任何东西都没有被偷走，但是毁灭性的狂暴放纵，捣毁、猛击、砍劈、扯裂、撕开、散落了家里的物什。伯母这些年来从中国台湾、中国香港和印度尼西亚、新加坡收集的所有青花瓷、盘子、茶杯和姜罐子都被捣碎了。覆盖椅子和床的颜色清淡柔和、做工精细的布料都被撕毁了。透着金红色的玉观音放置在叶先生的尸体边。有人把房子用作了会所。

伯母说看到丈夫身边的玉观音时哭得非常厉害。她应该躺在他身边，但是她因为害怕让自己藏起来而生还。

即使搬到新家后，伯母还是坚持要利安陪伴。

大学里一群新学生到来，利安还是教赫伯特的诗。这回谈到死的时候，她觉得有些新产生的尴尬。赫伯特写道："人总有一死。"自从她上次朗读了这首诗后，吉娜死了，阿爸死了，数百人在暴乱中死了。

这些学生看起来比她年轻得多。"唯有美好而正直的心灵。"赫伯特写道，这意味着虽死犹存。这些学生比头一年来的学生要安静得多，不那么尖刻，听课既不问问题，也并不信服。她不相信自己居然在谈论面对死亡时对意义的探求和面对普遍存在的腐败表现出绝对的对美德的肯定。

每天伯母试图恢复舒适自在的局面。早上她会说："准备去购买窗帘。房间里布满灰尘，窗户还不能打开。得让空调整天开着。也许厚重的窗帘能阻挡灰尘。"

但是到了下午，她仍旧等着利安回家。她解释说："时间过得真快。商店不在安全区域。我不知道能找到什么样的的士司机。我可能会遇到危险分子。"

她的视力已经削弱，现在又患有恐惧的心理。每天晚上亨利开车把伯母送回家，家里有一位华裔阿嬷等着她，阿嬷被雇来整夜陪伴她。

每天利安都等着切斯特出现在教师休息室，她拒绝让自己害怕。她认为他在为他们做计划，计划美好的将来。没有男人会没有爱而去爱抚一个女人，就像他对她一样。爱情必然会有结果。她喝酸橙汁、抽另一包烟时，在脑子里重复着这个结果。她不会去巴登。切斯特会向亨利解释一切。除此之外，她想象不出别的什么。

到七月底，她担心只是想象了所有事情。

她终于看到他走进门，高大的身影从灿烂的阳光中走进昏暗的休息室，一种可怕的痛苦朝她袭来。切斯特走到柜台去买烟，却是阿布杜拉先向她走来。

"我听说了你父亲的事。非常难过。"

"是我的公公。"话一说出口，她瞬间觉得很愚蠢。阿爸是她的公公这个并不重要，阿布杜拉的慰问都是一样的。

"很可怕。"他继续道，似乎没有注意到她的更正，"我们必须确保这样的事情永远不会再发生。这个国家应该有所改变。骇人的事情发生了，如果这给了我们一个教训，这还不算那么糟糕。在马来西亚，人民的权利必须放在第一位，就像法国大革命和美国独立战争一样。如果人民的权利不放在首位，无疑就会有更多的杀戮和各种问题。这就是历史教会我们的。有些人不得不受难。历史见证一些人得为大多数人的利益而牺牲。但是我们都是马来西亚人，甚至那些牺牲了的人也是。"

她的眼睛充满了钦佩之情，对阿布杜拉的赞叹涌入她的双眸，但是她并不相信他。叶先生也不会理解他话语的崇高。伯母看到她友好地和他坐在一起会火冒三丈的。她怀疑即使是亨利也不会同意他的观点。

但是她想要相信阿布杜拉。这场不明智的大屠杀、上个月难以形容的恐惧被他赋予了意义。她无言地握紧他的手。他感到不自在，飞快地把手抽出来。

切斯特手里拿着一瓶打开了的可口可乐加入他们当中。他仰着头，直接喝饮料。"阿布杜拉告诉过你下个月我要走了吗？"他注意到她的泪水，把瓶子放了下来。

"利安在为她的公公哭。"

"对不起。上周我们才听说这场骚乱。我们这几周度日如年。我不得不报告给美国大使馆。我们的父母追问大使馆的人确定我们是否安全。我们被警告不要卷入当地的麻烦。如果不是萨马德和阿布杜拉，我已经饿死了。我甚至没法去市场。"她大声痛哭起来，切斯特停下话，又举起瓶子喝可乐，"你想让我们离开吗？"

见她摇头，阿布杜拉说道："我要去见恩里克·哈米德，要去采访他。我晚些再来接你，切斯特？"

利安用皱巴巴的纸巾擦了擦眼睛。"你什么时候走？"

"嗯，"切斯特点着一根烟，吸了一会儿，"八月的第三个星期左右。我母亲很高兴我要回家。吉隆坡的执政官显然并不介意我在任期未完之前离开。和平队关心马来西亚的志愿者，督促我们考虑自己的选择。卷入外国的国家政治对美国人来说没有什么好处。"

她仔细聆听。他是在向她解释她不懂的事情吗？"然后呢？"

"然后？"他听起来很惊讶，"我不知道。如果我还能找到一所学校接纳我的话，很可能去读研究生。我现在不想工作。这里的教职让我明白还没做好进入职场的准备。这是苦差事。"

她想，你不记得一件事了。难道你没有睡在我身边，难道你没有和我激情澎湃吗？即使她无声地质问他，她还是对他封闭了自己的感情。她的眼泪已经揩干了，她摇了摇头，接过他打火机的火毫不费力地点燃了一支烟。

"难道不奇怪吗？"她揶揄道，"不知道自己想要什么的人最终进大学读书了。"

第十二章

萨马德和阿布杜拉为切斯特举办的欢送会也没能使她欢快起来。

亨利听说切斯特要走了时，都忘了福斯特教授的忠告。此外，切斯特在马来西亚的最后几周四处游览，他能去的地方都去看了，而利安则始终陪着伯母。

他去吉打①州萨马德家所在的村子同萨马德家人住在一起，然后又去柔佛，在那里阿布杜拉的父亲是位退休的政府官员，接着他又和和平队的一些朋友动身去槟城海滩，还在马六甲葡萄牙和荷兰的城堡与坟墓的废墟中待了一天。

在欢送会上，他描述了在马六甲的十六世纪葡萄牙圣地亚哥古堡②的门楼旁的一棵凤凰树下受到的启示。

"抬头望望那些深红色的花——你知道那些花有多漂亮，长长的穗须，在蓝色天空的衬托下鲜艳夺目——我想葡萄牙人来到马六甲是多么徒劳无获。今年我领会到的是白人在东方无立足之地。东方就像凤凰树，无论它经历什么依旧美丽。但是那些葡萄牙人做的所有事情，他们的大炮、堡垒，还有教堂，都是不存在了的历史，不得其所……"

---

① 吉打（Kedah），马来西亚北部一州，古代马来王国发祥地。

② 1511 年，葡萄牙殖民者阿方索·德·阿尔布克尔克在圣保罗山上修建了当时号称东南亚最大和最坚固的城堡——圣地亚哥古堡。据说在建造之时所有的石块都采自爪哇海底的陨石，并以葡萄牙保护神的名字命名，以防御当地马六甲苏丹军队的攻击。

"你醉了！"罗伯特打断道。

罗伯特是切斯特的旅行伙伴。这是他待在马来西亚的第二年，他很享用环绕着切斯特即将启程的离别的伤感。

"你相信吗？他头一遭酒醉。多美好的场景啊！他躺在树下，看着花落，喃喃自语。嘿，真正的清迈黄金！"

艾伦鼻子哼了哼。"什么黄金？你们美国人真是带来极坏的影响。大麻、休假、越南的美国兵。突然到处都是妓女。马来西亚以前哪里曾像现在这样？"

每个人看上去都不自在。

房间里塞满了彼此不认识的各类人，和平队的美国人、纤细的马来和华人女孩、萨马德和阿布杜拉办公室的马来记者和广播节目的工作人员、职业高中的印度和华人教师，以及切斯特在大学马来课上认识的朋友。他好像谁都认识。

帕鲁在人群的某个地方。他想和利安谈会儿话，但是太嘈杂了，逼近他们的人把他们分开了。

在混乱中，很多人还是听到了艾伦的质问。她喝醉了酒，但是她讲话很清楚。

"你说得很正确。"切斯特对艾伦的尖锐很放松，"那就是我要离开的原因，美国人不属于这儿，我们伤害了这个地方。像马六甲，本来仅仅是一个古老的渔村，后来那些炮艇进来了。"

"不是这样的。马六甲从来就不仅仅是一个古老的渔村。"罗伯特打断他的话，笑着说道，"伊莎贝拉·柏德①把这个国家称作'黄金半岛'，这是清迈黄金之前就有的说法，是称呼'半岛'的维多利亚式的幻想，明白

① 伊莎贝拉·柏德（Isabella Bird），19世纪英国探险家、作家、摄影师和博物学家。她是第一位被选为皇家地理学会会员的女性。

吗？她也是有她的道理的。"他对周围的人补充说，"切斯特的问题是宁愿待在美国。他在这里不理解自己，即使酒醉时也不行。"

利安这时很恨切斯特。遇到切斯特的几个月之前，她和亨利就去游览了马六甲。她很喜欢忧郁衰败中的废墟和空气，甚至废墟的阴暗也透露出冒险和遭遇暴力的气息。利安给亨利讲述荒凉衰败的殖民时期可能发生过的故事，指给他看拥挤在镇上的中式的以及马来式的建筑物。她坚决地认为历史就留存在马六甲，历史就在漂亮的欧亚混血孩子和他们周日在圣弗朗西斯教堂听到的拉丁文弥撒中显现。来自海峡的热带和风吹拂着来自遥远地方的数代异乡人和流亡者的纪念物。圣保罗山①上，没有盖顶的教堂和凹凸不平的石墙旁，海杏仁树浓密的树叶沙沙响，讲述着利安依旧想象的故事，长满白茅的山坡竖着的石棺上用拉丁字母写的故事，用中国书法雕刻在商人家华美的门上的故事，以及用草书的爪夷文②刻印蔓延在马来清真寺的故事。

听着随之而来的笑声，她很高兴切斯特就要离开。他的头脑是如此浅薄和可憎，她很诧异自己怎么会爱他呢？

然而她一直在担心。虽然她第二天早上仔细地清洗了身体，她还是害怕切斯特会在她身体里留下永远的标记。

如果亨利没有沉溺于悲痛，操心由于阿爸去世带来的法律和商业上的问题，费神母亲、兄弟还有继母对他的需求，担心对实验室的工作和教学任务有所疏忽的话，他必定会注意到她身体的变化。早晨她挣扎着起床时，胃里已经出现怀孕初期的恶心症状。

---

① 圣保罗山（St. Paul's Hill），又名西山、马六甲升旗山，是马六甲地区的最高峰，站在山顶的观景台可以俯瞰整个马六甲海峡，是摄影观景的绝佳地点。
② 爪夷文（Jawi），一种使用阿拉伯字母书写马来语的文字。它是文莱两种官方文字之一，在菲律宾、马来西亚、印度尼西亚和新加坡也得到一定程度的应用，特别是在宗教文书方面。爪夷文在马来世界（Nusantara）流传已久。它的发展是同伊斯兰教的传入密切相关的。它的组成以阿拉伯字母为主，也包括一些爪夷特有的字符。

最初她认为是对切斯特的离开感到痛苦，但是现在她的乳头开始胀痛了。无须触摸和注意，它们自己就有刺痛感。她的身体有了自己的生命——好痛，生病了。在酷热和嘈杂中，她不知道是否应该告诉切斯特。他第二天要飞往伦敦，然后回纽约的家。他的欢送会上挤满了太多的人。

自叶先生去世，自纵火和暴乱发生，仅仅三个月。第一个月后亨利和利安就没有穿丧服了，因为丧服让他们太显眼，就好像是公开处决的哀悼者一样。到处都是悲痛。行人紧绷的面容，教师休息室里曾经大胆自信的辩论改为低低细语，饭店里吃饭的客人压低他们的嗓音、不安地回头张望，她看到的全是悲伤。

没人知道该相信什么。是星星的预言吗，或者是傲慢的华人过度追求目标的报应？一些人原谅了这次屠杀，把它看作是简单的反抗经济压迫者本能的暴行问题；其他人认为他们计划了凶残的报复，操纵了暴民的失控状态。有人把这场暴力称作血液疾病，正如历史学家指出的——有些异乎寻常，每三十年，像疟疾肆虐一般，然后蛰伏，再然后继续大行其道。有多少人丧命？没人敢问。

利安像个受害者，开始怀疑自己过去的行为。她做了什么导致了阿爸的死？如果聪明的华人像亨利和她那样承认他们的自负，放弃他们安乐中的私利，服从马来人民的意愿，屠杀可能就不会发生。

她并不相信这些，正如她不相信如果忘记那天晚上发生的事情，身体就不会痛了。但是她不能一直继续琢磨阿爸的去世和身体的隐痛。置身于切斯特欢送会上的其他宾客当中，她对悲痛和恐惧已经厌倦了。

仅在骚乱数月后，他们就极度渴望愉快的聚会。他们的嗓音在疯狂的喋喋不休中越来越大。他们喝啤酒和橘子汁，吃鹰嘴豆和烤花生，点燃香烟，焦躁不安地在各个角落走动。

一位客人踩了她的脚，没有注意到她的皱眉蹙额。亨利在厨房附近和另一位客人谈话。一位瘦高的美国客人越过她的头顶热情地和她看不到的某个人在交谈："云顶高原①的附生植物长到了惊人的尺寸。哇！"

突然灯全熄了，响亮的音乐响起，所有男人紧紧抓住女人，在房间中央的小空间里推着她们不停地旋转。他们随着嘈杂的电子吉他的弦声和鼓的重击声旋转，她发现自己被跳舞的人逼退到角落。

切斯特和站在旁边的帕鲁在前门迎接迟到的客人。有人点燃一炷香，薄荷的香味被虎牌和力加啤酒麦芽的浓郁味道给淹没了。

利安思忖如果挤到切斯特身旁，说——她得大声叫才能被听到——"我怀孕了"，还不知道会发生什么事。所有人都会停止跳舞吗？可怕的音乐会被关掉吗？灯会继续亮着，亨利和阿布杜拉会跑过来握住她的手吗？帕鲁会恭喜她吗？

但是她猜测切斯特的脸会垮下来，不知道她怀孕到底意味着什么，就像他不知道那晚意味着什么一样，她——她的身体——没法因为那骚乱而后悔，她忘记了，从未意识到，她是马来西亚人，而切斯特是美国人。

"那么你的心碎了？"

利安感觉透不过气来。她的说话很大声吗？只有艾伦，她不怀好意地笑着。

利安试图报以微笑。"没有，没有心碎。我怀孕了。"

这些话她情不自禁地说出来。没有人会听到她的话，她只不过蠕动了下嘴唇。吉他的弦拨得更猛了，女人们更加肆无忌惮地扭动她们的身躯。

"你这个大傻瓜！"艾伦皱起了眉头，"你居然和一个美国人。"她朝切斯特的方向皱起了眉头，"你没有告诉他吗？"

利安思忖，艾伦居然知道她的所有事情。她怎么能靠得如此近呢？

---

① 素有"南方蒙地卡罗"之美誉的云顶高原，位于吉隆坡东北约 50 公里处，是马来西亚旅游的第一大品牌。

利安摇摇头。一位疯狂旋转的女客人撞到了她，然后一声不吭地旋转开去。击鼓声在她脑袋里咚咚响起。

"你准备怎么做呢？"

她正在想如何回答这个问题，瞧见亨利站在艾伦后面，手指着门口。艾伦的指甲掐进了她的手腕，她抽身离去，如释重负。

在门口，切斯特在和罗伯特的女朋友说话，她是一个印度裔的女孩，穿着透明的纱丽，黄褐色的皮肤在门灯下像飞蛾一般隐约闪光。她刚刚到的，晚了，已经在等着罗伯特送她回家。

利安意识到她再也见不到切斯特了，她不打算去机场跟他道别。她咬了咬嘴唇，担心嘴巴说出的话会改变她的人生。

"李安，你今后来看我吧。"

暗黄色皮肤女神在等他们离开——她还没和切斯特说完昨天晚上罗伯特在她父母家的恶劣行为。

"亨利，你一起来吧。"

切斯特尴尬地搂了搂她。

她挪开他的手臂，看到他的脸，年轻、羞涩、困惑。她怎么能期望他负责她的命运呢？

她不能哭。

亨利开着奔驰载着她回家，她思索着自己的将来。八打灵再也的街道在她脑海里寂静暗淡。

第二部分

盘旋

纽约，韦斯切斯特

1980

第一章

杰森·金斯顿的声音一度是琴弦上的琴弓，拉出了紧张的旋律，让他的听众产生共鸣。他的声音在喉咙后部振动着，像内脏在皮带以上扑动，然后更低地朝地面落下。琴声缓慢下来，切斯特发现自己听了杰森一个小时的讲座后，有点想打瞌睡了。

尽管如此，切斯特注意到自己以前的老师如何持续地控制着教室，但是现在他令人敬畏的身躯，生命的实体，不用辩解地鲜活起来。他甚至在大礼堂，和其他六位音乐家一起的业余佳美兰①表演中，摆出一种亲切的主人姿态。他以简单熟练的动作轻轻触按着铜锣，适度的瑜伽平衡支撑着身体的重量，安德里亚咚咚锵敲着锣，切斯特重击着鼓面，音乐渐入高潮。

观众热情鼓掌，还有很多女性站起身来，手臂伸出外衣袖。哥伦比亚佳美兰合奏的指挥约翰·戈勒姆鞠躬谢幕，古怪的各种颜色组合的绣花镶条从他宽松的外套上垂下来，扦串在他周围。

第二排的一位妇女举起了她的手。"请问你的演出服有什么含义吗？"

"含义？"

"噢，看上去有些异国情调，但是不知道如何理解，没有任何意义啊？"

"意义？"

---

① 佳美兰（gamelan），印尼一种多声音乐，由多种打击乐器构成。

一阵阵笑声穿过观众，女士们从人群中挤过去，穿过一排排铁质折叠椅停住，开始观看表演。站在门边的妇女又转了回来，站在过道上。

"我想知道你的演出服是否有特别的意义。"

切斯特赞赏地想到梅里尔总是维护自己的权利，问问题的权利。这是他羡慕她的很多事情中的又一件，以此来解释为什么很高兴娶她。

"噢，巴厘人①并不穿成这样转来转去。妇女们穿的纱笼和安德里亚穿的相似。男人也一样，只是穿纱笼的方式不一样。这套演出服只是穿来演出的。如你所见，这服装穿在身上又重又非常热，不完全是巴厘岛合适的服装。那里的温度通常是超过九十度②。这种独特的穿着是巴厘人喜欢的十三世纪满者伯夷王朝的军事服装。如果这件服装有什么特别的含义的话，就是提醒观众故事发生在真实的历史的过去。"

这是篇冗长的演说，大部分的观众还没等结束就离开了。

梅里尔上下、上下地点头，好像同意戈勒姆的陈述。这是切斯特数年前发现的她迷人的特质。现在他有时候想这动作其实表达了她与说话者尖锐、心存疑惑的对峙。如果她决定相信他，是的，她会上下地点头。如果她认为他是个傻瓜，她会将头挺高，垂下眼睑，有礼貌地用手掌掩住嘴唇。

梅里尔没有留下来和杰森以及其他表演者交谈。她在停车场的车旁等着切斯特，切斯特匆忙赶到那儿去接她，让约翰收拾乐器。

现在是下午四点钟，特丽莎和杰克·斯坦迪什六点钟会来吃饭。晚餐是为杰克准备的。他华盛顿的联系人第一次让他获得了梅里尔的青睐，他答应加入她为公园管理局建立的社区发展理事会。梅里尔极度害怕自己的聚会会单调乏味，她也邀请了保罗和露西·多德，他们就住在街头，她认

① 巴厘人（the Balinese），东南亚印度尼西亚民族之一。旧译"峇厘人"。
② 指华氏度。90华氏度约等于32摄氏度。

为两对乏味的夫妇总会比一对夫妇要有趣得多。

切斯特并不希望他们中的任何一对过来，尤其是在周六六点开始的整个晚上。"该死的，我们欠他们什么！"他把头枕在胳膊上，抱怨着。

"但是我们曾经在杰克的圣诞宴会上玩得很开心啊，没有多德的家庭聚会，新年庆祝会很难过。"

"正是因为他们在，我有些沮丧。"

与梅里尔的争论，切斯特并不想赢。他乐于激怒她，会和她小打小闹。和她结婚六年了，他仍然喜欢看她被激怒的样子，她把自负的脚坚定地踏在地上，把她爱尔兰的下巴抬得高高的，好像在问他敢不敢给她一记上勾拳。他假装激惹她，发牢骚抱怨——她称作"小题大做"——直到她的声音适度高涨，真正的愤怒开始了，他几乎期望她控制不住努力克制的倔强的脾气，剧烈地捶打他的肩膀。

他喜欢她那脾气，即使她深为之感到羞愧。她开始和詹金博士进行分析讨论时，他希望她的脾气会显露出来，然而她的脾气似乎平息下来。她的声音变得更平和，她开始买丝绸衬衫和埃文·皮考尼牌人字斜纹粗花呢西装。她还养成了在脖子上系大片下垂围巾的习惯，使她暖色的脸变得体面高尚。

切斯特并不在意梅里尔假装成熟。"在美国，成熟，他妈的很愚蠢。"他说，试图冒犯她的随和自信，他了解她生活中需要什么，也相信她能找到。

但是她已经开始搜索名片夹准备邀请下周的客人了。

他走到客厅，打开电视机，假装对她的谈话不感兴趣。他始终专心倾听她说的所有事情，猜想电话另一端说的话。然而，说真的，她的喋喋不休让他感到乏味。他确实太了解她，但他情不自禁偷听她的谈话，即便谈话内容索然无味。

梅里尔打电话邀请丹·斯威格来吃饭，告诉他哪些人会来。丹说："特里克西·特丽莎。"他一年前创建自己的景观设计咨询公司之前，也是在公园管理局工作。

"亲爱的斯威格！你准会说些下流的话。"

"什么？你会那样维护一位女性？为什么要忍受她的嘴巴呢？"

"斯威格，重点是她，也就是特丽莎，有智慧。"

"比她丈夫要聪明？"

"这正是问题的关键，是不是？她确确实实是一位非常有趣的人。"

那天晚上她把丹的评论告诉切斯特时，他说："该死，梅里尔。生活比有趣的人更重要。"

但是她并不同意他的观点。

她曾经似乎想做得更多，得到更多。那时他将在哥伦比亚大学完成博士学位，在布朗克斯区的社区学院教授课程来交租，而她是巴纳德学院大四学生，和多丽丝与凯特住在西部。

他们交往之初，他还仅仅只是好奇她是什么样的人时，她就长篇大论地忏悔，激昂地说："我想要的比母亲拥有的要多。我还不知道是什么，但是我不想听她的伤心故事！她是爱尔兰的天主教徒，怀了孕，匆匆走进一段不幸的婚姻，这就是她伤心故事的一部分。"

这就解释了为什么后来她那么轻易地就赞同那时要孩子对他们来说是错误的观点。但是，同时，似乎她也没有勇气去医院。

她的含糊其词令人困惑。阳性孕检结果出来后已经差不多有一个月了，他没有和她争论是否要终止妊娠。她并没有告诉母亲她的想法，她母亲很久以前就离了婚，最近定居到盐湖城。讨论主要以她的室友多丽丝和凯特为主，而他作为旁观者坐在巴特勒图书馆置身局外，写他的巴厘岛野外笔记。她们都说要孩子有些不切实际。

"但是如果我们要了孩子那该怎么办呢？"她在电话里要求多丽丝早上带她去医院。

切斯特没有回答。学校要求他这学期开始三天后开一门社会学课程。第一堂课一小时之后就要开始。他在普林斯顿大学的第二年，第一次研究一个社会学文本。课前的晚上他拼命地看指定的阅读材料。梅里尔的问题对他来说，比现实更加学术一些。

要孩子不切实际，甚至在手术的过程中陪着她都不可能，他第一天的课程是不能错过的。此外，正如凯特和多丽丝指出的，多丽丝会是一个更好的伙伴——去年她是自己去的医院。

梅里尔对他的沉默非常不安。

他们对那天发生的事情三缄其口。切斯特在一些不由自主的场合，记起她的问题，觉得有些反常，与她的性格截然不符。

现在梅里尔聚集了一些喜欢玩扑克的人，她就在聚会上玩这个，娱乐自己和其他人。他想象她和她那群有趣的人玩纸牌的情形。有一次他无意中在她的桌子上发现了一列男人的名字。名单上有大约三十个男性的名字，包括他的名字还有他认识的人的名字。他问她这件事的时候，她笑了起来，说她在考虑公园青年项目的捐款人名单。

周六，她和切斯特一起切莴苣，跟他讲述了她和丹的谈话。"特丽莎遇到了问题，或许杰克就是问题之一。他明显地用各种无形的压力阻止她完成研究生学业。"

"你认为杰克能干出不露声色的事情来？"

"当然特丽莎总是迎合他。她待在家里当然安全得多，她没有必要担心失败。园艺、舞蹈班、瑜伽、做馅饼——我不介意像她那样生活。"

"你会厌恶她那样的生活。"他在裤子上擦了擦手，移步到客厅，将一张唱片放到唱盘上。

唱片放完后，梅里尔走到客厅。切斯特坐在地板上，在机柜里搜索唱片，她在他耳边低语："嘿，你考虑下这个手术？"

"什么？"

"你知道的，我给你看过《纽约时报》上的那篇文章。"

"哦，输精管切除手术。"

"关于这个手术你考虑过没有？"

"没有。"

"噢，切斯特！"梅里尔直起身子，用拳头猛捶咖啡桌，桌上她放的沙拉盘跳了起来，刀叉也弯曲了。"这是世界上最容易的事。和医生预约下，我就不用担心了。要我承担所有风险是不公平的。毕竟，我们已经决定不再要孩子，我不应该为整个决定负责。"

"我们已经决定过不要小孩吗？"

她压低下颚，低头看着他，突然冷静下来，显得坦然自若。"我们应该反复注意到我们的重点。明年我就要担任管理局副局长了，如果联邦补助金下达，我就能执行自己的纽约市公园计划。丹说过几年我就能成为官厅委任的特派员，公园管理局历史上的第一任女性特派员。你自己也说过，我们绝不可能要小孩，这样对任何人都公平。"

"当然。"他咕哝着。

"你不在乎那些药丸会杀了我吗？"她的声音现在有些鄙夷。

切斯特的脸色变得苍白。"老天，梅里尔，不要把你的刀隐藏在问题后面。"他将唱片从地板上拿起来，漫不经心地放回书架。留声机从书架上滑下来倒在他那边。"该死的，房子里所有的东西都不稳定。"

"好吧，你不在乎每年一百个女性中有两个服避孕药还是会怀孕吗？我不想再去经受那样的折磨。《纽约时报》刚刚报道哈佛大学医学院正在做一项研究，护士服避孕药心脏病发作和中风增加的概率，美国食品和药物管理局关注超过四十岁的女性服避孕药患乳腺癌和宫颈癌的风险……"

"服避孕药，不服避孕药。噢——为什么我要在意？反正，你对我来说永远都不到四十岁。"

他全身沐浴在音乐当中。"你相信魔法吗？……魔法……魔法。"切斯特感觉精疲力竭，坐回到沙发上。他什么都不去想，手指和着节奏，敲打着大腿。他今天晚上会过得很糟糕。

"切斯特，你已无可救药。你知道吗？"

"是的。你这样跟我说过多次。"她站在他跟前，他转身抱住她。她的怒气使她的声音严厉坚毅。切斯特想，那就是母亲警告过我的泼妇的声音。

她退后一步，棕色的眼睛变成粉红而且疲倦。

"梅里尔，不要哭。我会去做手术的。你可以避免心脏病发作。"

她走开去，根本不相信他。

他把双手窝成杯状，像个盾牌，置于胯前。"我会保护你的，使伤害不会超过一把水枪的攻击性。"

"你没有诚意。"她用更加柔和、谴责的语气说道，顺从了他的手，坐在他的膝上。"不要。"他的手靠近她的乳房时，她扭动起身体。

他将手放低到她的腰部，她把头埋在他的下巴下面。"这样好多了。"

切斯特让她坐在他的膝上。巨大的滑动玻璃门在夕阳的余晖中闪闪发亮。他看着去年秋天他们擦洗玻璃门外面的时候留下的条痕，他忘记把它彻底擦干。蒲公英叶的小锯齿边缘在院子的砖块间探出头来。阳光看起来很温暖，但是他知道门外很冷，还未到四月呢。她从他的膝上站起来，打开门迎接他们的客人，他仍感觉到冷。

保罗和露西带来了一位意想不到的伙伴，罗伊·库马尔，他二月份才加入保罗的公司。"我希望你不要介意。"露西对梅里尔说，有些尴尬，"他半小时前出现在我们门口。他说，印度人经常这样做，事先不打电话，就来串门聊天。"露西解释说，罗伊的妻子仍在新德里，等她的护照一批准，数月后，就会和他重聚。公司能说服国家安全局快速处理罗伊的护照，他的妻子则另当别论。美国国务院看起来并不怎么有兴趣对她破例。"没有他妻子，他一筹莫展。他不在实验室时，保罗会盯住他确保他没有下定决心回印度。"露西对着梅里尔充满疑惑的眉头耸了耸肩。

罗伊，深色皮肤，穿着海军蓝色针织套衫，很快就变得友好，加入了他们的谈话。"那么，你经营农场？"他问丹，丹正在跟特丽莎解释如何用一种新型的无毒药粉控制大丽花免受蚜虫侵袭。

"我猜想你可以叫我农民。"

特丽莎咯咯地笑起来。"他是受过良好教育的农民。"

"噢，是的，在美国，每个人都受过高等教育。完全不同于印度，印度所有的农民都未接受过教育。"罗伊赞许地点了点头，"美国和印度就像大卫和歌利亚①。我们人口多，有很多很多小孩，但是美国人有许多教育，很多很多大学。可怜的歌利亚赢不了。"

丹粗鲁地问："你是从事什么工作的呢？"保罗插话道："库马尔是密码的顶尖研究人员，特别是在非对称加密方面。我的公司认为他在这个领域是全球的领先者之一。我们费了好大劲才说服他离开新德里他的学校来到我们这里，我们期望他成为主力，帮助我们和国防部签订协约。"

罗伊笑容满面。"对。是的。你们的总经理对我很好。他已经允许我下个月花两周时间在麻省理工学院参观微系统实验室。我很高兴来到这

---

① 传说中的著名巨人，《圣经》中记载，歌利亚是非利士将军，带兵进攻以色列军队，他拥有无穷的力量，所有人看到他都要退避三舍，不敢应战。最后，牧童大卫用投石弹弓打中歌利亚的脑袋，并割下他的首级。大卫日后统一以色列，成为著名的大卫王。大卫和歌利亚的战斗记载在《撒母耳记》上第17章。

里。美国对我真的是非常非常好。"

看起来并不怎么愉快的丹，转身离开，站到特丽莎身旁，特丽莎正在和切斯特说话。

"多漂亮的房子啊！"

切斯特挥了挥手，对她的话不以为然。

"这些看起来很奇妙的东西是什么？我很喜欢你们的剑和挂饰！"她站在一块印尼扎染布跟前，认真地看着壁炉台上的物品。

"嗯，那个是马来的波刃短剑，是一种仪式用的短剑。"

"多么漂亮的塑像啊！"她说道，根本就没有听切斯特说话。她伸手去拿那座雕饰的塑像，好奇地抚弄着。"这是什么呢？"

在她又白又长的手指之间，这座塑像的旋钮和曲线似乎是毫无意义的涡旋。

"小心点！"

丹笑了，切斯特意识到他说话太尖刻了。他把雕像从她手中拿开，让它直立，面对着她。

"这是个妖魔。"

这两个男人见到，她最终能够看清楚了——两条尾巴互相纠缠、阴茎肿胀、尖尖的舌头从露出牙的嘴里伸了出来，尾部平滑的黑色轮廓、膝盖、过于丰满的胸部、手肘——所有的合起来，在空中隆起一个人形。

她面带惊讶，但只是说："哦，多有趣啊。"然后转身离开。

切斯特有些过意不去，将塑像放到一张照片的相框背后——照片上是米南加堡的一所房子——以避开众人的视线。

特丽莎问丹如何让蟹爪兰一年四季都开花。切斯特此刻非常恼怒，知道她在为所发生的事情责怪他。

"除了白酒，还有什么可以喝吗？我很讨厌那令人恶心的东西。"丹看着特丽莎，然后冲着切斯特笑，好像是在报以同情。

"对不起。我把威士忌酒忘在厨房了。"

丹跟着他，从烘干架上取了个湿玻璃杯，找他要了瓶黑白狗牌威士忌。

"我不知道保罗是五角大楼之类的要人。我们的防御体系有外国人涉入，你对此怎么看呢？我告诉你，我是不大乐意的。"

"你是在说罗伊·库马尔吗？他看上去并不像一位雇佣兵。"

丹绷着脸。"不是。这都是技术上的东西，联邦政府并不想要我们普通美国人知道。"

"要知道爱德华·泰勒①并不是真正出生在美国。"切斯特把酒瓶从丹那里拿开，搁到柜台上，"核炸弹应该是用来保卫我们的，这是很多你们所称的'外国人'制造的。你知道恩里科·费米②吗？汉斯·贝特③呢？很多的第一代火箭专家来自第三帝国。"

丹又重新拿起酒瓶，倒了第二杯。"这不是一回事。他们都来自我们的世界。但是告诉我，你认为特丽莎如何？"

切斯特紧紧地盯着丹的杯子。"特丽莎比罗伊更优秀？他们都说得太多。"

"她是软弱无能的母狗之一。她永远不会找到工作，像我的前妻一样，让一些穷懒汉为她工作。梅里尔是我喜欢的那类女人。"他朝切斯特眨眨

---

① 爱德华·泰勒，是一位出生于匈牙利的美国著名理论物理学家，曾任教于加州大学伯克利分校和芝加哥大学等，1952年与欧内斯特·劳伦斯共同创建了美国劳伦斯利弗莫尔国家实验室，1959年主持建立了伯克利空间科学实验室，被誉为"氢弹之父"，但他本人对此称号并不在意。

② 恩里科·费米，美籍意大利著名物理学家、美国芝加哥大学物理学教授，1938年诺贝尔物理学奖得主。费米领导小组在芝加哥大学建立人类第一台可控核反应堆（芝加哥一号堆，Chicago Pile-1），人类从此迈入原子能时代，费米也被誉为"原子能之父"。

③ 汉斯·贝特，美国物理学家，犹太人，生于德意志帝国的斯特拉斯堡（今属法国），1941年入美国籍，1967年诺贝尔物理学奖获得者。1936—1937年间，贝特及其两个合作者在美国《近代物理学评论》上发表了总结原子核物理学的长篇著作，成为其后几十年间供后人参考引用的标准文献。在这一著作中，他澄清了当时的核力理论、核结构理论及核反应理论。

眼，好像他们在谈切斯特不认识的人似的，"她对任何人都是硬碰硬，也会胜过他们。这种类型的人都不会和婴儿配方奶粉、婴儿呕吐打交道。"

"丹，你有多少孩子？"切斯特再次惊讶为什么梅里尔请丹过来吃饭。至于这点，当他问她时，她回答说是因为他很讨厌和斯坦迪什及多德一起吃饭。

"那究竟和我说的有什么关系？反正，你也是知道的。"

"三个？"

"是的。"

"多大？"

"这是干什么，电脑约会服务？十二岁、十岁和四岁。"切斯特曾跟梅里尔说过，丹对任何看起来侵犯他的隐私的行为，都有反对的习惯，还有承认任何事情的神经冲动。她承认他就像走上犯罪道路的天主教亡命之徒，找寻忏悔神父。

"你不想他们吗？周末呢？你从来就不想和他们在一起吗？"

"见鬼，我不需要这玩意。"他把威士忌酒瓶随身带走。

梅里尔走进来，眉头间的皱纹对切斯特来说是个警告。"你对斯威格做了什么？他在洗手间哭呢。"

"他大概是去那儿把酒喝完。"

"只要你不惹他生气，他不会不快的。或者给他威士忌酒。我想你知道该怎么做。"

"我不知道应该去做什么，特别是对你邀请的这些可怜的人。凯特至少为你打破了常规。你和丹有什么共同之处？"

没有回答他的话，梅里尔从厨房的桌子上又拿起一盘玉米卷。"你不出来跟我们的客人聊天吗？"她问，转身离开。

"我们的客人。"切斯特很讨厌这个措辞。这让他想起百慕大所有那些过分讲究的度假酒店，每年夏天父母都会拖着他去那里。这也尤其让他想起了母亲，每次他们有客人时，她就会在厨房忙碌。她会拿起另一个盘子，说："哦，不，你不需要在厨房做什么。毕竟，你是我们的客人。"客人们会彬彬有礼地坐在又厚又软的仿天鹅绒长沙发和俱乐部椅子上。父亲会转动三层的供客人取餐方便的圆转盘，以便他们自己动手拿盐腌的杏仁、月牙形杏子面包、包了馅的李子干、可咀嚼的糖果，还有其他各种各样母亲提供的好吃的东西。

晚餐已经准备好了，客人中有两位缺席，丹和特丽莎。

杰克提供线索说："他们到院子里寻找风信子去了。"最后的十五分钟他一直在和保罗谈即将发生的棒球大罢工，而保罗则向罗伊说明棒球比赛的规则，罗伊看来对比赛的计数方式很着迷。

露西在帮助梅里尔布置餐具。准备的是自助餐，虽然只有八个人。梅里尔决定不采取坐下来吃饭的方式，因为她觉得这样谈话会很乏味，而且餐具搭配不是很协调。

他们吃的是冷切鸡、辣椒、热的玉米面小薄饼、芝士面包、很大一份蓝纹奶酪调味的沙拉。梅里尔和切斯特刚住在一起时，梅里尔就声称除非他学会做饭，否则他没有权利对食物挑三拣四。但是他从不做饭，他知道绝不能对梅里尔的晚宴的食品搭配抱怨。她会实践很多种食物体系，她小学的时候就学会了，这教会她什么是均衡膳食。

切斯特对吃并不感兴趣。"我会照看客人。"他说，然后拉开玻璃门。

一股辣椒气味紧迫着他来到院子里。

屋后的花园有些阴冷。他们是七月份买的房子，庭院里都埋着植被。丛丛丁香花堵塞了院子的边界，心形的叶子上呈现着油腻腻的黑斑，黑莓在院子尽头形成了无法逾越的篱笆。之前的房主告诉他们花园里长满了不同的花、草和灌木，但一切看上去都一样：凌乱，浓密，粗壮。一些植物叶子窄而细，另一些是暗色锯齿形边缘的叶子，大得如碗一般。还有一些显得很苗壮，卷须缠绕在各个角落，预示着要占领整个世界。

"我来收拾花园。"切斯特说。梅里尔每晚做饭，他则在园子里砍啊，修剪啊，劈啊，拖啊，并收集树枝、细枝、枯叶、杂草、芦苇、发霉发臭的灌木，把它们装进袋子里。

当梅里尔最终从房子里出来看他都做了些什么的时候，他已经毁掉了花园。花园被刨平了，光秃秃的。一切都无影无踪，除了一些草和丁香树的残干。他们都希望丁香树丛能够复原，但是它们没能长回来；丹告诉梅里尔，对花草枝叶的修剪过度了，虽然切斯特发誓是霉菌毁了它们。

仅有小株的多年生植物，叶子已经在夏季枯萎了，鳞茎还隐藏在土里，所以还未被拔除，存活了下来。三月份，遍布光秃秃花园的有紫色的绵枣儿、蓝色的风信子、绿白色的雪花莲和香味刺鼻的百合花。

切斯特和梅里尔都没有兴趣维护花园。丹主动提出为他们美化院子，同时他仍在公园托儿所工作，但是他们很少有时间进入院子，他们已经对这些春天的幸存者和冬季白雪覆盖的蒲公英，以及空荡荡的草坪听天由命了。

切斯特发现丹和特丽莎在车库的后面。他的出现让他们感到意外；他看到丹用手背抹嘴，知道他们亲吻了。丹把食物装到盘子里时，他小声地对丹说："特丽克西·特丽莎。"但是丹很恼怒，坐在保罗和露西旁边吃东西。

梅里尔忙着切面包，在碗里重新续上沙拉。切斯特思忖丹一定是相信他抓住了他和特丽莎约会的把柄。切斯特坐在南边窗户的角落里靠近达雅克人的长矛，试着吃墨西哥煎玉米卷，不希望有人过来和他聊天。

切斯特记得许多年的时间里他极度憎恶自己的名字。那段时间他独自在院子里投球，粘在电视机跟前观看周六的比赛，试图发出人群的叫喊声，比如两个音节的战争呐喊声——"切斯特，切斯特"——然而没有发出声来。

学校所有人的名字都能缩短成一个爆破音：鲍伯、比尔、迈克，甚至法国佬路易斯·莱菲斯特也被叫成"路"。就像使劲将木头击在飞球上一样，这些名字整个周六下午都在洛基山湖畔的长凳和露营地里沸沸扬扬。嗨，马克！嗨，彼得！嗨，里奇！

但是切斯特依旧对这个记忆很恼怒。切斯纳斯特、切希尔、切斯蒂。这两个音节通过一段距离回荡——切斯斯特厄①——像女孩子般的。这个名字和玛丽、莉兹、黛娜、莎朗是一个水平线的。然后，除此以外，还有一个姓，布鲁克菲尔德！

在普林斯顿他开始跟合唱队唱歌，他们唱《美丽的美国》，他第一次对自己的名字感到高兴。一个他能自己想象拥有的名字。布鲁克菲尔德。他能想象河流在这个国家中部的某个地方流淌，从海洋通向闪光的海岸那片广袤的地区的正中心，流向五大湖，琥珀色的鼓浪当中。他能感觉到胸随着湖和起伏的草原膨胀着。跟合唱队站在一起弥补了坐在观众席里的所有日子。

那里的女孩甚至喜欢他的头发，自从蒙混着和合唱队一起唱歌，他就把头发留长了，遮住了眼睛。不留短发，不像六岁或十六岁时他的发际线长成母亲很久之前告诉过他的美人尖，这样就行了。

"亲爱的，这是我们家族世代相传的。"她动情地追溯了胡萝卜红的头发像疤痕或箭头垂在他的眉毛中间之上的部位。美人尖。他从没有告诉过他的朋友这个发型的名字，但这个发型让他看上去像囚犯或来自外太空的外星人。

---

① 原文作 Chessst-errr，由 Chester（切斯特）衍变而来。

　　他们演出时，他总是扮演印度人。幸运的是，小孩子从来没有想过去分析为什么他看上去有点怪异；很长一段时间他想方设法让自己和其他所有人一样。

　　他开始尝试留长发时，像刘海，让他看上去有像女孩的感觉。那时，在六十年代中期，尤其是他在普林斯顿将头发留得相当长之后，没有人再认为他有女孩气了。他想他终于看上去有些特立独行了，五英尺十一点五英寸高，绿色的眼眸，耳朵后面的棕红色的长发就像母亲教他的，擦洗得干干净净。大学毕业后，他把头发给剪了，他被接受为和平队成员后，又开始留长发了。

　　这让切斯特心神不安地又想起和平队时期的日子。他断定是罗伊的出现搅乱了他。他一直回避罗伊。罗伊又矮又胖，一点都不像帕鲁，但是他声音的某种节奏使他回忆起帕鲁。

　　自从切斯特缩短合同，离开吉隆坡，回到康涅狄格的家，差不多有十一年了，但最近，他不断地想起在那里的时光。经常是一种感觉把他带到了过去——他发现自己很孤独，在陌生人当中时，做完一件工作，开始另一件工作时，他就会有这种感觉。

　　这是一种惶恐不安，就像他在吉隆坡种族暴动的那个晚上看到黑色烟雾时感觉到的恐慌，一种从空中落下，不知是否可以着落的惶然。他读到帕鲁的信，得知利安有了孩子，算了算日期，发现日期正好匹配时，他也有这样相同的慌乱。

　　每次他都抑制这种惊慌，都挺过来了。毕竟，无论是种族动乱，或是利安怀孩子都和他无关。他可以置之不理，他确实也没在意。利安从未写信给他，虽然他也怀疑过，帕鲁后来的信中说，亨利离开了她，孩子成了弃婴——因为地理和文化的距离让他摆脱了困境。他回信给帕鲁，让他注意不要再提利安，之后帕鲁的来信再也未提过这个话题。

　　有趣的是他认为告诉梅里尔什么时候跟她结婚并不很重要。在哥伦比亚大学读研究生的第一年遇到她，他觉得很幸运。有抱负、有才华的梅里尔，有着巨大的能量，她对切斯特过去在和平队的经历，对他的巴厘岛文化研究，对他人类学家的圈子，对他们滔滔不绝地谈论部落仪式和魔法灵感的传说非常崇拜。像草坪上的蒲公英，他和梅里尔的生活在她能量的照耀下更加美好。

　　可是最近，他们相处得不是很好。他明白他并没有改变，所以是梅里尔不同了。他不知道是否是因为她过于认真或是不够认真。

　　"切斯特。"特丽莎平端着盘子高过他的头顶。她在他身边跪下像一位仰慕者供奉带水的沙拉叶子。她的膝盖轻触了下他，他挪开了他的脚。"你看着很有学者风范。罗丹的'思想者'①？"

　　"我确信，我并不完美。"

　　"哦，很帅的。你有游泳运动员的体魄。"

　　他感觉自己脸红了。除了梅里尔，他和另外的女人发生关系已经是很多年前的事情了，特丽莎用帽子盖着的乌黑、光滑的头发，轮廓突出的活跃的身体和话语的急促从未吸引过他。他第一次注意到她是多么的玲珑小巧。她穿着一件薄薄的米色毛衣，展示着浑圆的、并不时髦的外表。他克制着想去触摸她乳房的冲动，拿起墨西哥煎玉米卷。

　　"和杰克结婚有什么感觉？"他被自己的问题震惊了，但是她并没有被触怒。

　　"和梅里尔结婚有什么感觉？"

---

①　奥古斯特·罗丹，19世纪法国最有影响的雕塑家。"思想者"是罗丹晚年最伟大的杰作。生命感强烈的躯体，在一种极为痛苦的思考中剧烈地收缩着，紧皱的眉头，托腮的手臂，低俯的躯干，弯曲的下肢，似乎人体的一切细节都被一种无形的压力所驱动，紧紧地向内聚拢和团缩，仿佛他凝重而深刻的思考是整个身体的力量使然。罗丹认为深刻的思想是靠富有生命活力的人体来表现的，所以，他的人体雕塑不仅展示人体的刚健之美，而且蕴藉着深刻与永恒的精神。

他们互相看着对方。

"你们是在谈论我吗？"

切斯特如释重负，把梅里尔拉到自己的膝上，抚摸着她红褐色的丝发。"我正要告诉特丽莎你是一个了不起的妻子。"

梅里尔扮了个鬼脸，立即站起身来。"妻子？"她在特丽莎身旁跪下，讪讪地笑了一下。"这是女人地位一个过时的概念。"她转过身去，他意识到她在思考那天晚上他们的争论。"你不认为女人并不仅仅只是妻子吗？"

"我经常感觉到带着两个小孩的女人仅仅就是母亲。"特丽莎后脚着地坐了下来，她的身体轻轻擦过切斯特的膝盖。

虽然他因为恼怒而绷紧脸，他还是因为她的触碰有了生理反应。"梅里尔，女人是什么？"他问。

她有些目中无人，弯着她的身体远离他，只是对着特丽莎说话。"女人应该有像男人般的权利，你难道不这样认为吗？她应该对自己的身体和生活有自由的选择。女人不应该只适合一种模子，特别是由男人做的模子。"

"生物学呢？"杰克加入了他们的谈话，切斯特对杰克的怀疑态度大为恼火，不亚于被梅里尔驳斥的恼怒。

"那又怎么样？身体脂肪的分布和智商或才能是无关的。"

"我认为不关脂肪的事，而是和洞有关。"

特丽莎哧哧地笑，杰克急忙补充道："我是指子宫。女人孕育孩子，这是基本的不同。"

"杰克，难道你没有听说过避孕吗？女人不一定非要生孩子。"梅里尔的脾气上来了，"当然，如果她愿意成为生孩子的机器，她就应该有男人告诉她该过怎样的生活。"

切斯特站了起来，留下梅里尔和杰克继续争论。

特丽莎跟随着他到了厨房，看着他把盘子里的食物刮到厨房垃圾处理器①里。

"很抱歉，特丽莎。"

"你认为我应该对梅里尔生气吗？"特丽莎嘲弄地把嘴巴耷拉下来。

"你生气吗？"他在水槽里洗手。

"哦，没有。我承认我是经常陷入那种状况。"她笑了起来，"我喜欢这样。"

切斯特想要亲吻她。她的肚子在毛衣下有一些朦胧的凸起，她的脖子和乳房形成了一道风景，凹凸有致，似乎是在诱惑。他俩单独在厨房里，可惜他的手是湿的。他在裤子上擦了擦手，她又笑了起来。他听到外边丹低沉的声音，想出了好的办法，递给她胡萝卜蛋糕试探一下。

她一只手拿着蛋糕，刷了层糖霜在手指上，伸向切斯特。

他把她的手指放进嘴里，吮吸着。糖溶解了，温热、咸丝丝的手指爱抚着他的舌头。"嗯。"他哼哼唧唧，又有了生理反应。

她看着他嘴里她的手指，开心地笑着。"来日午餐时见。"她说，然后离开了。

切斯特不知道自己是高兴还是沮丧。他的兴奋是被迫的。这让他想起数年之前在马六甲一个闷热的旅馆唯一一次看黄色电影的情形。他观看两个北欧人愁眉苦脸，默不作声地排演，从一个体位换到另一个体位，他立即丧失了时间概念。那一男一女似乎是在由性兴奋的枯燥引起的永久的无聊中慢慢进入高潮。

他不知道是否消受得了桃花运，或是对特丽莎挑逗他耍的小把戏感到失望。晚上的剩余时间他都避免和特丽莎或是丹交谈过密，却强迫自己听罗伊讲述如何制造能像人类一样凭直觉思考，而不是靠逻辑思维的机器；

---

① 装在厨房洗涤槽下面粉碎菜叶果皮等废弃物的机器。

根据保罗的意见，这是较容易装配的一个过程。切斯特注视着保罗对罗伊的听从。平和、默契，就像不假思索的尊重，仿佛源自情感。他想起了利安有时跟他说过的感受。他想是罗伊的印度性唤起了这种记忆，聚会解散时，他释然了。

看着梅里尔拍弄她的枕头，他小心翼翼地说："特丽莎喜欢卖弄风情。"

"她不过是在玩女性游戏。"梅里尔将头发从脖子后面撩开，依偎着他的肩膀。她睡意蒙眬地补充说："特丽莎过得并不愉快。"然后她就睡着了。

他保持着清醒，平静地思考如何和医院预约做输精管结扎手术。他想至少能向梅里尔表明他可以对她负责，即使许久以前，另一个聚会上，利安小小的、悲伤的面容表明了他的失败。

第二章

切斯特在七格雷斯学院社会科学系任教，这是一所全是女生的学校，灰石和红砖的建筑物矗立在差不多二十英亩的草坪上俯瞰着哈德逊河。他教社会学和一门人类学课程，虽然他真正的兴趣是人类学。

起初，他很惊讶年轻的女学生对真实的外国几乎没有什么兴趣。他抱怨说她们把周游欧洲当作夏天理所当然要做的事情，她们中的大多数却把亚洲人和非洲人看成原始和难以忍受的野蛮人。当他还是个孩子时，米德对萨摩亚①青少年自由的赞美歌和裸胸妇女的照片就让他着迷，与其说他眼睛注视的是色欲，不如说是对自然界不可思议事情的发现。然而她们对这些并不感兴趣。毕竟，她们也是穿着纤维衣料在沙滩上悄然行走，将她们的乳房暴露在太阳底下和公众的凝视下视为很自然的事。

切斯特向梅里尔把这些女生描述成富有魅力且令人生畏。他并没有告诉她她们一致的物质性让他反感。他不理解她们精神上的痛苦——她们吐露悲伤欲哭的学业上失败的时刻——或者她们强烈的欲望被种族主义甜点②和奥利奥饼干的盛宴、父母给予的巡洋舰和夏威夷假期，以及和她们

---

① 萨摩亚（Samoa），原名西萨摩亚，为波利尼西亚群岛的中心，曾经是德国的殖民地，1962 年独立，1977 年 7 月更名为萨摩亚独立国。现为英联邦成员国之一。

② 种族主义甜点（Mallomars），纳贝斯科旗下产品，带有鲜明政治立场。底部是一块全麦酥饼，放上一块白色棉花糖，再裹上一层巧克力糖衣就制成了。在美国，几乎没有人会垂涎于它，在海外其他国家，它却被作为一种术语攻势迅猛。在很多欧洲国家，包括法国和丹麦，类似于种族主义甜点的食物被称为"黑人之吻"，在比利时北部的弗兰德斯地区，人们常称其为"黑凝乳"或"黑人之乳"。

一样魅力四射的男人的身体所平抚。他未必喜欢她们，但是禁不住赞赏她们对生活的重视，对追求享乐的执着。

他和梅里尔结婚起就在七格雷斯学院教书，有时候他会有在异教徒国家的强烈的失落痛苦感。他相信一些学生是带着比他能感受到的更多的情欲吃巴斯金－罗宾斯冰激凌①。他明白她们在扩展将来，而他继续漫无目的地沉浸在越来越长的当下生活中。

今天早上，他发现他的学生特别有意识地令人不安。他第一次承认她们让他想起了妻子：她执着的渴望和对未来坚定的掌控，甚至她体形结实的张力，和她能被巴伐利亚奶油巧克力水果大蛋糕所缓解的强烈的悲伤。

切斯特站在三层的希金斯沃斯大厦的顶层办公室窗户旁，审视着一大群穿过巴腾绿地去赶十一点钟的课的学生。他从未幻想过他的学生——社会学家维塔泽利斯和麦克马洪曾津津乐道的那种幻想。年轻女人们迈着摇摆的步子行走在三月底的阳光下，她们冬天的外套敞开着，挺着胸，露出粉彩的毛衣，在他的注视下，她们今年像含苞待放的香红花般迷人。奇怪的是，今天他看到她们很娇弱，很容易被他的弗赖伊皮靴压伤，但是这个想象既没有使他激动，也没有让他愉悦。相反，他觉得疲倦犯困。

将手指在额头上摩擦——在过去的两个月他无意识地重复这个动作，从那时起他发现发际线明显地消退——他离开大厦，打电话给圣林医疗中心。他发愁如何解释打电话的原因，这时，电话线的另一头，一个女性冷漠的声音响起："找雪利医生？周五上午十点如何？"

突然间他想要表达焦虑，结结巴巴地在电话里说想要预约输精管结扎

---

① 巴斯金－罗宾斯冰激凌（Baskin-Robbins ice cream），1945 年的一天，美国人伯特·巴斯金（Burt Baskin）和欧文·罗宾斯（Irvine Robbins）在加利福尼亚的洛杉矶合伙开了一家冰激凌店，他们的天才创造让美国顾客流连忘返，其中最受引人的新概念是"每月 31 天，每天一个口味"，高品质、花朵般美丽的冰激凌，永远让人感受着一种生活常新的气氛。今天，巴斯金－罗宾斯的商标在美国已是最具知名度的冰激凌品牌之一，每天为顾客提供着 600 多种风味冰激凌，还特别制作有低脂、脱脂及不含糖的品种，以照顾现代人的饮食意愿。

手术。那个冷漠的声音又重复道："输精管结扎手术。雪利医生，周五上午十点。"然后，电话线路就中断了。他感觉自己好傻，尴尬地打了个哈欠。在秩序极度井然的宇宙里，他的焦虑显得没有立足之地。周六晚上，他又感到局促不安，像吸烟的记忆，又困扰着他。

他去上一点钟的课，有些筋疲力尽，一个小时的时间都在逗乐。这是普通通用的社会学课程，有关人类和社会。这一个小时的时间都用来讨论亲属制度，他已经准备好了基于最近的人口普查数据的关于美国家庭变迁的惯常材料。然而他说的却是代替品和仿亲族血缘构造，包括对肥皂剧和电影明星的感受，和宠物的关系，对车、房子和其他所有物的看法。一个小时快结束了，他描述了一个充满迷信行为、魔法仪式和图腾人物的世界，让学生感到困惑。他们觉得他对家庭社会行为的枯燥冗长的陈述很好笑，纳闷他批评的到底是什么。

雪利医生是切斯特的第一位家庭医生——也就是说，第一位把他当作一家之主而不是小孩来对待的医生。虽然雪利医生从来没让他觉得是位好医生，但他并不想更换医生。他的儿科医生，在他离开家上大学之前，就一直是他的家庭医生，经常对他做细致彻底的检查，甚至他脚指甲的斜面，然后才做出他能正常地走路的结论。他母亲骄傲地说，在他们平静的康涅狄格小镇，所有的母亲都赞赏对他的执着的照料。切斯特茁壮成长，骨骼强健，瘦削，健康。

"希利－雪利"，切斯特私下里这样称呼雪利医生，这个名字看来很适合他，他的举止暗示他乐于更改诊断来取悦病人。[1]

"今天我能为你做点什么？"他总是这样问候切斯特，好像在考虑卖

---

[1]　希利－雪利原文 Shilly-Shally 有"犹豫不决"的意思，与雪利医生为取悦病人而更改诊断的行为相符，所以说这个名字很适合他。

给切斯特一杯咖啡或一块三明治，征询他的意见是要面包还是冷切肉。每次在诊所看病结束之时，雪利医生都会按惯例询问切斯特需要有多少天休假时间，心不在焉地询问下他的孩子。

切斯特进到诊所，雪利医生会把他的病历敞开放到桌子上。他的声音通常是含糊的嗡嗡声。

"布鲁克菲尔德先生，请坐。我今天能为你做点什么？啊，我明白你想做输精管切除术。你多大了？三十五岁。这个年龄做这个手术，这主意不错——从各个方面来说都是最合适的。这是一个小手术，我们可以就在诊所做。你除了需要局部麻醉剂外，其他都不需要。只要花上半个小时。我们需要你签这些表格，简单的知情同意书，你知道的，这是按法律要求的。"

"你马上就要做手术吗？"切斯特的胃翻腾起来。他的大腿开始颤抖，小腿也接着开始抖动。他把腿盘起来，掩饰发抖。

"哦，不是的。下周先和护士预约。她会帮你称体重，量血压。这仅仅是一个初步的检查。"

切斯特闭上了眼睛。然后，他牢牢地站在地上，问道："想问下，啊，输精管切除术决定了吗？"

"我以为你知道自己在做什么事。"医生的声音出人意料地有些恼火。

切斯特把脸转过去，对自己的懦弱感到羞愧。"嗯，嗯。我想……可能有点问题，要知道，那未必行得通。"

"手术之后就不必为受精担忧了。非常有效。"雪利医生带着温和的微笑把他送出门，拍拍他的肩说，"这只是一个小手术，你一点也感觉不到疼。"

切斯特比雪利医生高出一个头，但是他很感激医生，想把头靠在医生的肩膀上，放声大哭。

整个一周，他上床睡觉时都在执着地回忆雪利医生的笑容。他闭上眼睛，试图想象医生有点苍白的嘴唇伸展在他面前。有时候很奏效，他感到欣慰地入睡了。笑容里没有压力——暗示了周围空气变得稀薄，像坍塌、下陷。切斯特专注于那说着"你一点也感觉不到疼"的微笑时，那天带来的焦虑就释放了。

虽然他意识到梅里尔的青年项目正陷入困境，他还是很放松，并不想干涉她的工作。

她收到对她的计划纲要——清理杂草丛生的小径，除掉湖的一端扼杀湿地植被的金钱草——的投诉信和投诉电话。她忙着为草根族和公园最高层的年度慈善晚会写发言稿，为她的计划辩论，将青年项目的工作任务延长到下个世纪。

房子里堆满了她的书、复印件、记事卡片、黄线拍纸簿和环境保护杂志的过刊。每天早上他喝花草茶之前都会在厨房桌子上清出一个空间来，在洗澡之前都会将书和文件搬离浴室的柜子。梅里尔每天都工作到很晚，写发言稿的时候都会将电视调到新闻节目熬通宵。

一天晚上，她脱掉外套放在门口时，他想告诉她输精管切除手术已预定在周五上午。

"嗯，你说什么？"

"我周五去看希利－雪利医生。"

"你要做另一个检测吗？"

"不是，是输精管切除术。"

"哦，好极了！"她把外套扔到门口的踩脚垫上，奔过来亲吻了下他的下巴。

"我们得庆祝下。"

"你认为这是一个胜利？"

"那我们就不庆祝。我们就出去吃个饭吧。"她收回笑容，他立刻后悔自己如此小气。

"我认为值得庆祝。战胜精子困扰。"

她咯咯地笑起来，又亲吻了下他的下巴。"慈善晚会之后，星期天。我的发言稿只完成了一半。"她仔细搜索手提包，拿出一沓新的复印件。

母狗，切斯特这样认为。但是他没有说出来。"你吃了晚餐吗？"

"我四点钟吃了熏牛肉。"她往客厅里走，打开了七点钟的新闻。

切斯特笑了。他本来期望她会很感激，会一同去看个电影，接吻。也许他仍赶得上七点半的电影。

他站在楼梯旁看着梅里尔整理咖啡桌上成堆的光滑的施乐复印件。她的卷发让他想起自己婴儿时的照片。母亲告诉他，他有漂亮的亮红色的鬈发，他四岁时，卷发被拉直了，变暗了。"这就是你变得难相处的时候。"她补充说。

他从来没把她的指责当真。从记事以来，他从来都没有和父母拌过嘴。他知道他有个姐姐，六个月大的时候死了。他的母亲去年感恩节时又谈起她来。有个名字，SIDS，婴儿猝死综合征，这个病致死的。他们通常称这个病为婴儿暴毙症。对这个病最新医疗研究的大肆宣传似乎让婴儿姐姐的鬼魂在他父母面前变成了一个鲜活的生命。

她脆弱的存在萦绕在他童年的生活中，让他保持清醒，所以大家一致认为，他是个"好孩子"。他的母亲渴望地看着女孩的圣餐礼服时，却给他买了细长尺寸的直筒裤。他知道是什么浮过了她的脑海，小婴儿在他的想象中变成娃娃大小的拇指姑娘，永远都不可能去参加王子的舞会，一点都不像母亲伴着她最喜欢的丹尼·凯唱片唱的拇指姑娘的歌曲。他知道因为他姐姐死了，他的父母如此强烈地爱他，把最好的一切都给了他，他试图成为一个好孩子来弥补他们的损失。

但是很难知道在他们存在之外什么是"好"。在他的一生当中，他打算的、做的、期望的一切对他们来说立刻就是好的；他母亲说，他永远都不需要长大成人，因为他从来没做过错事。

梅里尔是第一个说他很自私的人。她很清楚地指出了他的缺点，而他自己却没有意识到，奇迹是她仍然中意他。让他感激的是她不需要他"好"。她接受了他——他不稳定的就业前景，他偷藏奇特的文物，甚至他朦胧的想在世间行善的欲望，行善以拯救世界。她向他指出，他的这个冲动引起了不适和困惑，而不是清晰和决心。细想想她清楚的目标，他知道自己不可能再漂泊了。

梅里尔把信息抄到记事本上，蹙起了眉头。切斯特很惊讶一瞬间她看起来很性感，另一瞬间她又滑稽地有些男性化了。她瘦削的下颌轮廓，展现出正在瞄准一罐菠菜的卡通人物形象。他经常对她的情绪做出反应，当战斗的光芒闪现在她眼里时，他更喜欢她了。她犯傻时，脸因为快乐而扭曲着。现在，她正工作着，充满活力的脸部轮廓低垂着，显示出拳击手饱经风霜的模样。

切斯特从不奇怪他们在一起却不想要孩子。他们结婚的前一年有着奇怪的时候，当时梅里尔似乎有些多愁善感。但如果是这样，对她来说，这是恪守常规的唯一迹象。他认为她当前乐于计划得太多而不想要孩子。即便是在她洗澡时，她也在规划。切斯特总是把洗澡和哼歌联系在一起，但梅里尔却是悄无声息地进行，因为洗澡是她最好的思考的时刻。

切斯特承认对任何喜欢工作的人来说，计划要个小孩很莽撞。"嗨，你愿意待在家里照顾小孩吗？"她问，然后他就让步了。他的回答是："不愿意。"的确，他愿意坚持他们早期的决定，但是他不太确定自己永远不想要孩子。梅里尔指出他很反复无常，他也只得同意她的看法。

　　看着梅里尔握起她无瑕的手在黄色的便签纸上写字，切斯特很沮丧他们永远不会要孩子。

　　他在阴囊处放松运动短裤时，意识到切口处贴了绷带，从卫生间返回后，他问雪利医生："我还能有孩子吗？"

　　雪利医生看了他一眼，很委屈的样子，切斯特想还是回家算了。"你上周没有看手册。"

　　切斯特不敢告诉他自己从未收到过什么手册。在他们已经进行了一个小时的时候，雪利继续盯着切斯特，好像切斯特侮辱了他或者要对他提起诉讼。小时候，大孩子们在切斯特没有接住一个飞球，或者打翻水罐把火扑灭了时，脸上带着的就是这样的轻蔑遗憾的表情。

　　"对不起，我遗失了小册子。我不知道这个手术是否可以恢复原状。"

　　"有证据表明是可以的。"雪利医生柔和的轻声调将专业优势表现得足够清楚，引得护士将头探进来张望。他挥挥手示意她离开，小心翼翼地微笑着。"顺便说一下，你的输精管里仍留有一些精子。希望你至少在接下来的几次性生活中还是采取通常的预防措施。预约下周来做个精子检查吧。"

　　切斯特想多问几句。虽然两腿之间有很不舒服的刺痛感，但他仍待在座位上。

　　"你会发现一至两天会有不适感。"雪利的笑随风而逝，"应该没有真正的肉体疼痛，但是以防万一，我会给你一些止痛药。休息一个星期怎么样？"

　　切斯特以前从未接受过医生慷慨的建议，但是，他被要长久地绑上绷带吓住了，或许在他众多的健康鲜活的女学生面前，感觉被侵犯，也许手术后还会有些疼痛，这次他同意了。

第三章

　　将近中午，在中心大道女性周末购物人潮还很繁忙。开车时，空气温暖宜人，感觉有夏日的霉味。大的纸板箱做的鸡蛋、粉黄色兔子的拼贴画充满了面包店和药店的窗户，新英格兰人商店的人体服装模型戴着粗俗的船夫帽和穿着粉色的衬衫。

　　（马路中央）交通岛的灯光慢慢地变换着，切斯特把调幅收音机调到唯一的古典音乐台。他在灯光中驾驶，韩德尔①的旋律在封闭的车厢里轻柔地震动着。然后音乐渐渐停了，画外音开始响起，滔滔不绝，郑重其事。"你认为美国的文明颓废了吗？那是你没有去过雅致的殖民饭店，美国生活的经典在那里温馨的环境中陈列着，包括室内音乐和最好的法国葡萄酒。自己去发现酸叶草汤盛情的温暖或出色的柠檬牛油蛤贝……"

　　他几乎没有怎么在听，胃剧烈地翻腾起来。他烦躁地想起还没有吃早餐。

　　他并不想回家。梅里尔最终完成了发言稿，她做研究的那些物事不再堆满家具和室内空间，但是他很沮丧，不想待在家里等着她下班回家。

　　切斯特从来就不喜欢这所房子，假的都铎风格，遮掩着普通的两层楼房，方正的房间布局形成较大的空间。标准尺寸的窗架没有什么惊人之处，没有出乎意料的角落，或隐匿的密室。楼梯径直向上。阁楼仅仅是爬

---

① 韩德尔（Georg Friedrich Händel），生于德国的英国作曲家。

行的空间，地下室是一个灯火辉煌的大房间，有着一个永久不熄的壁炉，原本黯淡地涂着绿漆的水泥地面上有一些油污。模仿都铎建筑风格，所有黑白石膏配着某种复合美森耐纤维板是它最有趣的特色，房子似乎只会引起人们的好奇心，绝对正统的住宅区房屋的观念却排斥它。

正如梅里尔骄傲地宣称这是很容易维护的房子，窗帘杆、照明灯具、瓷砖、窗玻璃、淋浴喷头和屋顶排水沟的尺寸全都相当标准，直的走廊和方角并不招引灰尘团、茸毛、遗失的硬币、圆珠笔帽，所有这些在切斯特纽约曼哈顿的上西城的旧公寓到处可见。还有下凹的木地板、卡住的窗框，经过过往住户几代人的粉刷，每一处表面都凹凸不平。

切斯特在屋子的房间里塞满了在马来西亚和平队期间和巴厘岛六个月实地考察期间收集的物品。来自一个内陆地带的村子里带紫色斑点的草编织的席垫挂在一面墙上。烛台、喷壶、芙蓉①的中国锡匠用锡煤油罐做成的烤箱反射镜和来自南印度商店和吉隆坡寺院的青铜湿婆雕像、黑粗黏土阳具塑像争抢空间。放置在未使用的壁炉上的铁蓝色木雕孔雀，橙色的眼睛绘在羽毛上令人毛骨悚然，这是他在新加坡黑市上获得的。

他自以为收集的每一件物品都是文化适应或成就的重要证明。他母亲四十岁时就开始收藏所谓的美国旧式物件。摇椅、梳妆台、农场主的妻子们在家里不再使用的破烂的被子，还有含很多铅的巨大的白镴盘，足以毒死用餐的人。切斯特很厌恶她的东西，痛恨她对待它们的方式，似乎它们具有西方崇拜对象的分量——擦得锃亮，一尘不染，远离触摸和光线，是让人崇敬的已废弃的物品。

他认为自己的收藏是日常有用的东西，可做削、切、磨，以及祈祷之用；除了收藏者自己发现的价值以外，没有什么价值；吉祥物照亮了平凡

---

① 芙蓉市是马来西亚森美兰州的首府，一般简称为芙蓉，而不称为芙蓉市。

的世界，意味深长。果蔬篮子、椰壳的勺子、珠饰品和贝壳项链——在晨边高地①他的公寓里，在胀破的垃圾袋、压扁的汽水罐、烂报纸和起球的夹克衫寒酸的蓬乱中看上去都显得有意义。他在韦斯切斯特郊区干净方正的房间里整理它们，它们变成了最近的折扣商店里荒唐可笑、廉价的装饰物件。

他早就知道应该处理掉它们。它们明显充盈着感情价值，当访客问起时，他感觉有些尴尬。自从三年前梅里尔担任公园新的职务以来，她就没有再怎么注意房子了。他放弃了这项工作，但他还没有找到什么来代替它们。

切斯特仍在反复琢磨对房子的嫌恶，他自己驾着车行进在熟悉的回家路线上。他将黄色的1967大众牌小汽车停在街上，蹒跚着进到房子里。

胯部发麻的感觉发展成小的灼热，差不多是疼痛了。他走进厨房，吞了两颗雪利医生给他开的止痛片，就着龙头喝了口水。

他决定给特丽莎打电话，接受她的提议一起吃午饭。他翻阅名片夹找她的号码时，手都在颤抖。她的名字就在杰克的名字下面。切斯特不知道自己是否会改变主意。他的焦虑就像犯罪分子闯进房子的紧张感，想要杀人。

他大声地说："该死。仅仅是特丽莎而已。"感觉有点激动。另一头电话响起，他慢慢直起身子，微笑着，好像她正走进厨房。电话响第四声时，他想他应该挂掉，但是有人气喘吁吁地说："你好。"然后他做了个鬼脸。

他把车开到车道上，离家仅一街之隔，他想起了录音带和护身三角绷带。止痛片迅速在他大脑里奏效，在鼻窦以上的空间迅速扩散，光芒流

---

① 晨边高地（Morningside Heights）是美国纽约市曼哈顿西北部的一个社区，主要以拥有巴纳德学院、哥伦比亚大学、曼哈顿音乐学校、纽约圣约翰主教座堂、河滨教堂和圣路加－罗斯福医院等机构而著称。

溢。他现在有点后悔给她打了电话。毕竟他还可以到大学去，蛰居办公室里，或者开车去哥伦比亚拜访杰森·金斯顿。

特丽莎一副家庭主妇在房门口跟销售员打招呼的渺茫神态。切斯特对特丽莎的喋喋不休喃喃自语着，她面带愠色的沮丧混合着羞怯的渴望。

"很高兴你这么友好。"她搅拌速溶咖啡，低声细语道。好像切斯特是欢迎仪式里的女士，她要给他留下深刻的印象，她给他吃金枪鱼黑麦面包。

他们在布置井然的饭厅吃饭，饭厅的装修是华丽的榆木地中海风格，大量布置的干花和绢花占据主导——灰白色的满天星、白色的百合花、黄色的鸡冠花、珍珠光泽的乳草荚、橘色的蜀羊泉，全都插在桌子中央的一根原木上，勉强保持着平衡。"这是为杰克回家进行业务会议准备的。"她说道，对整个的安排挥舞着手，"我这个人喜欢花，所以我不忍心采摘它们。我宁愿和假花待在一起，也不愿意摘活生生的花。"她向窗外聚集在庭院周围的紫色、白色、黄色的番红花努努嘴。

特丽莎还在咬三明治的边缘时，切斯特几分钟就吃完了三明治。在客厅，他喝光了第二杯难以入口的咖啡，听着她谈她的孩子。

"芭芭拉和温蒂在教堂一起玩。看她们排演非常惬意。幸运的是芭芭拉有更多的台词，她扮演圣约翰母亲的角色。如果温蒂扮演更重要的角色，芭芭拉是不会释然的。她们之间只隔两岁，让芭芭拉知道自己是老大，这很重要。"

女孩们是在排演复活节话剧，切斯特很惊讶地听到斯坦迪什一家是长老会[①]教友，他们把女儿送到有基督教课程的私立学校念书。杰克是他们教堂的元老，但是他的新工作是食品加工业的游说专家，经常待在华盛

---

① 长老会是基督教新教主要派别之一，创立于16世纪。主要传播地是美国。

顿，他正在考虑退出教堂的职位。

房间里似乎充满了缺席的成员。特丽莎穿着灰色长裤、乳白色的衬衫，一副害羞的模样，在连着墙的长毛绒地毯当中几乎是中性的。她坐在相框厚重的他们四人在摄影棚拍的照片旁聊天，冲着切斯特笑。围绕着切斯特的是两个女孩微笑的照片，婴孩时期的、蹒跚学步时期的、胖乎乎迷人时期的和在展会上骑着马驹和祖父母一起的。

但是他的头开始胀大，他略带歉意地准备起身离开。她也站起身，出其不意地将头撞向他的胸，好像在逃离什么。他们的亲吻黏糊糊，有些笨拙。

她的嘴唇有些皲裂，呼吸有金枪鱼和蛋黄酱的味道。她的嘴唇重重地压着他的嘴唇，但是他曾有的激情已经消退了。

他说："我不能，时间不合适。"

她抬起头，嬉皮笑脸。这几乎就是晚会上的特丽莎。"男人居然也这样说？"

切斯特撒谎道："我三点钟在哥伦比亚有个约会。"

"你的意思真的就是再打电话来约午餐？"

"我想要再看到你。"他不知道自己是否仍在撒谎，但她依旧感激地笑了笑。

她的胳膊突然搂住他的脖子："我想你来是因为晚会上发生的一切。我们还会再相见吗？"

"会的。"他让自己被亲吻。这次他感觉到了她的孤独。她立在前门垂下头，浅色衬衫上混杂有奶黄色的图案，苍白的脸上有些斑，好像突然中年了，他开动车温柔地和她说再见。

切斯特匆匆推开黑色的前门。环绕着脑袋的热气凝固成冰环，水汽滴到他的眉头，彩虹颜色的棱晶覆盖在睫毛上。他几乎产生了幻觉，想要弄清它们时，荧光飞行物体在他的视线范围内消失了。

他又吞下两颗止痛药，然后上楼睡觉。这时候冰环碎了，然而又重新形成了湿冷的浮衣，他在里面有数分钟无法控制地打冷战。他将一床白鹅绒被盖在浮衣上，将腿也收拢到被子里，像一个囚徒穿着蓝白相间条纹的棉布衣。他的靴子里面都凝固了。

过了一会儿，暖和了一点，他的腿开始疼了。他睡了一小会儿，醒来时，嘴里有难受的毛茸茸的感觉！寒冷已经侵入他的胃，驻扎在那儿像水银——沉重、金属般、液态、不稳定。他的胃翻腾起来，水银球涌到了喉咙后面。

他狂乱地清理自己的身体，垂下的手臂，沉重的臀部，一瘸一拐的腿，都包在厚实的皮革里，他挣扎着爬到了浴室。他在吐出来之前，爬到了水槽，喷出了闪光的酸酸的一大堆呕吐物。

他吐出粘在牙齿上的残余呕吐物，将冷水和热水龙头同时拧开到最大，泼洒掉嘴唇上的残留泡沫。他用肥皂擦洗嘴唇，但是水槽发出部分消化了的金枪鱼和黑麦面包的恶臭，像一层发酵了的麦芽浆。

他关上浴室的门，隔离水槽，软弱无力地，脸朝下趴在被子上。

他思索这不会是行将死亡吧。冰又将他包裹得紧紧的，但是他累极了，懒得拉过被子盖在身上。

他想这仅仅只是腹痛。冰在肚子上。冰在床上。

睡觉。如果他能睡着，冰的风暴就会过去。他就会暖和一些，在温暖舒适的绒被里，穿着有脚的兔子睡袋，那是母亲给他穿戴的，密封的、连体的、法兰绒的。他舒适地蜷伏着，非常安全。

风号叫着，穿过他身体的外壳。他努力地抓住身下的被子，但是手指几乎不能动弹，它们似乎丧失了动弹的能力。另一场冰的风暴，大脑，再加上瘫倒在床单上的瘦骨嶙峋的身躯看起来好像要蠢蠢欲动。

他认为死亡更加恐惧。才三十五岁呢。我还不想死。

他对自己的病状感到好笑，他作乐似的在床上翻滚着，将被子裹到身上，直到完全包裹在这个临时睡袋中。

渐渐地，刺骨的冰冷减弱。他在被子下面将头扭来扭去，直到细长鼻子的顶端、眼睛和头发都露了出来。他的大腿紧紧夹着无力的双手，沉沉入睡。屋子外头，下午的天色在最先种下早水仙的几块地上留下了圈圈暗影，头上像文了金的朵朵黄白色水仙花，迎风摇摆。

第四章

梅里尔在门前的车道关上发动机，屋子里漆黑一片，她上了楼才发现有些地方不对劲。

她脑袋轰的一下，闻到了一股味。

她马上意识到有人呕吐了。她穿过走廊不会闻不到呕吐物的酸味，闻起来好像有人没收拾干净。

她喊道："切斯特！"但是没有人应答。

她走进卧室。切斯特全身包裹得严严实实地在睡觉，她打开灯看到的只是他的头发。他应该剪头发了，她准备让他明天在慈善晚会之前去理发店理发。

但是他看上去非常糟糕，面色苍白，两眼紧紧地闭着，仿佛根本就没有看到她。

"怎么了？"

"不知道。感觉到很冷很疲倦。"

她说："你吐了，没有清洗吗？"

"道歉，还没有。"

她进到浴室。好在切斯特只是弄脏了水池。

她拧开水龙头将呕吐物冲到下水道，但是有东西堵住了。她只好用手指去清理。她用香皂擦洗双手，用海绵揩粘在水池壁上的浮渣，然后将黏糊糊的海绵扔到浴筐里，再将浴筐拖出浴室放进厨房里。

切斯特仍躺在床上，看着她，他的脸颊有点潮红。

她问："感觉好点了吗？"

"好点了。还是有些难受，但已经不很严重了。"

"到底发生了什么？"她想知道。

"没什么大不了。做完手术回家，吃了一些雪利医生给的止痛药，就吐了。"

"你跟雪利医生打电话了吗？"

"没有。"

她并不相信。手术之后他出现的症状实在不应该。但是她不相信他没有跟医生打电话。

"为什么你不跟医生打电话呢？他应该了解手术后发生了什么情况。"

她拿起床头电话——电话就正好在他身边——输入医生的电话号码。她打通了医疗中心，却只有工作人员的回复。接线员说会告知雪利医生，他会回电话的。梅里尔告诉她有紧急情况。

梅里尔突然觉得对不住切斯特。即使切斯特总是争辩说男人应该分担计划生育的责任，他也从未期望做输精管结扎手术。凯特用她最具讽刺性的腔调指出切斯特对于人的责任的理解从未包括他自己。

她坐在床边，试图不去看被子上唾沫的污迹。"手术做得怎么样？"

"好。我看得到他挥动手臂，但是他将一个可恶的罩子遮住了我腰部以下，我不知道他到底做了什么。我感觉不到这个手术。有点怪异。我相信他没有把我的蛋蛋切掉。"

"他没有那样做，只是……"

"我明白。他做剪除和缝合等诸如此类的时候解释了的。如果他之前解释而不是做手术时解释会更合情理些。"

她不喜欢他带抱怨的口吻。是切斯特的父母让他相信这个世界亏欠了他。

噢，梅里尔想，这个世界不欠任何人什么，甚至一个解释，或同情。我们都能做好。

她倾身向前，亲吻他的嘴唇，屏住呼吸以防他没有清洗过嘴。他的嘴唇闻起来满是肥皂味。他身子一歪，躺倒在床上，显得暮气沉沉，而且声音也哑了。"头痛得厉害。"他的目光看起来有些暴躁且心烦意乱，所以她知道他没有说谎。

电话铃响。是雪利医生打来的。梅里尔告诉他切斯特有什么问题，无论如何想要跟他谈谈。

他说："布鲁克菲尔德夫人。"她不得不仔细地聆听，因为他的声音微弱而且缓慢："手术不可能有这些副作用。这些在生理上很直接，但是输精管和腹部没有关联。"

切斯特跟医生通话时是哭丧着脸。"手术后我什么也没做。不是，还吃了一个金枪鱼三明治。服了你给我的止痛药。四个小时。大概相隔两三个小时。没有，没有喝酒或啤酒。是的，就两杯咖啡。"

他听了一会儿，抽搐了下嘴唇，耸了耸鼻子，然后叹息道："是的，我很抱歉。我真是愚蠢。"

他挂了电话，忧郁地看着梅里尔。"当然都是我的错。我服了太多的止痛药丸。它们不应该和酒或者咖啡混合。我喝了两杯咖啡。大概也不能和性混合。"

"切斯特，你不应该喝咖啡。它搅乱了你的胃，记住了吗？"

他痛得有些难受。"不要提醒我。我是到一个汉堡小店吃的午餐。"他抬起手——像巨大的食物托盘的手——将手指遮盖在额头上。他抬起头，又低下来，垂着眼皮说："不能忍受肉的味道，就点了金枪鱼。可能金枪鱼有危害。"

已经七点了。她今晚不能去发表演说了。"雪利医生对你怎么说的呢？"

"除了因为我没看注意事项而说我蠢？他说我要有一段时间远离固体食物。姜味汽水和清澈的流质食物如吉露果冻[1]就很好。软质食物。放轻松就会感觉好些。这些连我都知道。"

"我们没有吉露果冻。奶酪蛋糕你吃不吃？"她也饿了。

周五在公园是比较难挨的日子，因为要准备迎接周末。那个时间祖母会带孩子挖杜鹃花，让孩子在棒球场撒尿。人们所认为的欢乐就是直接掠夺和抢劫。他们拿公园的长木椅和可怕的铁丝网垃圾筐怎么办呢？就像指挥失败的军队一样，计划周六和周日的清理。有相当多的吃了一半的热狗，足够供应所有的印度人了，还有吃剩的糖果包装纸，更不用说报纸、香烟盒、避孕套，能够贴整个五角大楼。

"说实在的，果冻和姜味汽水听起来还不错。"他显出馋涎欲滴的样子，每次他想从她那里要什么东西时都是这副模样。

她真的很累，但还是说："好吧。斯克莱龙店会关门很晚。我也想要个三明治。你还想要别的什么？"

他摇了摇头，然后说："大米布丁怎么样？"

斯克莱龙店在距离高尔夫球场两米远，朝向意大利小镇那侧的地方。因为那是安济奥公司员工经常光顾的地方，她不大喜欢去那里。安济奥是在火车站另一端的一个大型组合建筑公司。他们的工厂曾经是一家市镇自来水公司，但是自从这个市镇没有再从河里取水后，它成为商业地产，这个组合工厂在过去的二十年左右一直在那儿做生意。一名在斯克莱龙店排队等候三明治[2]午餐的工人曾经告诉她，1968年，那些人曾经示威游行反

---

[1]　美国一家食品公司生产的吉露牌果冻。

[2]　原文hero，俚语，美国东部地区方言，指（夹有肉、奶酪和蔬菜的）长面包三明治。

对过倡导世界和平的嬉皮士。

她到那儿时大概七点半。那地方灯火辉煌，但停车场是空的。停车场很黑，她把车掉过头去，停在店门口。这样停车不合法，但这个时间点没有关系。她把车门都锁上了。切斯特曾称她是偏执狂，但市镇并不像他想象的那样安全。

她走进店门时很庆幸锁了车。一群十几岁的孩子在冰柜和零食柜之间喝啤酒。虽然他们并不斜眼看她，但他们比那些建筑工人还要讨厌。她从他们抖腿和互相讨要香烟的样子看出他们在惹是生非。他们一无钱二无地方可去。

她从他们之间挤过到搁放姜汁汽水的地方去。他们几乎看都不看她一眼。一团青烟弥漫在角落里，她从另一头挤了出来。

她不明白这些孩子为什么没有吸引她。凯特曾信誓旦旦地说他们是最棒的，但梅里尔觉得她还不如跟一头原生质和精液爆棚的公牛做爱。

她在包装食品区寻找吉露果冻，却没有找到，只有奥利奥饼干和花生酱饼干。旁边的通道是糖果区。她挑了两三个谷物棒，万一切斯特早睡她就可以熬夜到很晚。

三明治柜台换了一个新老板，至少去年他还是收银员。最近梅里尔再没看到那位身材魁梧的意大利小伙子了，他之前在这里工作了好些年。在斯克莱龙店头一次韩国人为她服务——她认为他是韩国人，因为他和她一样矮，他的头上有块状伤口，像曼哈顿西区所有韩国的杂货商一样——她觉得有些古怪，像城市突然侵入县城。

是丹最先介绍梅里尔到斯克莱龙店去的。他曾帮助他们在林荫大道旁找到房子，离他自己的公寓屋只有两米远。丹曾担心新老板会改变这个店，增加鳗鱼和干香菇。但是他没有改变一件货品。店里依旧有二十种类型的口香糖和四十种品牌的苏打水，甚至卖的三明治都和以前一样，也许更新鲜，更好，还有火腿、博洛尼亚大红肠和鸡蛋沙拉。他不会说"鸡蛋沙拉"（egg salad）——他只会咕哝"eggie sarat"——但这仍旧是梅里尔吃到的最好的鸡蛋沙拉。难怪顾客会回头再来买。

她从未听到他抱怨碾压在地上的啤酒瓶、啤酒罐以及烟蒂。顾客等着找钱时会剥口香糖，把包装纸就扔在他面前。他没有看任何人，就只是摁收银机，数硬币和钞票。梅里尔很想知道他在自己的国家会不会也是保持沉默。

她买了大米布丁和鸡蛋沙拉三明治。

切斯特曾说过店主是菲律宾人，因为大米布丁尝起来就像他在菲律宾吃过的精致的西班牙风格的食品。但是梅里尔告诉切斯特说不一定。菲律宾人的英语会说得好些——毕竟，菲律宾曾经是美国的殖民地。

梅里尔给了他准确的零钱，他仔细地数了数，然后看着她，好像他知道这个时间她一直在关注他。

她很想弄明白他在自己的国家是否被认为长得帅。按丹的说法，那些外国人他根本就判断不了谁丑谁美，哪怕在整个纽约城都能看到他们。他们只是看上去不同。梅里尔却有不同的看法。通常有些标准向她表明谁英俊，谁普通。她就是知道斯克莱龙店的店主相貌很平常，压扁了的面颊，黄色的泥土般的肤色。

他是镇上第一个外国的店主，即使切斯特嘲笑他的这个用词，丹还是坚持这样说。切斯特固执地又说道："亚洲人、亚洲人。你知道我们人类学家期望那些人善待我们。"梅里尔拒绝加入这场争论。但是上周六的晚餐，她认为看上去切斯特是正确的。保罗说他的公司正计划从亚洲引进更多的顶尖工程师。引进还会源源不断，那时甚至丹也不会再称自己外国人。

她将视线移开，他就不会看到她的凝视。她迅速走出门，钻进车里。

在她回来之前，切斯特洗了个澡。他的头发是湿的，在脖子下面伸出一点点。他闻起来似乎擦洗自己足足有十分钟之久。他的眼皮底下有紫色的斑块，他躺在床上看书。

她进来时，他说："我不觉得怎么热了。"他在读杰森最新的书，他答应为某个杂志写这本书的书评。她惊讶是否是这本书让他平静下来的。

她端进来用盘子装着的三明治，给了切斯特一把勺子吃大米布丁，他们就在卧室里用餐。

她问他："你为什么不早点睡觉？"他慢腾腾地舔着每勺布丁，好像正在吃蛋筒冰激凌一样。

"我想明天还是不能去慈善晚会。"他冲着她歉意地笑了笑，刮了刮纸盒里剩下的布丁，"胃感觉虚弱，恶心死金枪鱼了。"

她不想表现出因他说不去而感到很高兴。"也许你明天会感觉好些。"

在明天的晚餐之前会有一个鸡尾酒会，她不知道要跟李和费南说啥。他们想要她做特派员，很失望她已经被邀请去代表公园委员会了。她得告诉他们切斯特因为肠胃感染病毒而病倒。

"会在你演讲时呕吐，不能冒这个险。"

她明白这只是一个玩笑，但是她不喜欢听。"你认为你生病和我的演讲有联系吗？"

"天啊，梅里尔！如果和输精管切除术无关，那和你的演讲又有什么关系呢？"

"或许是引起注意的方式。"

"听着，把你神经质的胡说留给詹金斯吧。他是被付了钱来听你说话的。"

她坐在床上他的身边："我们在讨论你，不是想忽悠你。"

他递给她空的纸盒，勺子掉到了被子上。她捡起来，用纸巾擦了擦污渍。"我会把勺子放回去。你明天就待在家里。我会煮鸡汤，你就看完杰森的书吧。"他准备以后的六个月来读这本书。

"对不起。"

她一直指望切斯特能很快恢复平静。凯特说这是因为切斯特从不在乎任何事。但是梅里尔相信多丽丝很迷恋他。在他离开一个晚上之后，她曾喃喃自语："很深，真的很深！"

梅里尔经常想起多丽丝，即使在婚礼后她们就失去了联系。这或许并不奇怪，她和凯特仍旧是朋友，但懒得写信或打电话给多丽丝。多丽丝已经搬到费城南部一所收费昂贵的学校去教书了。

多丽丝叫了辆出租车，把她带到了诊所，在刮宫的过程中一直握着她的手；在安全抵达公寓她莫名其妙地哭泣时，多丽丝安慰着她。"没事了，没事了。"她记得多丽丝重复着说这话，像乏味的咒语。当然没什么事。

她从未向任何人吐露她对这个过程的害怕，和护士对话的羞耻感，躺在冷冰冰的手术台上荒唐的时刻，她光滑的膝盖下面垫的翘起来的纸，腿大大分开支在台上。没有麻药，没有给医生留下名字，她不想留下记忆。就像多丽丝告诉她的，没有任何伤害，片刻也没有。

她和切斯特一年后结了婚。那时多丽丝已经拿到了教育硕士学位，搬走了，梅里尔和凯特的关系愈加亲密些了，她决定婚礼后继续住在公寓。凯特现在有了第四或第五次恋爱关系，她说每次都比前一次有所改进。或许她某天会结婚，或许不会。

她们之间让梅里尔生气的唯一争执是关于婚姻的话题。

"梅里尔，这并没有那么重要！"

凯特用她那高傲的语气这么说话让她不喜欢。凯特是在巴纳德学院唯一一个平均成绩超过她的学生。当然这和切斯特有关，这学期她怀孕后成绩急剧下降。但她也不在意在凯特之后排第二。她拥有了切斯特，他的长发遮盖住了眼睛，修长的身体在床上紧挨着她。甚至在下午的音乐会剧场看到他尖细的手指拍打音乐也使她激动，撩起她的情欲，她都等不及晚上的到来。和切斯特的婚姻对她来说似乎是最自然的事情。

但凯特却认为这是她想克服母亲失败婚姻的欲望。"这只是一个陷阱。你担心会和你母亲一样，被抛弃——现在是在哪？盐湖城？切斯特让你动情，因为他看上去不像会抛弃女人。他很安全。你知道他依赖你。像上钩的鱼。你认为这是情欲，但如果他不安全，你就不会再追逐他了。"

梅里尔对凯特明显不友善的心理分析很愤怒，她正在同时进行苏利文学派和荣格学派的训练，现在也只能偶尔嘲笑地回应下。

两年之前，有几个月梅里尔想撮合凯特和丹，但是他俩都不大喜欢对方的幽默。凯特略带责备地说："丹让你想起你的父亲。天主教徒、嗜酒如命、不负责任、时常陷入困境。即使你是我最好的朋友，我也不想成为你母亲。"

这周，凯特和埃德蒙在伦敦看舞台剧——如果你称呼他埃德，时常他会朝你瞪眼——去年凯特和他开始正儿八经地谈起恋爱来。自从埃德蒙出现就很难联系得上凯特，甚至电话也难接通。很快，梅里尔就开始焦虑地想，凯特会步多丽丝的后尘。那么，就只剩下切斯特和她自己应付这个世界了。

梅里尔知晓切斯特认为她的朋友例如丹，很浅薄。一直让她惊讶的是，他并没有认为她也是那样。她不得不提醒自己，即使他抱怨也无法离开她。他常常说，她是他的基石，他的地质层，在那里他被石化。她只能对他的幽默表示感激，他还补充说，她比贺曼贺卡①更难得到。

梅里尔轻轻抚了抚切斯特的头发，然后离开了他，如释重负。她一直

---

① 贺曼贺卡（Hallmark Cards Inc），由乔伊斯·C.贺尔（1891—1982）创立于1910年，是深受消费者青睐的贺卡品牌。在以帮助人们表达情感及与他人沟通而著称的同时，贺曼还拥有并成功经营着家庭娱乐及个人娱乐行业的业务。对细节的高度重视以及1944年推出的口号"如果你真的在乎，就寄最好的贺卡"使贺曼品牌成为优良品质的代名词。

都担心他会来晚宴。她会跟凯特解释，他并不是组织人员，并不总是和她意见一致。

她已经修改好了演讲稿，但想对稿子熟练些。她预期在慈善晚会上发言，每个词都仿佛第一次说出来，圆润，完整，自然。

女性的问题是她们的声音听起来不够专业，像她的姑母西塞莉打电话的声音，或者像中学校长在颁奖日点名一样烦琐冗长。

这是很好的演讲稿，但是她得好好说，否则他们会抓不住要点。她不用担心是否会给人留下深刻印象。她要记得的是在每段之间要多微笑。

如果奏效，如果他们喜欢这演讲，特派员最终会同意她担任副委员的职位。至少他欠她的。丹告诉她关于人事事务，梅耶斯很守旧——他不喜欢人事资源部，他喜欢做事主动、穿着网球鞋、在香草园艺和害虫方面有出版物的小老太太们。梅里尔去年九月在土地资源和管理硕士班注了册。或许梅耶斯还没听说。她周一会给他送份备忘录和演讲稿副本。

她也不明白这份工作为什么会让她保持热情。每个周一她都迫不及待地回到办公室。她猜想可能这是她拥有的第一份好工作，她一个人一间办公室。

就好像她第一次拥有了自己的房间一样。她从未考虑过独自住的重要性。和多丽丝与凯特合住公寓很开心，切斯特搬到第 116 号街，她认为有必要向他解释清楚。

梅耶斯给她那间靠近温室的旧办公室时，每个人都认为她会很沮丧。但她带他们参观。地点不重要，重要的是大脑。她喜欢这张宽大的有活动盖板的旧胡桃木办公桌，和旁边青红色的铅玻璃窗。好像进入了十九世纪一样。

现在每个人都想要她的办公室，因为《纽约时报》描述它属于另一个时代。如果梅耶斯要她搬到一个小办公室，她也不会介意的，她会使它成为一个重地。

昆比教授在所有的美国文学课堂上都会在黑板上乱写乱画，她记得梭罗写过："做你喜欢做的事情。"

巴纳德学院的女性都认为有着灰色山羊胡子和白色蝴蝶领结的昆比很疯狂。他是诗人，已经出版了三部书，但他从未吹嘘过。梅里尔已经记不起书名了。一部好像是《到庞培的汽船》，或是一些这样的地方，也许是斯特隆博利岛。她想她并没有查询过他其他的书。

"做你喜欢做的事情。"她想应该感谢昆比。

她上床睡觉已经是午夜了，切斯特将脸埋进枕头里，窗帘开着，缺掉四分之一的月亮的光像探照灯般泻入房间。

她拉上窗帘，爬上床。

她母亲过去常说让月光照在脸上睡觉会使人神经错乱。她是个脾气古怪的爱尔兰人，惯于哀哭和惆怅，特别是每当梅里尔提到她出格的父亲时。梅里尔十岁时，他抛弃了她们，没人知道原因。她最后一次看到他是十三岁，他回到达奇斯县她们租的房子来取他中学时候的长号。他说正在圣地亚哥找一份更好的工作，给美国海军提供补给。他说会寄一张加利福尼亚的明信片给她，但她从未收到过。

在那之后，她再也不相信了。她从未相信过她母亲讲的她父亲神经错乱的故事，或者月光的故事，但是有月光泻到她脸上时，她还是不能入睡。

切斯特将脸埋进枕头，睡着了。一定是有某种原理让他不会窒息。无论是什么原理，最后总是她去拉上所有窗帘。

第五章

　　周日早上梅里尔起床时浑身乏力。通常她是喜欢周日的，他们看上去像一对丧魂落魄的人。切斯特穿着不停飘动的条纹睡衣，就好像是从戒备森严的精神病院逃跑的病人；而她穿着破旧的海军蓝袍子和邋遢的拖鞋，像坐在第五十或五十七大街角落里的流浪女人，正如凯特称呼她的那样——邦维特·泰勒①女士。

　　这是那周他们唯一一起度过的早晨，他们坐在餐厅喝茶和咖啡，浏览《纽约时报》。她给切斯特讲述关于公园的事务，他告诉她哪里做得不对。

　　今天她醒过来时差不多八点了，切斯特仍旧在睡觉。周五以来他就嗜睡，不停地抱怨太疲倦了。

　　他来到厨房，站到她身边，她正在用木头勺子打鸡蛋。她用母亲教她的办法炒鸡蛋，厚厚的蛋块堆在土司上，而不会让面包浸湿。她刚搬来和他一起生活时，他特别爱吃这个，午餐和晚餐都要。

　　她等不及鸡蛋做好，先吃了一片肉桂提子面包，吃的同时，用锅铲把鸡蛋块翻转过来。

　　他问："打了多少个鸡蛋？"

　　"六个。"

　　梅里尔回忆昨天晚上上百人吃晚餐的情形。即便那食物不怎么样，那

---

①　邦维特·泰勒（Bonwit Teller），美国一家百货公司的名字。

些人也是吃得飞快，真是令人吃惊！

　　她很满意自己当时计划在晚餐之后演讲。她的母亲时常说人们吃饱后举止会得体些。她设想晚餐会持续两个小时，但是咖啡和冰激凌一个小时内就端上来了，接着弗农·查兹威克站起身来介绍她。

　　"打八个鸡蛋？"

　　切斯特能够吃这么多的食物真让人作呕。他应该放慢速度或者长胖，但是什么都没有在他身上显示出来。

　　多丽丝对他的身体很着迷，他又高又瘦，那一年他都在和那些外国学生厮混在一起。她第一次看到他穿着紧身短裤从浴室出来时本想杀死梅里尔。多丽丝知道从那时起她开始有了伤痕。

　　梅里尔告诉她，生活就是不公平的。

　　"太晚了。把你的盘子给我。"她把那些蛋块分开，堆到盘子里，把面包从烤箱里拿出来。

　　"《纽约时报》有关于你的报道。"

　　"真的吗？哪个版面？"她很紧张，不敢相信。

　　"第三个版面，《都市地铁》专栏。"

　　鸡蛋变冷了，她也不再觉得饿了。她站起身，越过他的肩膀看那页报纸。

　　"《公园的将来》。"署名是伯莎·坦迪。她知道就是伯莎写的，但她还是再核查了一次。伯莎确实出席了晚宴。

　　"让他们震惊下。"她低声说，朝梅里尔使了个眼色。

　　胖伯莎。真有趣，伯莎在她大学最后一年到处跟着她，是一个迷恋她的胖新生，她从未预料过伯莎会有一个光明的将来。那时即使伯莎有一张漂亮的脸，样子像有猫的黄绿色眼睛的情人，那些男人还是不喜欢她，他们看到的只是她大教堂般的臀部和她因为寂寞耷拉着的嘴。

"他们为什么不喜欢我，啊？为什么他们不喜欢？"她跟着梅里尔穿过哥伦比亚大街上最大的街区，四处逛，像偷窥的小鸡一样唠叨，"我这是怎么了？他为什么不回我的电话呢？我真喜欢他。你认为我应该屈尊降贵忍气吞声低调行事？"

一名阿根廷的金发研究生和她，他的胖伯莎玩得很开心，但是伯莎告诉梅里尔这是爱情。

梅里尔从未预料过伯莎会有什么了不起，而她现在是《纽约时报》的特稿撰写人。

昨天晚上她一看到伯莎就期望她能为自己写篇好的报道，但，哇，是《周日纽约时报》。如果就只是胖伯莎，即使她留不住男人，那又有什么关系？整个世界都知道她和《纽约时报》。

切斯特斜看了她一眼。"你这次真的走红了，梅里尔。听着。'布鲁克菲尔德夫人争论说公园的理性发展会考虑到自然环境保护主义者的环境和审美关注以及城市游憩的紧迫要求。'"

"这是很好的总结。"

"这段怎么样？'公园是城市的最后绿色防线，城市通过它的代言人，梅里尔·布鲁克菲尔德，最终勾勒了惜树灵人、观鸟者以及棒球手之类的幸存者的未来。'"

"我希望专员能看到这个报道。"

"你认为他会喜欢吗？"

"他最好是喜欢。《纽约时报》都报道了。"

切斯特吃完了自己的蛋，又开始吃她的。"你为什么这么关心所有这些棒球手的将来，而不是你自己的将来？"

"你是什么意思？"

"我的意思是我们会有什么样的将来呢？"

梅里尔仍然在看伯莎的特写，没有怎么在意他。

"我不知道是否输精管结扎手术是个好主意。我的意思是孩子难道不是将来吗？"

她简直不敢相信。她瞪着他。他的鼻子在抖动，他把手插进睡衣的口袋里，在口袋的角落里撕扯着。

"难道你没有告诉过我世界上已经有太多的孩子了吗？"

她能够听到外面小鸟在叽叽地叫着。屋外令人目眩，这天最适合成千上万的孩童带着他们的棒球棒开始猛击日本山茱萸。意大利人、波兰人、波多黎各人、牙买加人、特立尼达人，无论是什么外形或肤色，很多人都不喜欢树，所有人都想要带着他们的狗在草地上行走。

切斯特什么也没说，就是将嘴唇紧闭，一副顽固的样子。

"难道你没有经常宣讲亚洲那些饥饿的婴儿吗？以及那些文化结构将要如何坍塌是因为……"

"该死，梅里尔，美国不是亚洲。"

"那么你的地球太空船概念怎么样？你的意思是美国人可以要小孩，但是印度人要小孩就是错误的？"

"我根本就没有谈到他们。"

"我喜欢谈。如果你有六个小孩，你就是一头母猪，但是如果你有两个小孩，那没问题。"

"一个，梅里尔，我只要一个。"

太多了。这就是切斯特的风格。他会说些话，让她顺从，顺从。然后，他就会改变想法，嘎，就是这样的！他不知道自己想要什么直到他发现她想要的，然后他就会不要。

"瞧瞧你做的事！"她大叫道。她将报纸弄皱，那篇专访被揉成团，撕裂了。

"什么，什么？"切斯特跳了起来，又坐下了，"只是一张报纸就让你大喊大叫。"

"那是关于我的文章。"

他开始笑起来。

她试图抚平那张报纸，将撕裂的拼凑起来时，她的手颤抖起来。她咬紧了牙关。她无法克制自己。"太晚了。不管怎样，对你来说太晚了。"

切斯特没有再笑了，但是她没有看他。

她站起身，将《纽约时报》扔进垃圾桶，然后进到浴室去了。

第六章

切斯特将《纽约时报》捡出垃圾桶。报纸压到香蕉皮上留下了一个棕色污点，不然就仍是干净的。

他将残缺页抚平，剪下公园那篇报道，找到一卷透明胶带，将撕了的三个角轻轻地粘在一起。透明胶带像黏滑的轨道越过纸面闪闪发光，他将报道放在厨房的餐桌上，然后走出屋子。

梅里尔没有和切斯特说话，她一个上午都在做她周日惯常做的事情。她洗了个泡泡浴，用香波洗了头发，用伊丽莎白雅顿的净化白黏土面膜敷脸，然后去除了手指甲的角质层，现正在看电视上对一个州议员的采访。

切斯特等着她说道歉的话。他知道自己期望过高，但是他觉得她有些冷酷，而且应该道歉。

他快快不乐地钻进大众汽车——他不想让梅里尔认为他逃避争执。但他知道自己正是在逃避争执，哪怕只是为了去斯克莱龙买大米布丁。

街道上空无一人，他第一次为没有人在院子里玩感到奇怪。他驱车沿着街区慢慢行驶，没有看到其他人经过邻居的玻璃窗，窗玻璃反射的都是灌木和天空。

他思忖是否应该告诉梅里尔他的孩子的事情。

他想："肯定有其他人也像我这样。"

自从周五有对止痛药的反应后，他就一直被呕吐的震颤所困扰，他对自己说话时，胃就一直难受地抽搐着。

"这个世界充满了私生子。今天晚上睡这里，明天晚上睡那里。怎么数得清你会有多少个孩子？"

他很惊讶自己感到的忧伤。这种忧伤牢牢地包裹住了他的身体，看来好像要在令他精疲力竭的疯狂的节奏中锁住他的思想。

他将车沿着斜坡行驶到林荫大道。一辆灰色的达特桑急转向左边的车道给他让位，但他沿着路肩线慢慢行驶，并没有加速进入畅通的小路。

他听到一阵汽车喇叭声，突然一辆棕色的奥斯莫比尔从后面飞奔过来到他左边。切斯特调转方向盘避免撞倒这辆奥斯莫比尔。

他短促地瞥见了一张扭曲的男性的脸，和一个竖起的手指，然后他的大众汽车就失控了。片刻之间他以为车会翻转过来，但车停了下来，一个车轮压在一个大石头上，两个后车轮牢牢地陷进路边黑色的泥浆里。达特桑和奥斯莫比尔这时已经无影无踪了。

对切斯特来说，这个事故真是难以置信。他坐在车里，发动机还在运转，他的心跳加速，耳边高歌唱响。他的座位翘起，似乎他和车要攀上岩石，要近距离观赏风景。越来越多的车经过，看起来就像穿过倾斜的挡风玻璃的超速行驶特技表演。

他待在座位上感觉很满足。在第一次恐惧过后，他惊喜地发现自己不需要决定下一步该做什么，但是可以思索是什么让他如此痛苦。

十分钟后当地警察赶到。

一位年长的老警察敲了敲车窗，有些狐疑地看着切斯特从悬起的座位上爬出来。

"是醉酒了吗？"他砰地关上门问道。

大众汽车震动了下，嘎嘎作响，好像它所有生锈的螺栓都丧失了功能。一位年轻一些的警察过来检查他的驾照和登记证，记录他的陈述，而他的同伴则用无线电呼叫了一辆拖车。

　　灰白色头发的那位警察对着吱吱作响的匣子讲话时，切斯特望着他松软隆起的肚子，思索如果他抓住了一个酒鬼，是否他柔软的肉会变成肌肉。

　　他没有等拖车，而是接受了搭车回家的提议。他知道这辆十三年前他对这可持续发展的地球所做的贡献的大众牌汽车，再也不能驾驶了。车轮的队列再也不会直了。

　　无论什么原因，他都不会在意损失了一辆车。

　　坐在体积庞大的蓝布衣服的肩膀后面，听着这两个警察漫不经心的谈话，切斯特觉得这是一生中最糟糕的时刻。他又看到竖起的手指不屑地翘在空中，明白自己不能告诉梅里尔关于孩子的事情，如果告诉了就要解释孩子的存在，他的沉默，他的冷漠，还有突如其来的关心。

　　警察并没有把车停到街边，而是直接停到了切斯特房子的私人车道上。年轻一些的警察侧身离开副驾驶座，为切斯特打开车门。切斯特从他蜷缩隆起的座位上出来，敲了敲车前门，谢谢警察送他回家。

　　切斯特期望他们进到屋内，但梅里尔一开门，年轻一些的警察就掉头离开，避免看到她惊愕的注视，无疑是不想解释他的在场。警车向后倒退，飞速离去，像电影里排演追逐的场景。

　　"发生了什么事？"

　　他刚张嘴准备解释，梅里尔打断他："我正在接电话。"然后就又进屋了。

　　他倔强地留在敞开的门边，用手指弹了弹一只陷在仿制木线条之间的旧丝网里的昆虫干黑壳。

　　"我让丹暂时搁置了电话。"梅里尔说，她又出现在门口。他的手指粘上了丝网，他偷偷地在裤子上擦了擦。

　　"一个混蛋超了我的车，我把车给撞坏了。"

"哦，不。"她的脸变成了粉色，她走出屋，看了看自己的紫褐色雪佛兰。

"它完了。轮胎准线被毁坏。"

"你还好吧？"

"还好。"他长长的手臂垂在两侧，让她拥抱。她的头发很硬，充满着洗发液的味道，挠得他鼻子发痒。她把脸埋到他的胸膛，她温暖的呼吸湿润、细腻。

"可怜的切斯特。我要泡点茶。"她握着他的手，把他带进厨房，"丹仍在线上。"

话筒搁在厨房的桌子上，像第三者。

"他想要什么？"

"事实上他想和你谈谈。"

他拿起话筒，话筒上还有她的余温。

"你好。"他说，想象着丹在他面前的那张苍白的大脸，时而色眯眯，时而痛苦地皱起眉头。"切斯特。"声音大而清晰，听起来有些惊讶。

"我刚到家。我们能晚点聊吗？"

"好的。"

他听到电话"咔嚓"挂断的声音，意识到他很嫉妒警察敲门之前梅里尔和丹一起分享的一切。

剪报就放在原处。他扭头看她，她就站在水槽边洗早餐用过的盘子，他对她有些歉意。她的后背弓着，僵硬，好像已准备好接受当头一击；她富有光泽的头发扑倒在水流里，闪烁着从窗外透进的光芒。

他想她应该成为一位母亲。她美丽的躯体没有得到应该拥有的，操劳没有一丝缓解。

他触摸着她的肩膀，她的肩膀在蓝色的毛衫下显得紧绷、浑圆。她把头调转过来时，他凝视着她闪亮的眼睛。

"切斯特，你妒忌我的成功吗？"

她的问题很轻快，俯身避开他，伸手抓住一个光滑的盘子，放入肥皂水里。

一时间他不懂她了，他退到桌子旁，坐在剪报的对面。他看着她洗刷盘子，仔细地把盘子竖直地放在烘干架上。

"我们得谈谈了。"她的下唇噘起，就像扬起的下巴上的一个屏障，她宣称她的心理治疗是成功的，她理性的凝视的表情变得引人注目了。

"你是认真的吗？"他拿起面前整齐的剪报，用手指划过胶带平顺光滑的轨迹。

"你在慈善晚会之前生病，然后又弄坏了汽车，过去几天你一直闷闷不乐。"

"你跟丹谈过我没？"他看出他的话让她惊讶了。

她觉得很不舒坦，努了努下巴。"这跟我说的没什么关系。为什么你不想让我成功呢？我刚开始让公园的政策留下印象。我很快就会提升，真的能扭转局势。"

"丹告诉你我很妒忌或你告诉他我很嫉妒？"他想象两个人交换关于他的意见，丹诡秘低沉的声音在她耳边回荡，还有她自己对他的举止行为的不耐烦的描述，和丹分享着她的猜疑的亲密。"至少你和他有点什么？"

"少来了，我们正在谈论的是你对我的妒忌，而不是对丹。"她眨了眨眼，两臂交叉，站得离他远了些。

"不。你告诉我丹的两腿之间有什么我没有的？"他很满意她说不出话来，陷入痛苦之中。她的眼睛蒙上了一层忧郁，让她显得迟疑而柔和。

"这很不公平。我从来没……"

"瞧，如果你相信我妒忌你被写进《纽约时报》的演讲，你也要相信我嫉妒丹。"

"你又骗我了。"她的声音越来越高，"你老是设陷阱。"她的胳膊垂下来，切斯特知道她想用拳头捶桌子。

然后她又使他惊讶。她转身走开，拿起厨房的毛巾，慢慢地擦留在水槽里的锅。

"切斯特，为什么你长不大？"她用客气友好的声音问，"发生在你身上的所有事都是你对自己所做的事情。那场事故正是你所期望的。这就是你为什么颓废的原因。你从来都不喝咖啡，因为会让你觉得恶心。为什么你吃了止痛药又突然喝两杯咖啡呢？你不断生事，又假装它们没有发生。事情不会突然发生，是你在生事。这就是所谓的责任心。"

"我认为我做结扎手术就是有责任心。"

"是你打电话给雪莉医生。你自己去的他的办公室。不要把罪责推到我身上。"她的语气加速，富有挑战地面对着他。

"罪责已经随着六十年代光景消散了。"他很累，不明确他们还在争执什么。他只知道他们谈论的不是同一个话题。"我真的不在意你的问题在哪。如果是你想要的，你就去做公园的委员吧。我只是想问我失去的是什么。"

"切斯特，自从我认识你，你就从来不知道你自己想要什么。"

他相信她的话。当然他很嫉妒她。她至少明白自己想要什么，就全力以赴地去得到。

他们约会时，他就知道她想要他。每次她都这么说，多丽丝还在房间里时，她就伸过胳膊去挽他的胳膊。她执意帮他在洗衣店洗衣服时，她就对他说："我多么地想要你。"这让他感觉良好。

他曾拿着六个月的奖学金去巴厘岛，因为他的母亲认为他不会这么快结婚，头几个月他相信自己还没有对她做好准备。

颠簸在让人走了几个世纪的坚硬的土地上，石头在脚下滚动，节奏和走在这个城市如此不同，每一步深浅都不一样，老是朝旁边打滑，一处浅洼地，一处高地，然后又一处坑洼，当他适应脚下到处光秃秃的地面时，感觉到了步伐的差别，觉得和自己的身体很亲近。

他观察着，起初有些好奇，然后胸中涌起一种奇怪的感情冲动。他同伴的步伐，不可思议地敏捷的男人和女人，矮小，不超过五英尺，摇摇晃晃。用他们裸露的布满老茧的脚走路，脚趾张开，和大地亲密接触，就像舞蹈演员，髋关节摆动着，带领他们朝前走。

此刻，他意识到在自己和巴厘人之间有着显著的不可否认的相似之处，就像表兄弟之间，没有嫌恶的颤抖，反而是欣赏他们舞者的优雅。他们昂首挺胸，穿过凹凸不平的山路，仿佛是通向高高的内陆山脉，那里闪耀着岩石和灰烬，回忆着他们的故事。

他忙着采访，在吉隆坡学的马来语终于派上用场了。他拍摄了仪式、舞蹈、戏剧，花时间和布达、麦特在非常平缓、清澈的咸水海里钓鱼。水的清澈轻抚着他的肌肤，让他感到一阵快感，他毫不费力地一次又一次沉浸其中。

然而她的信一周两次毫不间断地到达。行程将要结束时，他有了紧迫感——哥伦比亚大学接二连三的事情，她的考试，冷空气马上要到达哈德逊河，百老汇大街上发生的光怪陆离的奇事。他匆忙完成最后的村落采访，租了辆自行车直接去了海滩边的旅游酒店，花了几个晚上整理和收拾他的资料，然后解脱般地飞离巴厘岛。

第七章

　　梅里尔对杰森的评价非常低——说他是个摄食过多的小孩，无论他的名字何时出现，她都会奚落切斯特。

　　但自从切斯特从马来西亚回到康涅狄格州，切斯特就被杰森的乐器吸引了，很困惑，很忙乱，无所适从，然后去了哥伦比亚大学。那个湿热的八月，他一抵达，就发现自己身处那些聊天、散步、像他一样用刀叉吃饭的邻居之中，嫌恶感油然而生。而杰森有关民族中心主义和亚洲文化的课程让他远离这强烈的憎恶感。

　　有一个月，身处家乡仪态高贵的白皮肤殖民者之间，他在热浪中满身大汗的衰弱无力比起在马来西亚所经历的热带的侵袭有过之而无不及。他无法条理清楚地向父母谈起在马来西亚的日子，因为他担心潜入描述中的语气。他担忧阿布杜拉和萨马德在机场笑容满面告别的情形会在他的谈话中神出鬼没。他扔掉了走的那天职业高中学生送给他的玛莎百货公司的两件毛衣。他所能记得的只是学校男学生苍白的脸，还有他们羞怯地唱"他是一个快乐的好伙伴"时英语里的古怪口音。

　　他认为这一辈子已经大不一样了。父亲要求他讲故事时，他内心有些退缩，他试图抑制住所有的记忆，忘掉那些混色的、黑色的、棕色的、黄色的以及乳白色皮肤的欧亚混血儿。

　　母亲认为他含糊的逃避是因为他想念朋友——也许，尽管如此，她担心也从不提及一个本地女人这个话题。

父亲怀疑他乖戾，一盒盒的纪念品都没打开过，他拒绝将那些胶卷拿去冲洗，不愿意把幻灯片私下给他们观看。"难道你不开心吗？"一个星期后，父亲问。然而这并不是事实。

杰森知道原因。也就是说，明白他为什么不同了，理解离开了某一特定文化，超过某一界限，个人就无法适应。他知道个人会不太正常；一个人是其他人的附属品；人是能做并且感受对他群体而言重要的事情，虽然那对他的存在来说是偶然。

耐着性子听完杰森的讲座终于松了口气。他努力适应阿布杜拉和萨马德柔软的腕关节运动、欧亚混血朋友白脸上奇形怪状的鼻子、印度人的汗水、中国的酱油和马来香料的令人不安的气味。他承受的是压抑的感觉——这种压迫他不敢说出来，担心被谴责为优越感，而这种压抑感在杰森对差异法则的微妙解释中逐渐消散。白人，知道某人是白人，或者很奇特、让人不舒适的别的什么，都不是罪恶，事实上，它成为好奇心和探究的基础，这是人的命运。

真相让他更容易沿着百老汇走，经过推翻了的垃圾桶，和响亮的萨尔萨音乐[①]；让他更容易停下来，看看人行道上黑人小贩沿街叫卖非洲的珠子、蜡染布、和《马尔科姆·X 自传》，然后给梅里尔买了贝壳项链。忽略无围墙边界校园外那些喧闹的不协调的声音和颜色，那些书教会了他研究人们而不是与他们混在一起。在巴厘岛的六个月他也能够将这条真理牢记于心。在某种程度上他不在马来西亚了也会觉得舒坦。在那里他研究差异，并不是克服差异，最终他能轻松愉快地和那些土著相处，而毫无内疚

---

① 萨尔萨（salsa）在西班牙文里原指一种酱料，是拉丁美洲人特别喜爱、带有辛辣味的番茄酱汁。拉丁音乐开始使用萨尔萨源自1933年，古巴作曲家毕涅里欧因吃了缺少古巴风格的辣味而变得无味的食物，有了灵感写下一首《加一点酱吧！》（Echale Salsita）。60年代后，数位知名作曲家、歌手以萨尔萨为名的唱片纷纷发行，形容跳起舞来如同萨尔萨酱般狂野，从此将拉丁音乐贴上萨尔萨的标签。

地明白他不是他们中的一分子。

周一杰森总是待在家里。他在哥伦比亚大学很长一段时间都是地位稳如泰山的人物。作为本科生跟从鲁思·本尼迪克特①学习，在印度研究了四年泰米尔纳德邦②的山地部落后，他回校任教——这是个人的成功。杰森在这个领域已经研究得很深入了，而这个领域之前一直是被英国人独占和小心守护的，他建立起了由过去和现在的学生组成的坚定不移的忠实团体，跟随他的每周课程表学习。

就这样，众所周知，周三和周五金斯顿教授给爆满大厅的学生讲座，那些学生拥挤在他的课堂上，听他低调但充满魅力地漫谈亚洲历史、政治、哲学和人格。周一和周二，他在公寓冲泡咖啡和茶，举办沙龙，有新一代的亚洲学生，来访的名流政要，还有年轻的人类学家，他们在他的四个大房间里挤来挤去。这些房间看上去是被安排展览民族文物的，一堆堆长矛靠在角落里，黄铜炊具扣在草篮里，石头护身符从书架上掉下来，精致的珠饰散落在扶手椅和沙发上。周四他告诉部门的秘书，这天是给医生、牙医、银行和出版商的。他的所有朋友都知道他的周末是要和最近的情人一起过，通常是他那些富有冒险精神的女性中的一个，她们着迷于研究不丹语翻译、西藏的绘画、缅甸佛教或者日本面具。

杰森的典籍《文明与耕作》在五十年代后期出版，他并没有觉得有必要做更多的田野工作，但是他作为典型的田野人类学家的名声持久存留，他发动了更多的研究者进入偏远社会，开启了比切斯特能找到的更多孤立的部落给研究生去进行探寻。正是杰森为切斯特申请到了奖学金到巴厘岛

---

① 鲁思·本尼迪克特（Ruth Benedict），美国民族学家，女诗人，美国人类历史学派的开创人。1887 年生于纽约，1948 年 9 月病逝。

② 泰米尔纳德邦（Tamil Nadu），印度南部的邦。

去做田野调查，最后的七年切斯特诚心诚意地加入了杰森的沙龙，至少每月两次。

　　排在杰森房间里的好几码的书当中有切斯特的专著，如那里的很多书一样，是奉献给杰森的。在追随杰森的日子里，切斯特毫不迟疑地由成熟走向青春期，他被杰森教傻了。

　　今天杰森穿着一件略显宽松花哨的短袖套衫，一团卷曲的灰色胸毛从敞开的领口露出来。套衫是褐红色的，沾满了烟灰和咖啡。

　　安德莉亚，杰森最新的情人，像西瓜一样成熟的臀部蹲坐在咖啡桌旁，将唐恩都乐①甜甜圈对半切开。

　　杰森张开双臂拥抱切斯特，他的身长依然高过了切斯特，对着他的头发说话。

　　切斯特今天很希望向杰森倾诉，但是他的公寓里至少有十位其他的拜访者。这些年轻的马来西亚学生，一位来自亚罗士打②，另一位来自古晋③，正默默地啃着他们的甜甜圈。鲍勃·莱斯托夫刚从加德满都④的特里布文大学⑤任教回来，正在给杰森的一些研究生讲述德国对尼泊尔遗址的改造。

　　下午四点钟，杰森进到厨房打开了廉价的加利福尼亚白葡萄酒，这是周一和周二的例行仪式，但它却直接导致了一个在下午饮酒、令人头疼的小群体的形成，成员是来自美国和亚洲的一部分人类学家。

---

① 唐恩都乐（Dunkin Donuts），全球最大的咖啡和甜甜圈烘焙连锁店，在全球有10000家分店。

② 亚罗士打（Alor Star），马来西亚吉打州首府，华侨称"亚劳"。

③ 古晋（Kuching），马来西亚港口，位于沙捞越河上婆罗洲西北海岸附近，沙捞越州首府。

④ 加德满都（Katmandu），简称"加都"，尼泊尔首都，位于加德满都谷地，巴格马提河和比兴马提河的汇口处。

⑤ 特里布文大学（Tribhuvan University），一译"特里布胡万大学"，是尼泊尔五所高等学校之一。1956年建立，位于加德满都，学校以尼泊尔老国王特里布文（1951—1955年在位）的名字命名。特里布文大学不属教育文化部管辖，而是由国家领导，国王亲任校长。

切斯特拿起一杯葡萄酒，把它藏在一盆剑形植物的后面。如果被人发现，就咬定说酒是拿来敬奉给那些大龙血兰的。在厨房里他发现了一个有缺口的陶瓷杯，犬牙交错刻着别扭的形状，看起来好像是藤蔓和水果。杰森两年前的女朋友希拉将公寓里放满了棕色和深蓝色的瓶子、杯子和烟灰缸。切斯特喜欢她的一些小怪癖的小细节，曾经希望她能继续和杰森在一起。但是她放弃了陶艺，在大使托宾他们从日本回来后，其夫人开的明朝画廊，复制品瓷器店找到一份工作，然后搬到了纽约市曼哈顿东区①。安德莉亚将浸泡在炉子上的壶里的茉莉花茶斟满杯子，切斯特就去找杰森了。

"我想再返回东南亚，您怎么看？"

"哪里？"杰森问，他握住酒壶，倒了一些到果冻瓶里，这果冻瓶是安德莉亚带到公寓里来的餐具中比较喜爱的赠品之一。他用空闲的手倒酒，酒泼洒到木头地板上。他用一大块抹布擦掉地板上的水洼——他吹嘘说，所有那些进入他欲望波谷的女人都是公主，但是都自甘堕落，而他自己，尽管周围有那么多他收集的凌乱的人和事，却仍有条不紊、干干净净——他咧嘴满意地笑。

"我1968年至1969年在马来西亚。我想应该回到那个地方，或许去新加坡，去看看城市文化发展得怎么样了。"

杰森大口大口地吞下夏布利酒②，就像喝葡萄汁，在再次倒满果冻瓶之前他摇了摇壶。"和平队支教，是吗？你教什么来着？我忘了。"

"木工。"

杰森狂笑的声音很真实。

切斯特很恼火："打住，该死。我本应该教木工，但是两个月后他们让

① 纽约市曼哈顿东区（the East Side），多为欧洲贫困移民及其后裔聚居。
② 夏布利酒（Chablis），法国夏布利地区产的白葡萄酒。

我成为英语老师。"

"当然。政府们进口和平队并不是要平衡阶级。教英语是资本家的风险投资。"

"我并不是资本家。让两百个小孩死记硬背通过英国的英语考试是件很难的事情。"

"这正是问题的关键。你问过为什么他们需要英国英语考试吗？更重要的是，你教过你的学生问这个问题吗？"他很愉悦地开始对自己的问题感兴趣了，"作为文化人类学家你知道那种干涉是值得怀疑的。"

"我那时并不是人类学家。况且，我确实喜欢教木工，可是没有人想学；这和阶级地位有关，就和这里一样。马来人、欧亚混血、中国人、泰米尔人、巴基斯坦人、锡克人以及印度尼西亚人——一个小小的国家有一大群这样的人。美国人不应该在那里，增加混乱，就像我们在越南做的事情一样。但是弄清楚什么是干涉，什么不是，还是让人困惑。如果没有那种英国的教育机制，我不知道那些人还会有什么共同之处，即使我知道这是殖民地的烦恼之处。"

"正如你说的，他们会有另一个共同的教育。"杰森下颚宽厚的脸既帅气又机警，切斯特意识到他也吞下了他的茶，脸上一片潮红。

他放慢讲话的速度，改用不经意的、慢吞吞的调子。"他们现在确实有另一套教育体系。英语已经被剔除了，马来语成为主要语言。"

"所有这些在几年内发生？多少有点像印度的语言暴乱？不，我应该读到过这个。这是在驱逐了殖民主义之后成功恢复本土文化的恰当的例子。好吧，这是本尼迪克特研究基金会一个可能的方案。我认为这就是你跟我讨论马来西亚的原因。"

切斯特的脸颊有些发热，像是羞愧。"呀，杰森，我并不是迫使你为我找个奖学金。"

　　杰森呵呵一笑，用双臂搂了搂切斯特的头，然后飞快地松开手。"不是，当然不是。还要点酒吗？"

　　切斯特挥手推开瓶子，杰森的前额以高贵的姿态舒展开，以教授讲学的语气说道："你以前从未提及对马来西亚有研究兴趣。我总是觉得很奇怪，人类学家会待在一个不同的文化里，却并不想以某种方式研究它。"

　　"我告诉过你，那时我并不是人类学家。况且，我现在考虑的是新加坡。"

　　"无关紧要。相同的地区、相同的思维、相同的人。"

　　"不是的。不是相同的思维，所以也不是相同的人。"切斯特在想是否他说得激烈了些；他担心自己会告诉杰森所有的事情。"那时我很年轻，寻求冒险——你知道的，乐趣，热带天堂。"他的声音有些嘶哑，咳嗽起来。

　　"找到了别的什么。"

　　"是的。"

　　"不要告诉我。那就是动荡的年代。"

　　"五月十三日。"

　　"我明白。发生了什么事呢？"

　　"不完全是。事实上，一切都发生了。我认识的每个人都有点疯了，像精神病人。人们就是出问题了。最好的人……"

　　"包括你自己吗？"

　　切斯特的喉咙收紧了。他又一次记起了杰森的能量，他有能力以正确的角度打击暴露被层层草衣包裹的人性。他浅浅地笑了下。"你不会给我一个机会的，是吗？"

　　"你并不想要。你想说什么就说什么。你怎么了？这么多年之后你为什么又想回去了呢？十年了，是因为什么啊？和梅里尔过得不如意？她可是绝代佳人啊。我都想打她的主意但是担心她不愿意。"他圣伯纳德^①般愚蠢地龇着牙笑，表明他没有恶意。他把汗湿的胳膊放在切斯特的肩上。

"我让一个女孩怀孕了。虽然她那么甜美，但也就只是一夜情而已。她结过婚。我从未考虑过这个问题，但是她生了个小孩。"

"啊哈，一个美国小孩。"

"是的，我猜想是这么回事。孩子一出生，丈夫就与她离婚了。"

"她就缠上你了，要你帮她们来美国。"

"不，不是这样的。这些年我从未收到过她的信。"

害怕她会写信来，会要求他承认和她的关系，在最初的几个月让他烦恼极了，影响了他吃饭、睡觉、和家人在一起的时光。

他忧虑信件。每次母亲给他一大堆信件，看到红蓝边的航空邮件时，他都会冷汗直冒。但往往是来自他的学生或者他的舍友，矫揉造作的信件，关于学校假期、考试、野营旅行等类似的事情。他从未回过信，直到阿布杜拉和帕鲁接连不断地写信来。阿布杜拉用风趣的直言不讳的小段落讲述一些政治上的鬼把戏；然后只有帕鲁，在巧妙地述说了利安的孩子和亨利的事情后，很少再提及她的名字，仍旧每年诚心诚意地写两三封信来，告诉他一些熟人的境况，好像没有切斯特他自己就不会交些新朋友似的。

到那个时候，切斯特明白利安不会给他写信。他不再担心会有她的信件，指责或提醒他们之间的友谊。她永远不会写信来，他也很快就忘了——如此迅速和彻底，直到现在，他做了输精管切除术。

杰森站在那里看着他，双手始终叉腰。

"你要知道，我变老了……"

"告诉我另一个故事。"

---

① 圣伯纳德是圣徒，素食主义者。据说他走路的时候非常缓慢，眼睛紧紧地盯着地上，避免踩着蚂蚁，因为蚂蚁也是上帝的子民。

他接着说道："是好奇心。我想要看这孩子长什么样。"

"去要张照片。"

"你让我很为难。"

"是我造成的？"

"好吧，好吧。我疯了。我想看我的孩子。"

"你甚至不知道他是你的。"

"我不知道是否是儿子。"

"如果是女孩的话，你这种突然的疯狂就更没理由了。据说男性后代在血统上有特殊的需求，而女性则没有。"

"这是我的生活，并不是田野调查。"

"切斯特，你在发牢骚。我并不是没有同情心，但是什么，十年，十一年了，你并没有对这个小孩显示出一点兴趣，是吗？那位母亲并没有不厌其烦地告诉你他（她）的存在，你也没有花时间去询问。是什么让你认为你应该到场？或者更重要的，是什么让你认为闯入你长久以来选择退出的局面，你不会做出什么有害的事情？"

"金斯顿教授，你是对的。"切斯特让声音低而具有讽刺性。杰森指责他在发牢骚伤害了他，他感到自己声音里的不满情绪。

"但是你无论如何都要去做？"

切斯特点点头，躲过了杰森的另一个激烈的拥抱。

"那是我的男孩！为什么不是呢？我从未理解过关于孩子的愚蠢。在我看来孩子只会让自己觉得老了。我从未觉得自己老，除了有些乳臭未干的顽童在周围哭哭啼啼时。我从未遇到过快乐的父亲，他们和快乐的丈夫一样罕见。孩子应该像情人一样——讨人喜欢，充满爱意，不需要续约，除非有需求。但是对于孩子的这种想法，我们的文化并不像对于情人的这种想法那么友善。这就是我没有孩子的人的快乐立场。"

这时候杰森看上去有些醉了，慢慢跌到无腿的沙发上。切斯特伸出手帮助他往下坐了最后的六英寸，他坐在一团乱麻似的裤子、袜子和紫色短袖花套衫上，一朵巨大的胖花倚靠着淡绿色印度佩斯利印花的毛织品坐垫覆盖在座位上，空的水壶搁置在座位的中央。

"我到厨房去多拿些酒给你。"

杰森交出了水壶，灰白的头靠在图案复杂的靠垫上。"我们会给你本尼迪克特奖学金。你可以利用特殊的背景做很多很好的事情。例如在五月的麻烦之后，测量压力水平。"他开始咕哝了，切斯特小心翼翼地退了出来。

很久以后，切斯特小心地驾驶着刚买的二手大众汽车，到家时想起房子会空无一人，这是梅里尔参加研讨会的夜晚，她不会在家里吃晚餐，她会在大学城里吃。把发生的事情全部告诉杰森，切斯特感觉很好。

他能肯定，十一年并不能将这个地区改变很多。

是他有变化。他现在已经准备好面对利安和她的孩子。如果岁月可以证实他总怀疑的事情，那么那天晚上，他看见她站在艾伦、阿布杜拉和亨利的对面，努力想告诉他的，几乎可以肯定就是他的孩子。

至于梅里尔，她会一直忙着写硕士论文，根本不会注意到他的离开。

他咬咬牙，对这件事既烦恼又舒心。

第三部分
落地
新加坡
1981

第一章

切斯特已经不记得下午空气的闷热、封闭，具有温暖潮湿的羊毛的密度。对马来西亚无意识的记忆中，他回想起即使在塔图路上密密麻麻的车辆中也能迎风而驰的摩托车，吹动发丝的气流沙沙作响的愉悦。还有丁香、茉莉和人们排泄物的气味，商店尘土飞扬的门前瞥见的深红和金色的贝拿勒斯①丝绸服装。但是他在新加坡，六年前帕鲁移居到了新加坡，帕鲁的信件那时特别提到，利安和她的孩子，还有她最好的朋友艾伦也搬迁到了同一座城市。

1981年的新加坡，和1969年的吉隆坡不一样，并不是一个奇异的热带地域。高高的玻璃建筑，钢铁的道路分隔栏，加速的卡车，蓝色的出租车——它是中英绕行道，是旧英帝国势力和中国新的严格刻板行政中心控制下变质的大都市。这是一个由社会学家提供建议，而非对人们组成城市的方式感到好奇的人类学家，来决策城市该由什么样的人组成的城市。他试图设想，建屋发展局需要和平队志愿者教授美国企业和民主思想。不是这样的，萨马德更正他，现在新加坡的美国人更像是新的美国运通公司的初级管理人员。

萨马德开着一辆白色锃亮的奔驰到新加坡樟宜机场②来接他，显示出

---

① 贝拿勒斯，印度东北部城市瓦腊纳西的旧称。

② 新加坡樟宜国际机场占地13平方公里，距离市区17.2公里。樟宜机场是新加坡主要的民用机场，也是亚洲重要的航空枢纽。

他们之间的关系已经不同了。萨马德老练地帮他在吉士德路找到一个单间套房。"啊！在这里待五个月呀？"他通过电话建议切斯特，"肯定负担不起像莱佛士这样的五星级酒店。甚至明古连街①上的酒店也要价太高。我的朋友切斯特，如果你信任我，我会为你找一个很好的公寓，也有很多像你那样的白人住在那里。你立刻就会感到宾至如归。"

倚靠在白色的全真皮座椅上，切斯特明白正如萨马德名片上写的，他现在是三个公司的执行总裁和副主席，正试图在他们地位的转变中挽回他的感情。

但是公寓大楼的服务并没有让他感到自在轻松。公寓大楼有临时居住的美国人和德国人，和文莱壳牌炼油厂休假的石油商们，他们和泰国、印度尼西亚的女朋友们一起闲逛，她们的英语局限于说"你好"和"再见"。第二天早上七点，他沿着吉士德路来到乌节路②，寻找有空调的餐馆和美国早餐。

热气从人行道和拥挤的花园升起，四处弥漫着。蒸汽充满了他的毛孔，黏在紧身短裤上，脸上仿佛覆着桑拿浴中厚厚的土耳其毛巾。脏兮兮的灰白相间的虎斑猫蜷缩在下水道里，它们的嘴上抹了垃圾，那是它们从麻痹患者儿童学校外面，散落在金属罐周围的粉色塑料食物包装纸上撕扯下来的。

现在是七月下旬。他记得高大茂密的树上，毛茸茸的黄绿色果实是红毛丹果。旺季的时候阿布杜拉从乡村买来的，他吃了好几袋。或许也有可能这些果子来自萨马德的村子。现在他看着乌黑光滑的喜鹊抓取果子，

---

① 明古连街在新加坡市中心。

② 乌节路，新加坡著名的旅游购物街，时尚潮流的集结地。不同于新加坡的其他街道，乌节路并不是以某位特别的人物命名的。它的名字来自19世纪40年代沿街道种植的肉豆蔻和辣椒。乌节路英文名为 Orchard Road，意为"果园路"。殖民地时代，这里确实是成片的果园。不过，这些果园既不是苹果园也不是香蕉园，而是豆蔻园。豆蔻曾是风靡一时的经济作物。西洋人用作食物的香料，马来人则入药。十九世纪末的一场虫害摧毁了豆蔻的种植。时至今日，只留下了一条路名。

它们拍打着黑白相间的翅膀，争抢着掉落溅撒在车道上的灰白碎屑。黑蚂蚁身上裹上了剩余食物。他把猫和喜鹊视为长久居民，而自己在新加坡是生疏的。

他大跨步，匆匆忙忙叫了辆出租车，告诉司机去马哥孛罗咖啡店。昨天晚上萨马德带他到那里吃晚饭，他还记得酒店门前的喷泉水柱，指望能缓解太阳的照射。

之后他找到了前往大学的路，在山坡上推土机和起重机的轰鸣咆哮声中，他设法找到了相关办公室的相关职员，让他们了解他的研究项目。来自金斯顿和社会科学研究委员会的信件带有哥伦比亚大学和社会人类学协会的标志，这些信件有着奇迹般的效果。散发着油漆味和书香味的图书馆大门向他敞开，他来之前准备了名片，也打了些电话联系。一位大学讲师走过来介绍自己是哥伦比亚大学的毕业生。切斯特那天下午被邀请参加一个学院的茶话会，并请他在逗留期间举行一次研讨会。他很惊讶这里的人对他的敬意。他离开马来西亚时还是一个不切实际留长发的学生，再到新加坡时已是一位受人敬重的教授了。

但似乎没有人能够告诉他利安在哪里。

萨马德第二天打电话过来，轻声笑着说道："呀，好吧，切斯特，我帮你试试。但你要知道，你必须得耐心点。好马不吃回头草，女朋友不是那么容易回头的。哦，哦，并不是女朋友。我知道你现在已有妻子了。但是像我们穆斯林，妻子不能一概而论，是这样的吗？我先帮你给她打个电话吧。"

切斯特很奇怪萨马德给了他利安的电话号码。是社会的礼仪使然，还是权力的协商？他对自己的回答并不满意。

第三天切斯特查到帕鲁在最后一封信中提到的地址——圣保罗专科学校的电话号码。

"太好了，太好了，太好了，切斯特！"帕鲁在电话里的声音就像几乎十二年前那样急促和热情，"我知道我们一定会再见面的。我对家人说真正的友谊永不会消逝。我们很多年没有见面了！为什么你不事先告诉我你要来呢？你要在这里待多久？你得来见见我的太太和女儿。确实不同往日了。要知道，现在所有人都住在新加坡了。甚至阿布杜拉，还有萨马德，他现在是大人物，总经理。阿布杜拉在加入 OKM 之前也是巫统①的秘书长，OKM 就是海外可兰经的组织，有名的旅游公司把穆斯林带到麦加朝圣。他们两人都住在新加坡，但是他们俩在马来西亚都有很大很大的房子。有时候我会和他们一起吃饭，找回旧时的欢乐。我会在每年马来新年，开斋节②的时候去看望他们。现在我们一伙很圆满。"

帕鲁在实龙岗花园的房子房间很小而且闷热。在熏香竹的旁边立着一尊镶嵌着檀香木雕刻的花朵的象头伽内什③，他挺着肚子，拖着巨大的躯干和熠熠发光的象牙绽放着笑容。拉尼，垂下描有眼影的眼睛，羞怯地和他打招呼，六岁的苏拉尼躲在母亲银绿色的裙子后面，她是一位深色皮肤的小姑娘，像夜晚的公主。

切斯特等着，然后拉尼端来了香甜的热茶，接着匆匆拿来了几盘咖喱调拌的薄切片黄瓜和西红柿。"沙拉，我记得你总是喜欢吃沙拉。"帕鲁说道。拉尼又上了几碟油酸橙和甜芒果泡菜。"你曾遇到过李安④吗？她到底怎么了？"他漫不经心而且简短地问了这个问题，那么随意，帕鲁根本就没听见，他不得不提高声音比他预想的更有力地重复了一遍。

---

① 马来西亚全国巫人统一机构，简称"巫统"。

② 开斋节是马来人自己的新年，他们是用马来历算的。开斋节的前一个月，从早上5点多开始，一直到晚上7点多，不能进食、抽烟和喝水，意思是要清洁自己的身体来迎接开斋节以及忏悔。马来人在开斋节这天都会邀请好朋友到自己的家里做客。

③ 伽内什（Ganesha）即象头神。详见第27页注释①。

④ 见第31页注释①。

帕鲁当然知道利安的所有事情。"我经常遇到她。噢，多久见到一次？经常，经常。也许一年两次、三次：就只是为了吃午餐，叙旧。不要太在意过去的日子，因为回忆起来依然感到难过。你记得吉娜吗？让人心碎。"他叹了口气，焦虑地摇晃着他的茶杯，没有呷一口，就又把它放下了，然后笑了笑，忘记了吉娜。"我也知道利安女儿的所有事情。她的名字叫素茵。比我的苏拉尼更漂亮。现在你知道我从哪里想到了苏拉尼的名字了吧，①只是不要告诉我太太——她肯定会嫉妒的。"

他不以为然地看着切斯特。"利安怀孕的时候你怎么就从未帮助过她呢？所有人都知道素茵是你的女儿。包括阿布杜拉、萨马德，还有那位丈夫。男人，对他来说是强烈的愤怒，要知道，他突然发现了一个美国婴儿。人们说是欧亚混血，但是我知道婴儿并不是欧亚混血，也不是葡萄牙人，而是美国混血，是还是不是？在医院我看那婴儿看上去很像你，你的发色，你额头的美人尖。毫无疑问，不是华人。"

"利安从未告诉过我。"

"无法告诉你！也许你从未听说。你怎么可能不知道这件事呢？但是没关系，所有这些都已过去了。利安现在新加坡这里，我认为她很成功。她很快乐，有钱，有房子，有车，有极好的工作。她就缺一个丈夫。"帕鲁咧开嘴笑。

"你能安排让我和她见个面吗？"他尽力保持眼神镇定沉着。

他又咧嘴笑了笑。"为什么呢？好吧，哦。不要说我不投桃报李。以后我家苏拉尼要上美国的大学时，我会找你帮忙哈！要知道利安很忙，我要尽力安排好会面，也许下周，或许更晚些。"

那天晚上切斯特躺在太过柔软的床垫上，在温暖的热带黑夜里想象出

---

① "素茵"原文 Suyin，"苏拉尼"原文 Surani，二者发音有相似处。

梅里尔的面容。他向自己保证会很快就跟她写信。她一直忙于公园组织机构的重组，对他要离开准备做奖学金项目并没有太在意。他到达新加坡后，并没有打算给她打电话。无论他怎么努力都无法改变让他面容起皱的气恼。他在对素茵这个名字执着的念想中入睡了。

第二章

　　同学会是西方的习俗。利安在《国际先驱论坛报》上看到这些有关同学会的报道，在美国女性的杂志中也读到了关于聚会不加掩饰的自传性描述：对服饰和珠宝的担忧，在现已变得圆胖、平淡乏味的往昔对手面前急于精心打扮，对适应了头发稀少、脑满肠肥和鱼尾纹的目光的欣喜震撼。虽然她的英殖民学校离槟榔屿只有六百英里远，而且新航线的开通比以前更节约了很多小时，她还是没有考虑过参加一次聚会。

　　在新加坡已生活了九年，她已经习惯了在这座城市仅仅做一名旁观者。新加坡人和她聊家庭活动、婚礼、中国春节年夜饭、周日牧师布道，还有他们既有乐趣也平淡无奇的第三十次同学会。这是他们的文化、他们的世界、他们的生活。她善于认真地倾听，很感激能参与到谈话中来，虽然她并不留神细节、一些无聊的人、一些并不像讲述者发现的那样有趣的故事。在一次为选用新图形推销股票投资组合做决策的会议中，她很惊讶接到格温的电话："我预定了一桌，告诉了所有人你会来学校聚会。我们将在吉隆坡总统俱乐部举行槟城大英义学①百年庆典。现在有了新航线，离开了槟榔屿的人没有借口不来参加了。"

　　尽管如此，她的第一反应是意料中的。"我去不了。周一要赶回参加咨询会，我的身体无法承受整个旅行。"

---

① 1816 年成立的大英义学（Penang Free School），是东南亚第一所英文源流的学校。位于马来西亚槟榔屿。

格温电话里的声音唐突而急切。"什么旅行？打搅一下，到吉隆坡的飞机只需要 45 分钟。来吧！难道你不想见到往日的男生们吗？而且梁太太说来聚餐就是为了再见到你。"

"还有谁会来聚会？"

"我不确定。我说，你必须来。"

她不知道是否要去。毕竟有九年了，她成功地避开了吉隆坡，烟雾缭绕、朦胧的下午，肮脏、呼哧呼哧发着声响行进的卡车，和行尸走肉般裹着黑纱的女人。她想起数月的高温和惶惑不安，那些日子她怀着素茵，用这个悬游在与脐带相连的胎盘里的婴儿的愿景来消弭恐惧和忧伤，已经没有了女性的性别特征，模样被笼罩在深红色脉冲网的囊球里。正是她编织的这张网挽救了她的生命。

素茵不想出来；脐带没有剥离，医生不得不将脐带剪断。

亨利立刻意识到这个婴儿不是他的。利安从剖腹产后的麻醉中醒来时他说："孩子很漂亮。"他的眼睛是湿润的。然后他离开了。

第二天早上律师来了。虽然亨利并没有声明不认这个孩子，但她再也没有见过他了。她能付得起钱后立刻就拒绝了赡养费，但素茵还是保留了亨利的姓氏。叶素茵。

孩子出生几个月前伯母就给她取好了名字。"利安的肚皮明显下坠，我就知道她一定是个女孩！"甚至在利安离婚已成定局的情况下，她也没有抛弃她们。离婚文件邮寄往返的过程中，伯母建议："保留父亲的姓氏。女孩有父亲的姓氏会更安全些。将来她也能结婚。之后她会改用丈夫的姓氏。"尽管如此，她还是担忧素茵的处境，没有父亲，或许以后找不到丈夫。

"她是亨利的孩子。"伯母向着婴儿低声吟唱，她的拜访没有因为亨利的缺席而受到限制。哼着歌曲，她把橄榄油涂抹在婴儿头骨没有闭合的囟门上，浅棕色的头发缠绕在只有头皮保护大脑的柔软区域。"外公的外孙女。"她吹了吹孩子那片柔软的头皮，用手指将绿色的橄榄油轻轻抚在上面。利安闭上眼睛，因为愧疚而显得疲惫，她看见橄榄油从头发中渗出，将纤细的栗色的缕缕胎发浸染成深棕色，透过颅骨渗出原子分子。隐形的，抹不掉的。伯母的外孙女。

但即便搬到新加坡，这个地方女人可以没有丈夫，孩子却不能没有父亲。带着素茵和人们的第一次会面总是很艰难。"收养的？""混血儿……？"陌生人问，他们议论淡红色的头发、绿色的眼睛、牡丹花粉色的脸颊、淡金色的透明皮肤，毛细血管看上去像面纱下的路线图。

素茵六岁时有天下午从学校回到家笑着说："混血！我是混血！"

传教士学校的校长喊素茵混血，把她误认为是越南裔美国人——越美混血，"尘埃之子"①，利安带她离开了这所学校。利安把素茵送到一所美国学校，尽管学费很昂贵，书本、体育运动、音乐、戏剧，还有其他必修项目的费用贵不可及，但那里有很多美亚混血，没人会叫她混血，混合体。

今天利安梳理着女儿浓密的棕色头发，把卷发束成辫子，从她额头的美人尖垂下来像根链子，母亲的链子，用来稳定自己。

她说："再见，艾伦姨妈妈两点钟会来辅导你做作业。"

"我不需要任何辅导。"素茵十一岁，早已有优越感了。上周她告诉母亲，利安之所以不快乐是因为没有男朋友。"年纪那么大了，仍旧没有男人。我所有朋友的母亲都有男朋友。为什么你不去找一个呢？"她大大的橄榄绿眼睛对母亲无可奈何的耸肩做出了评论，这就是利安从吉隆坡回来她所希望的吗？或许她想要的是利安许诺过的，从吉隆坡八打灵再也市场上

----

① "尘埃之子"意思是像微不足道的灰尘一样抹掉，置之不理。

带回乌贼。

利安逗弄地回答："不能丢下你一个人不管。政府会以儿童忽视罪将我投入监狱。"

素茵噘起嘴唇，慢慢地将精心梳理过的头转向别处。"你又来这一套了！我讨厌这样。"

她的声调很高，夜莺的音质，利安无法认真对待。

"讨厌什么？"

"你从来不听我说的那个样子。你对我说的每件事都是一笑了之。这对你来说永远都不重要。"

利安笑了："但我总是在听你说啊。"女儿的声音像鸟喙一样锋利，这种想法本身就足以让她克服自私的障碍。她听着素茵的喃喃自语，声音高低曲折，只要有人在听，她就会不停地讲下去，她会和叶奶奶喋喋不休。她倾听着，像做弥撒的领圣餐者，歌剧女主角的伴奏者，图书馆的读者。素茵的高音，她认为是防御性的，超越了其他感觉：电影，书，数小时的注意力集中于电脑跟前，饥饿和睡觉、孤独、气恼、男人。她轻柔地拽了下素茵的辫子。"我笑，是因为你说话的语气，我确实在听啊。"

"但是你没有好好听我的话。"

变得有点复杂了。利安站起身准备离开。"叶奶奶在厨房。她为你准备好了斑斓叶蛋糕①和牛奶。"她拿起手提箱。

"我不是一个婴儿了，我不是一个婴儿了！"她喊道，母亲关上门走了。

朋是一位秃头的单身汉，因为日常生活和怨恨，已经有些驼背，头发也开始稀疏。陈仍旧高个，皮肤黝黑，缄默，谨慎。她想知道的是，这么多年成为一名成功的医生后他担心什么呢？格温小声说道，亚历克斯·杨

---

① 斑斓叶蛋糕的主要原料是来自东南亚的一种具有药用价值的神奇香草——斑斓叶，又名香兰叶，是东南亚特有的香料植物，盛产于马来西亚。

现在是拥有数百万家财的富豪，相互的联系就是钱，每个人都在尽可能快
地建设关系网。像新加坡一样，吉隆坡已经变成了一片石砌的乐土。混凝
土的住所——平房和双层梯形房，公寓套间和集体宿舍之间——都有门，
有墙，有栅栏，然而一种疯狂的领土侵占，阳光和雨露将所有的一切冲击
成一片绿色野菌子之地。亚历克斯·杨在跟每个人握手，成功的人士都会
以自己的起点为荣，他也并没有因为自满而漠视那些让他肃然起敬的同
学。他的肌肉一点都没松弛。

他走过来时，格温问道："你还记得利安吗？"

他的笑容稍微有些改变，但很快恢复正常，而且咧嘴笑了。"啊，记
得，这些年你都在哪里？仅仅是在新加坡吗？为什么你从不回马来西亚
呢？"他伸出手。

他当然明白。九年的时间并没有长到足够让他忘记。

"很多的马来西亚人离开了。去了澳大利亚、加拿大、英国。我们遍
布世界各地。我们中的一些人在马来西亚并不成功。"

"艰难，这里做事很艰难。要有运气。"他快速地握了握手。他看到了
侯赛因，国家银行的常务董事。

她还记得亚历克斯负责自由学校青年委员会的那一年，侯赛因曾是足
球英雄。足球不可能通往成功。那时作为马来人也不可能成功。几乎没有
人使用"马来"这个词了。马来人，土地之子，现在遍布吉隆坡各处，像
侯赛因一样，高居公司总裁、董事、大法官、部长、主席、总经理顶层办
公室。她观察着这些男人，他们微微出汗，衬衣在腰间有些皱褶，他们来
回应酬，手上的苏打水和啤酒杯像拔出的左轮手枪。

让她惊讶的是，格温出现了。"嗯，他很支持我们，不错！我不知道
他会来这里。"

"谁？"她转过身，撞见朋戴着眼镜的目光像水蛭一样在她脸上转来

转去。她盯着他厚得像果酱瓶的眼镜上闪烁的微小的光亮，刷走了她脸颊上的温度。利安吸收了喧闹的谈笑声，喧闹像热量一样在她身体里升腾，格温的手在她胳膊上却有一丝清凉。淡红色的波浪在她眼睛里闪动，她希望不是闪闪泪花。

亨利依旧脸色苍白，尽管黑发已经变成了灰发，他瘦弱的身材展示了十足的华人形象。她了解他浅色平整的衬衫下隐藏着窄肩和无毛的胸，这体形纤弱得像女人。她离得太远，看不到他脸上的表情。他向一位女士的方向略微倾斜身体，那位女士看上去明显是怀孕了，因为怀孕后期的潮红、体重，还有喝了酒而肤色红润。伯母告诉过她亨利又结婚了。

格温说："他的妻子叫秋盖珂，是秋洛伊的女儿，你要知道，是槟榔屿塔酒店老板呢！她比我们晚五年从槟城大英义学毕业。这就是他在这里的原因。"

"怎么会这样？"她意识到自己在发嘘声表示不满。格温背叛了她。她不应该来的；她不属于马来西亚，就像素茵不属于亨利一样。但是她仍旧目不转睛地盯着他，恰恰就在这时，她感觉朋在捕捉她的视线。"得做点什么解决朋。"她低声说道，转身离开。

"嗨，他是你的前夫，要知道，你的前夫啊！"他得意扬扬地说，声音大得让格温注意到。

"吃东西，享受美食的时间。站起来，排队去拿食物吧！"格温催促他去拿自助餐。

亨利正朝大厅尽头走去。利安没有咽下啤酒，让啤酒冰凉牙龈，她的喉咙突然间疼痛起来。这种疼痛已经是一种熟悉的感觉了。疼痛第一次来临时，她认为是失去切斯特的紧张感，那种紧张感她发现能被素茵无牙的牙床咬住发肿的乳头缓解。她关注着婴儿布满水纹的拳头握紧又松开。她弯下腰，婴儿的嘴巴噘着，发出嗯嗯声，像一只盲目的鼹鼠，拽住那奇形怪状的大胸脯，在隧道里划行，嗯，嗯。那难以理解的嗯嗯声让她回到现实，于是切斯特消失了，他只是遥远故事里的人物，和素茵在一起的生活成为她的全部。

为什么那时候她拒绝回忆亨利？亨利曾想让她脱离贫困、被忽视以及孤独，还有切斯特。

亨利的妻子身材庞大，面色红润，正在狼吞虎咽。他则在甜食餐桌那里排队。他看来还是同样的丈夫，耐心，迁就。她这是怎么了，她带着痛苦的困惑，难道她不想要被迁就？难道她不可能成为这样幸福的女人，舒服地坐着，吃着东西，怀里抱着孩子，丈夫在身边，共同谱写和谐的三重奏，构建美好幸福的家庭？

已经没有时间后悔了。她怀孕得太快，成为母亲，然后就独自一个人。后来，她在吉隆坡找过一些工作。她晚上帮人辅导英语，伯母则陪伴素茵，在她干枯的臂弯里，素茵苍白的身体逐渐长大。利安为郎曼书屋做过文字编辑，为贝茨短期成功地做过创意总监，迁移到新加坡后，做过一系列自由职业和兼职，同时为素茵寻找合适的学校。她忙着和校长见面，还要解释素茵的中文名字，她的红棕色头发，缺失的父亲，以及粉红娇嫩的脸。那些女孩，总是女孩们，把她带出教室，指着她额头的美人尖，唱道："混血——混血的魔鬼。"

叶奶奶向素茵解释："混血的魔鬼，女孩们喊你混血的魔鬼，是因为她们嫉妒，她们嫉妒你绿色的眼睛，棕色的卷发。你比玛格丽特公主更漂亮，玛格丽特公主比英国女王还美哦。"

利安的餐桌伙伴拿着盘子和茶碟回来了，盘子里咖喱和酱油搅拌的肉铺盖在米饭和面条上，茶碟里装有粉色和绿色分层的蛋糕和撒有白色椰子粉的木薯。餐桌上除了可以搁放胳膊肘、纸巾和啤酒杯，所有空隙的都摆满了食物。格温拿着一盘满得快溢出的葱和卷状辣椒，焦虑地说："这样的话，你会更加口渴，会喝更多的啤酒。"

陈跟朋谈论着股票、澳大利亚和公寓楼的价格。

"每个人都会变得越来越富有。"亚历克斯宣称，他把叉子塞进嘴里时，手腕上金银质地的劳力士手表闪耀着霓虹灯般绚丽的光芒。

灯熄灭了。亨利现在再也见不到她了，她让自己安下心来。蓝色和红色的聚光灯在舞厅开放的中央空间忽闪忽闪，隆隆的鼓声、喇叭声、铙钹声让关于金钱的谈话沉寂下来。跳舞的人赤裸的双腿、光滑的裸背、白花花半裸的胴体在灯光下赫然出现。

格温耳语道："这个舞蹈团被称作'纸玫瑰'。都是异装癖。多么漂亮呀！"

陈指责道："太遗憾了，他们只是男人。"

音乐改变了。服装改变了。这是适合像亨利和他妻子那样得体的夫妻观看的演出。她本来可以成为那样的夫妻中的一个，被悉心照顾，脖子上戴着黄铜色的金链子，手指上缀有鸡蛋大小的蓝宝石。她看到新加坡到处都有像亨利那样的华裔丈夫陪伴的女人，开着豪华的奔驰，拎着古驰包去"买买买"。

"为什么你不要钱呢？"她辞掉贝茨薪金颇丰的工作后，伯母问。这个疑问并不准确。她想要的是安全感，但那是从她自己的原则来说的。这些原则包括像亨利那样的丈夫吗？

她轻轻地拍了下格温的胳膊肘。是离开的时候了，灯光全熄了，那些男人昂首阔步地走了。

第三章

　　有了像《生物合成》这样的动力室——或者说是《生合》，就像它更广为人知的那样——每周简报不仅仅是一个新闻报道。这是一份由投资者、股东和新加坡金融管理局研究的热门文件，作为探寻该公司健康和未来的线索。

　　首席执行官瑞安把《生合－标牌》比作在新加坡某些阶层中很受欢迎的财富年鉴。利安是三年前想出这个标牌的，这一创造性的壮举帮她赢得了主编的职位。他问："你看到这些年鉴了吗？便宜的印刷，大批量的生产，它们提供了匹配行动、图像、数字和含义的要领。你做梦梦到一场车祸，这就是数字 11，这意味着很快就有一次大罢工。车祸就像大罢工，两次就相当于大的胜利。你在任何地方看到一匹马，无论是汽车引擎盖上的装饰，或者是橱窗商店里搪瓷上的图案，然后你会突然想到鸽子？看一看飞马的那部分，你会明白 4 就是你的幸运数字。在你选择的任何组合中，4 肯定会出现在中奖号码中。邻居的死亡或者遥远小镇上一位男性表亲的不期而至能够示意或好或坏的影响力，但是也要取决于发生在哪个月份，年鉴会给你不同的资讯。"

　　他诙谐地继续说道："研究这些年鉴并不能让赌徒们确保在新加坡赛马会上总能挑选到获胜的马匹，因为他们为了计算出正确的数字序号不得不弄明白隐藏的含义意味着什么。像在任何企业一样，总是有运气的因素在里面，那是有利的时机。照顾好你的先人对你创造有利条件也是必要的。"

他开玩笑地猛地拔下了自己稀疏的睫毛。

"《生物合成》纯粹是一个研究型的公司，雇用的工作人员都是最好的科学家，高薪和顶级的设施配置能够吸引他们来，这都无所谓。"他对戴维·金解释，金是来自伯明翰的访问首席执行官，在一次面谈中，利安本应该报告，但是她没有。"我们新加坡人谨慎地投资我们的新加坡元，所有好的兆头和标牌都需要我们对公司保持忠诚。"

《生物合成–标牌》的双重命名意味着股票价值的翻倍。新闻通信对于公司来说仍旧是一个棘手的风险投资：这是投资者信心必不可少的工具，如果对内容做出了错误判断，就会冒着失去这种信心的危险。

瑞安警告她："记住，公司的股东一方面极其讲究字面意义，另一方面对隐含意思也是非常敏感。他们会不停地打电话来核实你修辞格中的意图。所有新加坡人都会相信语言是有意向性的，特别是一旦你的语言被印刷成书！"

当她和通信副主任，后来是马来西亚信息部的特别助理——阿布杜拉分享承担财务责任的渴望时，笑道："所有都是运气！①所有都是运气！运气②。新加坡人和马来西亚人，我们所有人都是预言家。如果你不相信未来的财富，如何能够满意呢？"

"但是我们的满意程度取决于对我们当前状况的不满，这难道不奇怪吗？为什么我们不能享受今天，而不被迷信所驱使呢？"

"你作为新加坡人认为鸡年是买股票的好时机，这和你及你的诗歌阅读有什么不同呢？嗯，利安？你也在探求标牌上的含义——只是你的阅读没有金钱上的回报，也许这并不能让你快乐。他们仍旧在大学里教授的所有文学的目的是什么呢？马来文学、中国文学、英国文学——都没有实

---

① 原文为 Semua nasib，马来语。

② 原文为 nasib，马来语。

际用途。最好还是教表达思想的技巧，公共关系学，像你现在正在做的一样。”

她一想到阿布杜拉在哈佛作为尼曼新闻学者的两年真正地改变了他时，就感到一阵嫉妒的痛苦。他甚至比几年前为新报写作时更有信心。而且，她不得不承认，他比以前更加尖锐了。很难让她相信她是对的，他是错的。

“嗯，阿布杜拉，未来的首相。”她淡淡地说，不确定是用这个预测来奉承他还是激怒他，“也许这就是诗的运气。就像你说的，没有目的，没有财富。除了让像我这样的人不开心。”

她记得这次谈话，那是周四，帕鲁打电话过来有些晚了，那时她正在为简报的布局做最后的决策。简报付印之前，她自己做校对工作——她认为这是唯一控制简报质量，以防读者由于单纯的印刷错误引发的意想不到的问题而相互指责。她经常避开帕鲁的电话，让秘书保存留言，但是七点半时，甚至林太太也回家了。

“噢，帕鲁，听着，我正忙着准备将简报付印。我真的没有时间。我能明天再回电话吗？”她一口气估计没说清楚。

“利安，利安，不是啦，好消息，但愿你听着！切斯特在这里！”

她环顾台灯耀眼的地方，刺眼的灯光正照射在简报的黑体印刷字和她的助理黛薇太太用刚削尖的铅笔在简报上留下的潦草的字上。

利安第一次来到《生物合成》，就下定决心不把凌乱的私生活带到办公室。在吉隆坡她极度恐惧朋友对她的排斥。她决定再也不去见她们，童年时期的伙伴称她是魔鬼，同事用冷漠的眼神和她打招呼，一些人说长道短，还有一些人把他们说的话转告她。她手下的员工没人见过素茵的照片。帕鲁的声音在安全遥远的地方结束了。

"帕鲁，等等……我……"

"利安，他看上去不错。我们刚刚才分手。他两天前给我打的电话。幸运的是我的考试结束了，所以我能花些时间陪老朋友。切斯特和以前一样，没有胖也没有瘦，只是没有以前那么多头发了……"

"帕鲁，我得先完成我的工作。回家后再打电话给你。"

他在新加坡待的时间已足够久，能够理解。在做任何其他事之前必须得完成工作。

她又花了一个小时反复地检查简报。她记得的以前不知道的一些事件闯进她的脑海。那些过去发生的事情，例如阿爸的死，现在认识她的人都不知晓，除了年轻和年老的历史学家，那些事情因为十二年前的新闻封锁，审查依旧没有解除而被封闭起来。

在黑暗的八打灵再也，5月13日晚上，切斯特的手臂搂着她的腰，他的身体在她旁边带来热度，感受到他压在她臀部上的力量，这使她敏锐的感觉比吉隆坡的屠杀和枪击更真实，她相信是真实的许诺和温柔。

但几乎马上她感觉他变成了空白，他后退了，拒绝了，成为一个故意无关紧要的人。他原来想向她表达的是无言，没有温柔，没有承诺。她爱慕的身体的甜蜜，那个时刻没有意味。这种虚无的当事者，她怎么能继续相信有什么意义呢？

远隔千里，切斯特毫不知情地在她的成长中让她得到了历练。她不再去读出什么意义，仅仅就是行动。诗人威廉·卡洛斯·威廉斯曾说过："凡理皆寓于物。"这是她学的最难的诗，要欣然接受事物闪闪发光的表面下没有实在意义的深度。

但是学习这首诗让她意识到简报作为外观的重要性——完美的设计，一字不差的编辑，全面的内容控制。公司的宣传刊物，喉舌，华而不实，肤浅，似是而非——她知道简报受到了无论是新闻记者还是商人一致的批评，但是她并不介意。更少或更多的批评都会一团糟。投资者卖空投机，政府机构做审计，公司出台了新规定，炙手可热的研究人员威胁要在东京和日内瓦寻求更加风平浪静的海域。

她见过公司第一个编辑造成的损失，他对公司小心谨守的 DNA 研究刊发过略带批评性的评论。作者是一位来访的为洛克菲勒基金会工作的诺贝尔奖获得者，他允许这个编辑使用这个评论，让这个编辑深感荣幸。该评论首次刊发在一个声名斐然的科学期刊上。陈，曾在美国接受教育的柬埔寨人，竭力赞同获得诺贝尔奖的科学家写的评论会让简报引人注目而且有可信度，但是他并不了解新加坡的反应。"没有什么新闻能比评论好！"他大发牢骚，公司的股票一夜之间降了一半时，他被解雇了。

利安没有为他辩护。她告诉艾伦："脑子进水了。这是人之常情，他根本就不明白。新加坡的反应仅仅只是想要变得更好的一个高级版本。这并不是一件坏事，毕竟——这种反应中有种固有的优越感。不能瞄准弱势对象而获得优势！"

她确信《生物合成－标牌》虽然没有发表过任何真实和正确的东西，但总是呈现公司最积极的一面。

"你想得太多了，"艾伦并不是第一次这样说，"这里所有一切都与脸面有关。如何挽回颜面，如何不丧失颜面。即使你征服了世界，丢失了颜面，你就失去了所有。"

艾伦自己从不为保全面子担心。她完全按照自己的意愿向众人展现自己。你看到的是你得到的，她对每个人都这样说，脸上没有一丝笑意。利安明白这是因为艾伦对自己的优势非常自信。

从身高来看，她就像一个小女神，她指挥利安，重新安排她们的生活。"噢，看在上帝的分上，离开吉隆坡！"在素茵周岁生日后，她命令道。

　　艾伦获得新加坡专科学校的经济学高级教师的职位后，利安又过了一年才离开吉隆坡。艾伦后来通过韦斯顿·阿伦的关系，在生物制造公司的传媒部门为利安找到一个兼职的文字编辑的工作。她为利安在滨海路搜寻公寓时，夸口说："你看，经济学的学位比英语有更好的选择。有钱能使鬼推磨。"

　　"但是你是因为爱而帮助我的啊！"利安笑了，眯着眼睛看交通，她的头发拳曲而凌乱，这是周日的上午十点，往常这个时候她仍在睡觉。

　　艾伦嗤笑道："爱在哪？女人怎么能彼此相爱呢？我是为了老朋友才这么做。否则我会觉得太内疚了。"

　　素茵，只有两岁，是艾伦的教子，亨利拒绝将利安和婴儿带回家，艾伦把素茵安排在车前座，她和利安中间，把她从医院带回自己的小屋。

　　现在她十一岁了，艾伦姨妈仍旧是她的第二家长。

　　不同的是切斯特在这里，利安不知道是否应该给艾伦打电话寻求建议。

　　差不多九点了。素茵应该吃完晚饭，做完了功课，也练习完了钢琴。伯母超过十点就会睡觉。是该回家的时候了。

　　她又一次感到乳房流出苍白色乳液的疼痛。她和女儿之间分享的通过乳头神经末梢传递的纽带，甚至在女儿最后一次吃奶多年之后，这种感觉是多么不可思议——多年之前，她抱起这个胖胖的新生儿，婴儿的眼睛闭着但仍有弧形的细缝，她恐惧而又喜悦地哭了起来，她再也不会没有负担或者感到孤单了。就像水果在她身体里开花一样，这种关联在偶尔的时候依旧刺痛着她的乳房。

　　素茵的脸在电视的蓝光中是惨白的。

　　"为什么晚了？"

　　"你没接到电话吗？"

"艾伦姨妈的电话？"

她感到呼吸缓和下来。"是的，当然是。"

"要知道艾伦姨妈每天晚上都会打电话来。她想要知道为什么这么晚了你还没回家。"

"星期四是……"

"晚上要审稿！"

利安笑了，开始每晚她们都依赖的仪式。"做完功课了吗？""刷完牙了吗？""洗澡了吗？""睡觉，睡觉！"

叶奶奶睡着之后，就只有她俩在床上玩经常玩的游戏，然后把被单掖好，梳理头发，关灯，唱着美妙的催眠曲。"晚安，晚安，爱你，睡个好觉，爱你。"

晚上很难让素茵入睡。利安和素茵在一起的时间就像阿爸去世后伯母开始的织毛衣：挑起起针，正针织、反针织，正针织、反针织，针闪烁着光芒；挑绕她精心挑选的喜欢的粉色、黄色和绿色的纱线；编织连线和收边；抽出针又开始下一圈。她和素茵就是织线的针，她们的日子就是正反针编织的线。每次夜幕降临，都是对过去的一场道别而不是遗忘。这就是她要承受的，也是伯母疯狂地织毛衣和围巾、毛毯和披巾——这些疯狂的对于新加坡来说太热的手工艺品，来忍受阿爸去世的方式。利安将素茵包裹在自己身边，因为她的不快乐而责怪切斯特。而现在，多年以后，他回来对她们所有人意味着什么呢？

她拿起话筒，怀着恐惧的心情拨了帕鲁的电话。

"利安？不要紧，并不是很晚。但是我的妻子已经睡觉了，稍等下。我去厨房接电话。"

电话在她手上动也没动。

"喂，喂？好的，利安，是的，切斯特想要见你。为何目的？因为友谊啊！现在他年长了，不同于以往了，是大丈夫！好吧，好吧，我们都不同了。像我——我认为生活在往昔的记忆中不是很好。我们必须创造新的生活；我们不能一直生活在过去，是不是？你记得我的妻子拉尼吗？她永远不可能取代旧爱，但是我的女儿苏拉尼，她就像一个新的世界。她让我很快乐。"

"但是他在哪里？"

"当然是在新加坡。做田野调查，研究工作。切斯特现在是权威教授——真有趣，啊？还记得他在布里克菲尔德展开和平队工作教授木工的情形吗？你忘记了？所以，我说也许你和我还有他要见个面，在莱佛士酒店喝个茶。我们展示新加坡依旧有英国的优雅。"

"我们还在特别制作当中……"

"是的，总是很忙。我告诉他，利安她已经变了，她现在讲求实际了。不再读诗，谈文学了。她在努力挣钱。我告诉他我很高兴让你们重新相聚……"

危险即将来临，就像站在她房门外的盗贼。"晚些时候吧，帕鲁。等这个图表完成后，我再打电话给你。"她试图想象工作中的种种不幸，但是放弃了这个尝试，瑞安的手指在她大脑里摇动。

"哎，但是我怎么跟切斯特说呢？他非常想见你，我想他仍旧有兴趣，嗯，利安？"帕鲁呵呵一笑。"不，不，对不起了。我没有捣蛋的意思。"他的语气逐渐变得恳求起来。"看在往昔的分上，对，你就仅见他一次。我也会在那儿，像监护人——与搞笑无关。好的，好的，我等你电话。不要忘了。"

她立即给艾伦打电话，她耳朵里那专横的声音是救生圈。

"呀，太晚了！"

利安倦容漫眼，满是皱褶的眼帘耷拉着。教母，教母，给我许个愿。她希望得到什么？她年龄太大了，不想许愿了，不再相信妖怪和神灯，不再期待秘密花园；太成熟了，甚至不再有期望。她学会并熟练了用电脑、图片裁切、剪辑、拼贴、版面编排、电子制表和编索引。Lotus 是一个程序，重要的实用程序。她采用了一种新的语言符号。她想要睡觉了。她想要一种不同的简单生活。

"别傻了。为什么你必须见他？我打赌他想要见的是素茵。这些男人，他们认为他们想什么时候回来就什么时候回来，他们想什么就要索取什么。"艾伦总是大声说一些利安害怕听到的话。

利安让艾伦的声音爆发，"不行，不行，不行！"但是她知道她不会遵守。涉及切斯特的时候，她从来都不会听艾伦的。

第四章

帕鲁迟到了。大概十一点的时候，云层开始变厚。到中午的时候，太阳就隐匿了。切斯特按照帕鲁告诉他的在东南亚研究所图书馆外等着，他希望树枝的摇曳不是预示着倾盆大雨。当然，他是完全没有心理准备的。除了英国人以外，没有人会预备一把伞周游世界。

年轻的马来管理员从图书馆迎出来问他是否是布鲁克菲尔德教授。帕鲁给他留了个便条，说他们将换在新亚大酒店见面。他把便条递给切斯特时微笑着说："先生，你遇到坏天气了，马上要下大雨。"

切斯特急忙去找出租车，乌云密布，成团地翻沸着。新修建的研究所附近，马路边荒地上长长的耀眼的青草被风儿吹拂着。萨姆德告诉他那些是白茅。白茅看上去像水稻，但是没有籽粒。萨姆德接着说，白茅就像一些人，生长在土地上，但从不回馈。切斯特觉得很奇怪，为什么会记得关于萨马德的这样一些小细节。杰森在他的推荐信里写道，人类学家的标志是很少错过一个有价值的观察。

褐色的叶子，黄色和紫色的花瓣，大的树枝从人行道上冒出来。风正猛烈地刮弯这些热带巨人的顶部，浓密的树枝和鹿角蕨向外伸展着，多叶的附生植物，还有扭曲的无花果悬挂的根茎，在他头顶上嘎吱作响。突然一阵清凉，从狂风大作的天空倾下。切斯特迈开大步行走，感觉就像在缓缓飞翔。雷声炸响，听起来像低沉的炸弹，接着就是一系列的隆隆声，像幻觉中听到的，在荒芜的空中扩散。突然间夜幕降临，周围漆黑一片。水滴飞溅，水滴先是断断续续的，然后是连线，越来越快。切斯特飞奔最后几码，站在公车候车亭等候出租车。他的衬衫湿了，粘住了背，闻起来有汗水味。该死！

他现在想的是要去见她。不，不是她一人，还有孩子。帕鲁证实了他想知道的——一个女儿。听到这个词，想到这个词，在他身体的某处有一种病态的回声。这个词停留在他的脑中。这是一个最近很危险的词。这个词以前对他来说没有什么意义，仅仅只是他学过的成千上万的词之一。他和梅里尔买了房子一年后，他不得不买了个梯子把房檐的排水槽里的叶子清除干净，"女儿"这个词并不仅仅像"梯子"这个词这么简单。买个木头的？还是铝合金的？五英尺，十英尺，还是十八英尺？中等厚度？均衡的？要做出选择，挑选厚度，扛回家，腾出地方搁梯子，能让他的脚踏上，支撑他的重量。但是"女儿"这个词在一个洞里发生回响。这个词他能够和梅里尔分享吗？

他走了进来，抖掉了头发上的雨滴，接待员抬起头看了看。

帕鲁正在读一本旅游手册。"喂……遇到大风暴，我以为你不会来了。"

切斯特不喜欢帕鲁脸上低落的情绪。酒店的扶手椅上配有印着漂亮的绿色和蓝色丛林图案的软垫，上面还有珊瑚红的鹦鹉。他饥肠辘辘，假装没有注意到座位是空的。

帕鲁注意到切斯特在皱眉头，他说道："我们等等吧，电闪雷鸣的，或许利安会晚点来。"

巨大的玻璃门外，雨大得像是天上的银河泛滥了一般，从天边狂泻而下，看上去在岛上汇成了瀑布。闷雷在嗡嗡作响的空调声中轰隆隆地滚动。室内的空气让人感到又黏又湿的寒意。切斯特把裤管向上拉，裤管还滴着水，他仔细看了看包裹着脚踝的湿袜子。他什么也没有说。帕鲁咳嗽了几声，眼睛只盯着旅游手册。

自动门打开时，他们突然掉转头。两名被雨淋湿被太阳晒黑了的游客跟跄着，笑着，靠近前台。切斯特有些愠怒，不理会他们的戏谑，以及毫不掩饰的亲密和傲慢。"请给我房间钥匙！想泡个热水澡，亲爱的？""有谁会想到……""我们要老虎牌啤酒。""没有，只有香槟酒，其他都没有。"

下午一点半，打哈欠的前台接待员下班了。帕鲁从洗手间出来，说道："好吧，我也要回去工作了。周六我也必须要做些校外活动。两点半我要让小伙子们辩论，准备十月份的大辩论。只有两个多月的时间了，然后就是重要的校际比赛。"

"利安呢？"

"我今天晚上再给她打电话。下雨了，或许她不会来。新加坡总是下雨。我知道你们美国人是约翰·韦恩①式的人物，真的很顽强。下雨，下雪，子弹也都永远阻止不了你。但是利安是亚洲女性。你必须理解这点。亚洲女性都很娇嫩，稍微一点点雨和雷都会被吓住。我很抱歉让你失望了，切斯特，但是我记得你很多年都没回来过。你不能期望她就会原谅你。"

阿布杜拉一大早开车带着切斯特在新加坡四处转了转，几天后是他把切斯特带到了利安的办公室。

切斯特终于在吉隆坡联系上他时，他说道："我喜欢早起。我从登巴萨②回来后，就会从新加坡家里给你打电话。我喜欢开车，我们可以一边开车一边聊聊你的事情。"

切斯特没想到阿布杜拉这十几年会有这么大的变化。他的声音低沉

---

① 约翰·韦恩是以演西部片著称的好莱坞明星。1939年出演《关山飞渡》，并以该片蜚声世界影坛。他一生共拍片250部，影响甚巨。这位曾经成功地扮演了无数西部片中的角色的明星，以其体魄强壮、性情沉默而给人们留下了长久的记忆。

② 登巴萨，旧名巴塘（Badung），是印度尼西亚的著名旅游胜地巴厘岛的最大城市，也是巴厘省首府。这里集浓郁的宗教氛围和现代风情于一体，并且在建筑风格上体现了巴厘岛所特有的魅力。

了，美国口音更加明显。但除了这些变化，他看上去对切斯特的到来和萨马德一样欣喜。这大概仅仅就是他遇到了他们。

阿布杜拉笑了："还记得萨马德总是喜欢美国牛仔吗？哇，现在他是一位硬派总裁。政府官员，成功的官僚。商人，甚至更好。位居榜首。他赚钱无人能敌。但是我告诉你个秘密，他仍是软心肠，从来都不会忘记朋友。生意就是生意，友谊就是友谊，但是萨马德在哪里都是一位绅士。"

阿布杜拉的奔驰从加工成形的真皮配料到白色真皮的座椅，都是萨马德座驾的一模一样的复制品。

"不，我不会到纽约去拜访你。要知道，切斯特，我不明白为什么你不认你的女儿。我们马来人，我们爱我们的孩子。我们甚至会为他们去杀人。所以我不能理解一个男人不知道像父亲那样去爱是什么滋味。"阿布杜拉的英语是新英格兰英语腔，在哈佛的两年完成了二十年英国教育都没能做到的事。

"她从来没告诉过我。"

"我不相信！利安又不是傻子。"

"我对她了解不深。她……"

"嗨，萨马德五月十三日在那里。你们彼此互相了解。"

"阿布杜拉，一个晚上并不意味着什么……"

"在伊斯兰教，我们并不以睡了多少个晚上来计算。只要我们的身体触犯了法律，并不以睡觉的次数来算。碰碰手就足够犯下通奸罪。肢体的轻微接触就会引发春心荡漾，欲火难耐。"

"好吧，我是个傻瓜，那时没有想到过欲火难耐。这种情况没有在我身上发生过……"

"还有孩子，男人啊，还有孩子！她很漂亮。这就是欧亚混血的模样。真主阿拉是仁慈的。这些孩子总会有麻烦，所以漂亮是使她们的人生变得轻松愉快的天赋。五年前乘小船出逃的越南难民到达吉兰丹①时，我还是主管官员。可怜②啊！真可怜啊！那些海盗，他们杀了那么多人。他们甚至强暴上了年纪的老祖母们。我们的人并不那么邪恶，所以我们非常同情那些越南人。但是后来数以千计的难民来了，成千上万的难民来了，像沙蟹入侵。你们美国人跟他们承诺金山银山，但是你们想让他们待在马来西亚。我们想要遣走他们时，你们的报纸却刊登关于我们的负面报道。但是他们并不是我们的麻烦。他们是你们美国人的疑难问题！我遇到过一些混血，尘埃之子③。漂亮的孩子！金色的皮肤，金色的头发，看上去像西方人，但心灵仍旧是亚洲的。没有人想要他们。甚至越南人也不想要他们自己的混血。他们并不仅仅是尘埃，也是污垢，你们留在亚洲的污垢。"

切斯特以前听到过这种对美国的评论，拒绝做出回应。他需要阿布杜拉找到利安。他的目光盯着中等高度的黄金雨树④，每棵树都是一样的高度和宽度。他大声地说想知道是否它们是被克隆得如此匀称如此繁茂。巴厘岛，特别是库塔海滩，比这个城市的海岸线更加拥塞，他曾经采访过那里酒店的男女服务员。在周二的早上，在高速公路的一侧，蔚蓝碧海像起皱的泰国丝绸般艳丽夺目，修剪得整齐的灌木丛中的长椅和人行道上空寂无人。

阿布杜拉瞥了一眼切斯特的旅游鞋和粗呢大衣，说道："切斯特，我告诉你，我这一整天和明天都有会议，周五我要飞回吉隆坡参加新清真寺的落成典礼。我们要向原教旨主义者⑤展示我们不仅能挣钱，还能同时成为

---

① 吉兰丹（马来语：Kelantan）是马来西亚在马来半岛东海岸的一个州属。

② 原文为马来语 Kasehan。

③ 详见第 179 页注释①。

④ 黄金雨树（golden shower tree），又名黄金雨、波斯皂荚、婆罗门皂荚、长果子树等，香港多称猪肠豆，是一种苏木科的植物。原产于南亚南部，从巴基斯坦南部往东直到印度及缅甸，往南直到斯里兰卡。

⑤ 即一群对经文上的教条深信不疑的信徒。

虔诚的穆斯林。"

"我猜想美国人曾经也有过类似的想法，我们称之为清教主义。"

"美国文明完结了，不再有了，结束了[1]！在波士顿我看到了灯塔山[2]上所有的老房子。美国的一切都像那样，一切都是历史，过去。在马来西亚和新加坡，你看到我们并没有焦虑历史、老房子、旧的城堡和墓地。那所有的都是殖民主义。这里的一切一定是新的，最好的，有一个美好的未来。我们创造了一个新的身份，一个新的亚洲文明。"

切斯特尽量让他的声音保持轻松。"这就是你公司做的事情——创造一个新的亚洲文明？"

"是的，一点不错。我们正在帮忙做一个新的重要项目。要知道，我们穆斯林花了大量的资金向麦加朝圣。有些人花了他们一辈子的积蓄。他们卖了他们的房子、农场，甚至花了他们的养老金去麦加朝圣，他们回来的时候，钱花得精光！先生，真令人头痛啊。我的公司是负责安排麦加朝圣，帮助拯救伊斯兰圣徒。我们确信他们回到马来西亚会有收获。我们让他们明白麦加朝圣后生活并没有结束，而是一个新的开始。"

切斯特清了清嗓子，极力放开他的声音。"同样，你可以帮助我吗？我在新加坡也是在进行一种朝圣！"奔驰的空调呼呼作响，热风吹在他的脸颊上，让他觉得暖和，同时也颇为尴尬。

"那就是我想说的。这周我有很多会议，但我会安排你和利安在周四见面。她很害怕与你见面。你知道为什么。但她还是会来。她欠我一个人情。"

---

① 原文为马来语 habis。

② 灯塔山（Beacon Hill）是美国波士顿一个古老的街区。这是一个由联排住宅组成的街区，以其煤气灯照明的狭窄街道和砖砌人行道著称。今天，灯塔山被视为波士顿最好、最昂贵的街区。由于马萨诸塞州政府大厦位于山顶，"灯塔山"一词也常被当地新闻媒体用作州政府的代名词。

第五章

艾伦姨妈说："真麻烦！"

她是在说卡在门锁里的钥匙，但是素茵佯装姨妈是在指她。"最好你不要来接我放学，我是这样一个麻烦人。"

"好了，素茵，不要难为人了。"

她知道艾伦姨妈和妈妈一直又在谈论她，她们几周之前开始对她说同样的词。"难为"是艾伦姨妈这个月最喜爱说的话。上个月最喜欢说的话是"太多！"和"噢，你什么时候才能开始长大？"，几个月之前，她在说"青春期""同龄人"和"自尊心"。她是军营女子学校的校长，素茵希望她在家里不要像那样跟她说话。但是艾伦姨妈就是像那样穿戴，真正的深蓝色，笔直，像名警官！

她很厌烦喊她艾伦姨妈。但是妈妈坚持。"她比我年长，你要表示尊重。"

她也很厌烦喊她母亲妈妈。昨天晚上，她喊，"利"。当时十点钟了，这是她妈妈开始限定她上床睡觉的时间。有时候素茵并不介意她的斥责，就像一个自动开关，有几分安慰。十点钟，睡觉时间。你不得不絮絮叨叨。但是昨天晚上，妈妈忘记了唠叨。她将牛仔裤折叠放好，脸上是素茵并不喜欢的傻傻的安静神态。妈妈把所有的衣物都叠好了，甚至把她的脏衣服也叠了，虽然每天都会来陪伴奶奶的女佣第二天会把脏衣服扔进洗衣机去洗。

妈妈却吓了一跳，停止了折叠衣服。

"利安"，素茵觉得这样称呼很舒服。这是为了报复她的名字时常被取笑。苏—阴—阳。叶—被告。①

今年她的母亲第二次让她转学。"你必须开始学普通话！美国学校不会为你读新加坡的大学做准备。"

她那样说，好像素茵并不知道自己是新加坡人。她不在意素茵哭。"这是新加坡。"她不停地重复，好像素茵并不知道自己在哪儿。

她在曹康的第一个星期，男孩子很粗暴无礼，他们取笑道："甜茵，甜妹妹茵！"

那些女孩子更恶劣。"叶隐私，叶罪，罪人！②"蔡宇和阿洪喊她，假装不会正确地念她的名字。"没有父亲，啊，罪孽深重。看得出有白人父亲啊③！"上课的第一天她就听到有人很清楚地这样说。但是她抬了抬鼻子，好像闻到一股异味。不用听，不用知道。而且，叶奶奶告诉她，让他们去嫉妒吧。她永远都会是学校最漂亮的女孩。

艾伦姨妈说她最好不要太自负。"自负的女人会有麻烦。"

艾伦姨妈说的麻烦究竟是什么？艾伦姨妈永远不会陷入麻烦。工作，然后从学校接她回来，照顾她，看电视，再然后回家。第二天，工作，照顾她，等等。

她的母亲说如果艾伦姨妈妈不同她分担照顾孩子的责任，她就不可能应付她的工作。好像她就是一个包裹，她们每天把她来回传递。

---

① 苏—阴—阳（So-ying-yang）对名字素茵（Suying）进行变更，达到戏谑效果；叶被告（Sue-ing you），英文含义为"控告"，后加 you 构成短语，意义被称呼者是有罪之人。

② 叶隐私（Si-in Yeh）、叶罪（Sin-Yeh）、罪人（Sin-Ner），这些都是对素茵的戏谑称呼。

③ 啊，原文为 mah，马来语叹词。

　　素茵最喜欢奶奶。奶奶从来都不会像妈妈和艾伦姨妈那样把照顾孩子当成一件大事去做。鱼肝油、月见草①胶丸，还有氟化物②——这些都是她母亲的主意。如果不上芭蕾舞课，她小腿的肌肉就会发达——这是艾伦姨妈的主意。去看整牙医生，门牙有点歪——这是母亲的主意。不骑自行车，就会变得虚弱——这是艾伦姨妈的主意。

　　素茵问："艾伦姨妈，既然世界如此危险，你为什么要独自开车和生活？"艾伦姨妈嘴巴突然下垂了。她不喜欢素茵顶嘴，但她永远不会自己去斥责素茵。

　　她的母亲说："她正在闹别扭呢。"素茵第一次明白她不应该问起父亲时，一定已经八岁了。奶奶一再告诉她："你的父亲是我的儿子。你是我的孙女。"因为奶奶有时谈到亨利在吉隆坡，素茵知道他正住在吉隆坡。他是她曾经谈到的唯一的男人，所以素茵知道亨利是奶奶的儿子，她的父亲。

　　素茵还记得第一次意识到奶奶在撒谎的时间。那是一个周日的晚上，母亲关了灯和卧室的门之后，素茵闭上了眼睛。她想起了他们的叫喊声："哎，哎，哎，绿得像石头，棕褐色像生锈一样，哎，哎，哎，谁是你父亲？"透过她的眼睛，素茵能想象出奶奶的儿子亨利一定也有像奶奶那样黑色的头发和眼睛。素茵在奶奶的眼睑下能看到他的影子。他突然出现，一个她曾经知道的真实的男人还一直活着。他是个漂浮在她身体里的幽灵，在她眼睛的绿色斑点中徐徐出现，不管她怎么努力地瞪着镜子，他依然像长满青苔的石头一样呈现为绿色。他分散在黑暗里的红色发亮的头发

---

① 月见草植物在北美生长繁茂，傍晚开放鲜艳的黄色花朵，因此得名。从其种子中榨出的油是欧米茄6脂肪酸中最丰富的天然来源之一，它被称为γ-亚麻酸（GLA），有助于抗炎并调节脑垂体中的激素。GLA对细胞结构、神经功能和皮肤弹性也很重要。

② 氟化物被认为有助于防止龋齿。

引人注目——美国学校的安德鲁斯夫人告诉过她，红色的头发像该隐的印记①。她的父亲很高大，他一定是很可怕才会让所有人对他保持沉默。他去世了。这对她的母亲、奶奶，也许甚至对艾伦姨妈都是一种解脱。

他把自己身体的一部分留给了她。这就是为什么她这么高——比她班上的同学都高——也就是为什么她的头发是锈红色，额头上有一个有趣的发尖。她的母亲把这个发尖称为美人尖。他一定是在素茵出生前去世的。她焦虑的是为什么没有人谈论他。关于他，奶奶撒了个谎，他很可能是做了些顶坏的事，如贩毒，被绞死，或者被歹徒谋杀。

奶奶是虔诚的教徒，每天都读《圣经》，但从来不去教堂参加礼拜。她说基督教徒没有必要去教堂；当最后的号角吹响时，耶稣基督会拯救她。她说，并不像在第七个月给恶鬼喂食的魔鬼崇拜者。②素茵向她问起关于曹康学校操场另一边支起的红白相间的帐篷。

“奶奶，这个舞台是做什么用的？这些灯串和塑料横幅是做什么用的？我的中文不够好，读不懂这些词。谭夫人说我们不应该在围栏附近玩，我们不应该看这些祭品。她说好奇要倒霉的。它们是什么类型的祭品？为什么我不能看？”

奶奶回答说：“父啊，宽恕他们，他们不知道他们在做什么。”

她总是说那些话。每次她们看战争的新闻和报道，杀戮、屠杀，或者炸弹响起，她就会大声祈祷：“父啊，宽恕她们。”但是这次听到奶奶祈祷，素茵感觉很奇怪。父啊，父啊，父啊。素茵知道奶奶指的是上帝，但是她

---

① 据《圣经》记载，亚当和夏娃被逐出伊甸园后，生下两个儿子，大的叫该隐，是名农夫；小的叫亚伯，是名猎人。该隐和亚伯分别向上帝献祭。上帝喜欢亚伯的贡物，不喜欢该隐的贡物。该隐嫉恨亚伯，就把他杀了。因此，上帝放逐了该隐，又在他额头上做了个印记，不让其他人杀害该隐。所以，在英语中，该隐的名字 Cain 就成了“杀人犯”的代名词。
② 只要是华人就一定知道农历的七月份有一个鬼节，也就是中元节即盂兰盆节。相传，每年从七月一日起阎王就下令大开地狱之门，让那些终年受苦受难禁锢在地狱的冤魂厉鬼走出地狱，获得短期的游荡，享受人间血食，所以人们称七月为鬼月，这个月人们认为是不吉的月份，既不嫁娶，也不搬家。人们在中元节这天晚上除拜祭自己的祖先，还准备一些菜肴、酒、饭、金银衣纸之类到路口去祭祀鬼神。

厌烦听到这个词。这所房子里没有父亲，只有女人，为什么奶奶总是谈论父亲？只有奶奶、妈妈和艾伦姨妈。奶奶的丈夫也去世了，升到了天堂。他怎么能宽恕每一件事呢？

艾伦姨妈告诉素茵。"哎！十一岁了，你仍旧不明白第七个月？要知道，中国人相信吃就是一切。即使在死了之后——鬼也必须吃。幸运的幽灵有孩子和孙子来照顾他们的需求。自己的家人提供鸡肉、白兰地酒，还有各种各样的纸质雕像：奔驰汽车、平房、用人。如今，还有电视机、录像机、美国运通信用卡。只要我们有的，去世的人也要有。但是有一些幽灵并不那么幸运。没有孩子的幽灵会在第七个月踏遍全世界寻找祭品。如果他们没有得到安抚，就会把混乱和苦难带给人类。哇扬戏①，这个舞台表演，就像给阴间布施。中国商人和业主向那些无人供奉祭品的可怜的鬼魂进行祭祀，作为防止灾难的安全保证。"

然后艾伦姨妈怀疑地瞪了她一眼。"为什么你这么有兴趣？你不需要祭祖！"

"但是为什么，艾伦姨妈？为什么我没有祖先？"

她皱起了眉头，小溪似的皱纹爬上她的额头，就像患了严重的胃肠疾病时一样。"你当然有祖先。你有叶奶奶和你的母亲。祖先并不仅仅是指你的先人。"她的眉皱得更深了，表现出要对一个不熟练的司机大声叫喊时的不悦之色。"祖先就是那些赋予你生命的人。"

"但是奶奶和妈妈都还活着呢。难道我就没有去世的先人吗？"

"傻丫头。去世就是走了，匆匆离开了，无影无踪了。没有人拥有去世的人——他们都埋葬掉了！"

---

① 指哇扬皮影戏，也称哇扬皮影偶戏，以区别中国的皮影戏。是一种独特的戏剧形式，常见于马来西亚和印尼的爪哇岛和巴厘岛，是印尼哇扬剧场中最著名的一种。剧偶由皮革所制，而操偶棒杆的材质为牛角，雕工精细美丽。剧中故事通常取材于神话或史诗，如《罗摩衍那》《摩诃婆罗多》等。

"我的意思是，我是否有应该祭祀的魂灵。为什么我们没有要供奉祭品的鬼魂呢？"

"你祭祀鬼魂、幽灵和祖先是要干吗呢？我们是现代人，素茵。一百年前，甚至二十年前，女性被约束在荒谬的陈规旧习中——不能做这个，不能做那个。母亲和父亲总是控制着孩子的生活。现在我们有权利用自己喜欢的方式过自己想要的生活。"

艾伦姨妈开始轻抚素茵的头发，素茵不喜欢这样。但是只要素茵离开，姨妈就会看起来很伤心，于是她就保持沉默，况且她还有更多的问题要问。

"嗯，妈妈控制着我的生活。我的父亲是鬼魂吗？"

姨妈的手停止了抚摸。她的手就像一个沉重的拖把搁在她头上，又湿又热。

"一个小女孩问的这算什么问题啊？"艾伦姨妈是个蹩脚的说谎者。她的声音尖厉刺耳，所以每个人都能看出来她是在装模作样。

"这个问题怎么了？"

"你又莽撞了！冒失的女孩！"

"呸！"素茵朝着姨妈的脸吹了一口气。她头上的短银发飘起又垂下。

这件事做得不对，艾伦姨妈笑着走开了。她走进厨房为素茵准备阿华田下午茶，出来后打开电视看她最喜欢的电视节目。任何事情都不能打断艾伦姨妈看广东话节目。

艾伦姨妈其实可以搬进来和她们一起住。奶奶建议："不可以三个女人和一个女孩住在同一个屋子。看起来不大好。"所以艾伦姨妈把素茵从学校接回，辅导她做作业，然后再回自己的家。很多晚上都要等到利安下班回家她才离开。

利安告诉素茵的老师："艾伦是她的教母，和我一样，实际上是素茵的母亲。"素茵并不认为她有两位母亲就是很幸运——如果奶奶也算上，她实际上有三位母亲。

素茵不停地抱怨："为什么我不能自己回家？我不需要艾伦姨妈。我已经长大了，可以照顾自己了！"她不喜欢在粤剧和预录的笑声[①]中做作业。哈哈哈哈哈。撞击声、砰砰巨响声、铙钹声、"咿咿咿咿咿"从鼻子里发出的高音调声。

她的母亲说："听着，素茵，广东话节目是艾伦姨妈唯一的传统消遣。否则就跟你一样年轻了。"这让素茵大笑。艾伦姨妈是位墨守成规的老处女，她从未风骚过。

她的母亲问："刚才你喊我什么？"

"利安。"

"我喜欢你喊我妈妈。你是这个世上唯一能这样喊我的人。如果你不这样喊我，我会很失落。"她试图以自己的柔情感化素茵，对她展示自己灿烂的笑容。

"利安。"母亲的话却让素茵充满力量对她直呼其名。好像她变成了另一个人，陌生人或者班上的同学——没有一个重要。"利安。"

"如果你非要这么喊，我也没有办法。"她的母亲，垂下头，嘴唇扁起来，笑容收回去了，她拿起衣服，折叠得整整齐齐。

艾伦姨妈称之为顽固的行为。"我把这些衣服放在洗衣房给阿素。你的蓝色牛仔裤挂在壁橱里。"

[①] 预录的笑声（Canned laughter），也称"罐头笑声"，就是植入连续剧或喜剧中的一段假的观众笑声。由于录了音的笑声播出来总是千篇一律的，就像罐头食品吃起来总是同一味道那样，所以叫作"罐头笑声"。虽然罐头笑声是提前录好的，但是也会根据剧情需要而有所变化，窃笑、狂笑、爆笑，几个人的声音还是所有人的声音，女人的声音多一点还是男人的声音多一点，类似的细节都有讲究。由于罐头笑声的机械性，70年代后喜剧制作人又开始考虑回归原始的方法，想要笑声更加真实活泼，决定采用收录现场观众笑声的方式。

"但是我只喜欢把它们折叠好。我不喜欢熨烫过的衣服。"素茵反感为她做的一切。她不喜欢她的房间干干净净。她不喜欢熨烫过的牛仔裤，它们看上去像假的。三个母亲太多了。奶奶为她的灵魂祈祷，艾伦姨妈妈辅导她的学习，她的母亲让她变得强硬。

她说："妈妈，我能在学校假期的时候出去看看吗？"素茵看中了一座岛，就想一个人去那里，岛上有海贝，有海龟，有椰汁喝，有沙丁鱼罐头吃。"就只是一天，或者两天。"

但是她看到母亲的脸耷拉下来。母亲哭起来，就这样，好像素茵不在场，没有看到眼泪。素茵没有想到母亲会因为她说的话而哭。她的鼻子哭红了，眼泪落在了脏衣服上。素茵祈盼她说点话，但她哭啊，哭啊，像季风带来的降雨。她看到过母亲因为简报推迟了而在电话里声嘶力竭地大嚷大叫，或者因为壁虎的尾巴浸在她的茶杯里而尖叫。她看到过她的眼睛泛红，但从未见过她哭。

她说："妈妈，妈妈，对不起。"

这就是她不会问母亲关于父亲的事情的原因。她就知道如果她问那个问题，母亲会哭。

第六章

就像他第一次带着呼吸器在巴厘岛潜水，避开西边寂静的珊瑚礁。前一分钟，他还在一个充满空气的世界里，头顶上的天空像日历的封面一样蓝，他被海浪拍打船体的啪啪声所吸引；下一分钟，他就在水里了，绿灰相间的光线在模糊的折射中微微发亮，变得越来越白，他的心脏在咕嘟咕嘟的呼吸声中亘古不变地跳动着，海水持续不断的汩汩声提醒着他不应该到这地方来。他不是一条鱼，而是一条射线，像砰地蹦出的软木塞，迅速地向后推进，像只求知欲强的绿头珊瑚虫，探究着松散漂浮的原生质体。他是吸氧者，陆地上的生物，他的血液近似海洋的盐分密度。尽管如此，如果绑在他背后的氧气罐耗尽了，挣脱了，或者出了问题，他注定会在海水中淹死。

同样地，切斯特思忖着，他成为成年男子已经很多年了——成婚、有财产、纳税，所有的社会仪式都完成，享受着妻子梅里尔对他生命持久的关注和爱，受到学生们的敬畏，女人们的青睐，同事们的羡慕。他将大众汽车存放在父母车库里，随着和平队来到马来西亚；他拿到驾驶执照，开往布鲁利喝啤酒，这些经历都标志着他成为男子汉。但是现在，此时此刻，他发现自己进入了一个新的领地，比成为一个男子汉更加危险——成为父亲——他呼吸急促，紧张不安。

利安办公室的空调开得很大，非常冷。因为潮湿的天气，切斯特汗流浃背，他从地下室车库，穿过门厅，进到电梯，抛光的内壁镜显示他脸上出汗，下巴和喉咙泛青。电梯没有停，直接上到了第 25 层，经过磨砂玻璃门上生物合成公司的金字招牌，切斯特在五分钟内经历了夏天和冬天。

一眼就认出了她——短鼻子、眼睛像明亮的葡萄干。她的头发变短了，更加有光泽了。她看上去就像经过了时尚课程的培训。她涂了粉色的口红等一些化妆品——棕色和暗棕色的妆。她的裙子是白色衬里。有趣的是他记得她总是穿着皱巴巴的工装裤和 T 恤衫。他从没想到她会改变。她看起来就是梅里尔想成为的样子，去年梅里尔升职后，就开始疯狂购物。这一定是个国际现象，女性时尚——某种世界女权运动让她们都把自己包裹在紧身的外套和裙子里。还有长袜！当然在那样极冷的空调里她不得不穿长袜。他好奇她去热得像原始赤道一样的地下停车场前会不会把袜子脱掉。但这是他不应该有的思虑。

她的秘书把他带了进来。两个女人互相看了看好像在某件事上达成一致。利安看起来不太友好。他不知道自己想期待什么：握手或者拥抱？她冷冷地说："你好，切斯特。"这不可能就是全部。

她站在一个很气派的桌子后面，很宽阔的抛光原色木质，椭圆形。在她身后有很多放大了的玻璃树脂质地的杂志封面。地上铺着工业用的灰白色地毯，并不是他学院办公室里那种难看的杂色地毯。他霎时认出了她，她却表现得很冷淡，像个陌生人。她指着桌子前面的一张椅子，示意他坐下。

他犹豫了，看到了她脸上闷闷不乐的表情。他识别出这表情。她手上的雪茄带着无名的伤感。他扫视了办公室——并没有烟灰缸。

他在办公室巡视女孩的照片或其他踪影。阿布杜拉把切斯特送到车库时告诉了他女孩的全名。叶素茵。这是非常典型的中国名字。他觉得自己还不能正确地念出这个名字。

新加坡过去曾是英国的殖民地。他1969年在这里逗留时，到处都是英语字母：弗莱士酒店（Raffles Hotel）、斯坦福德和蒙巴顿路（Stamford and Mountbatten Roads）、克拉码头（Clark Quay）①、伊丽莎白女王大道（Elizabeth Walk）②、纽顿熟食中心（Newton Circus）③、萨默塞特果园（Somerset and Orchard）、市政厅和板球俱乐部（City Hall and the Cricket Club）④。新加坡的华人无处不在，而且他们也有英语名字，威尔逊（Wilson）、珍妮特（Janet）、哈里（Harry）、罗伯特（Robert）、托马斯（Thomas）、苏珊（Susan）、艾琳（Irene）、詹姆斯（James），甚至很古怪的英语名字，像安森和克利夫顿（Anson and Clifton）、迪尔德丽和维丽娜（Deirdre and Verena）。中英混杂是常态。英国国籍，中国血统，已经一百多年的历史了。

一九六九是新加坡身份辩论的开始。即使切斯特急于返回美国，他也能够明白他们对于应该如何西方化、亚洲化和现代化的问题意识有多深。但是他并不认为他们会选择纯粹的中中⑤为常态。

现在到处都在推崇中国认同。出租车广播普通话，小学生用普通话聊天，甚至英语报纸也鼓励普通话阅读。是身份的累犯？或者像德国或意大利的发明一样大胆的另一项历史性的发明？这是二十世纪晚期迫切需要的实验，这么新颖，这样一项政治创举还没有名字吗？或者返回原始来源，称为种族古老的东西？

无论如何，他不敢想象利安是其中的一部分。她受过良好的英语教

---

① 克拉码头，位于新加坡河畔，这里曾经是用来卸货的一个小码头，经过开发后这个码头已经今非昔比，成了新加坡市区最新的一个娱乐场所。克拉码头是集购物、饮食、娱乐于一体的娱乐天堂。

② 伊丽莎白女王大道指滨海湾滨海公园内的海滨长廊。

③ 纽顿熟食中心于1971年开业，是新加坡最受欢迎的小贩中心之一，以烧烤海鲜、鸡翅和牡蛎煎蛋等当地美食而闻名。

④ 新加坡板球俱乐部是新加坡首屈一指的体育和社交俱乐部之一。这家俱乐部多年来一直主持着许多国际板球赛事。

⑤ 中中（Chinese-Chinese）与前文的"中英"相对。

育。在八打灵再也她的家，他斗胆嘲笑她展示心爱的英国诗歌时，他记得当时她的愤怒。甚至梅里尔的巴纳德文学课程都放弃了这些作家中的大多数。

文件整整齐齐地堆放在她的桌子上，一排排削尖的铅笔像外科手术工具一字排开——这些都与他对她的记忆不相搭。

"你还好吗？"他感觉到她非常淡漠，他对她的问候有更多的期待，他们曾经是最好的朋友。是的，他没有给她写信，但是她也没有给他写信啊。她不告诉他，他又如何能知道这个孩子呢？她从来就不是保持沉默的那种类型。至少直到 5 月 13 日那个疯狂的晚上之前不是这样。但是没有人议论那晚的事。阿布杜拉或者萨马德没有说起过，美国大使馆也没说过。美国大使馆曾传递来这样一条信息：建议和平队志愿者尽量避免干涉东道国内部事务。这从各方面来说都是一个错误。

"切斯特，现在，你真的对我的回答有兴趣吗？"至少利安的声调依旧还是以前的英国腔。

他没有回答她的问题。"好久没见了。十一年，几乎差不多十二年了。有些人可能会说那可是很长时间了。"

她旋转着那些黄色铅笔中的一支。"十二是一个吉利的数字，不仅仅是对亚洲来说。它是一个占星①周期，曼荼罗②的结构，耶稣基督门徒的数目，一年的月份，易经的同源词……"

她的指甲涂的粉红色指甲油。她以前骑摩托车时，他看到她的指甲被啃得凸凹不平。他记得一见到她那凸凹不齐的指甲，就经常会有一种奇特的温柔的感觉，那啃过的手指甲让他想起还是婴孩的姐姐的家族历史，某

---

① 有占星术一说，亦称星象学，是用天体的相对位置和相对运动（尤其是太阳系内的行星的位置）来解释或预言人的命运和行为的系统。

② 曼荼罗是梵文 Mandala 的音译，又译曼陀罗、满池、曼扎、曼达、醉心花、狗核桃、洋金花等。意译为坛场，以轮围具足或"聚集"为本意。指一切圣贤、一切功德的聚集之处。曼陀罗是僧人和藏民日常修习秘法时的"心中宇宙图"，共有四种，即所谓的"四曼为相"，一般是以圆形或正方形为主，相当对称，有中心点。

个晚上她熟睡后，就再也没醒过来了。她的指甲让他很着迷，都快咬到指尖了，这预示着贪婪和自暴自弃，内旋能量被动状态，不同于她惯常的言语自信、行动迅速和动作敏捷。

他看到她的手指以平稳的节奏转动细长的铅笔，无瑕疵的指甲像光滑的鹅卵石的复制品，闪闪发亮，此刻的感受让他非常困惑。他少了几分温柔的感觉，更多的是戒心。她显示出成功人士优雅的神态。他感觉有必要撒谎，掩饰，直到他能够再次认出她来。

"是啊，这么多年后再见面不知道说什么好？你看上去不错。"这话说出口像讲学、老练、轻松自如。他意识到他们都还是站着的。他们话语之间的停顿有些不自然，让他不得不环顾四周，仿佛他很好奇。而他想做的是凝视她，了解她，想方设法找回他们最初的令人愉快的友谊。

电话响起来。她在电话里说了很长时间，她不停地浏览文件、计划表和相片。

坐在面对着玻璃墙的紫褐色沙发上，他望着那些似乎飘浮在空中的路对面的高层办公建筑的窗户。这些是没有自我意识的窗户，拉开窗帘，能清楚地看到对面：对面进行的一切工作、日常交易，没有任何隐私可言。

在这样的一个空间，她一定很适应了。

他觉得自己的这次拜访极具戏剧性反讽。在过去的十二年里，他猜想，甚至害怕被遗弃的利安的形象。

梅里尔拽着他去大都会艺术博物馆[1]听帕瓦罗蒂[2]在普契尼[3]的《蝴蝶夫人》[4]中的演唱，他被歌剧中那些哀婉动人的靡靡之音所征服。他们开车

---

[1] 大都会艺术博物馆，位于美国纽约州纽约市中央公园旁，是世界上最大的艺术博物馆之一。

[2] 鲁契亚诺·帕瓦罗蒂，世界著名的意大利男高音歌唱家。

[3] 吉亚卡摩·普契尼，意大利歌剧作曲家，十九世纪末至欧战前真实主义歌剧流派的代表人物之一。共有作品 12 部，成名作是 1893 年发表的《曼侬·列斯科》，著名的有《艺术家的生涯》《托斯卡》《蝴蝶夫人》《西方女郎》等。

[4] 《蝴蝶夫人》，由意大利剧作家普契尼创作的歌剧，也是一部伟大的抒情悲剧。

回韦斯切斯特①的仿制都铎王朝的家时，切斯特对梅里尔解释说，女高音歌手身穿最美的和服，丰满的胸部怀抱着一个用塑料做的假婴儿，大声歌唱，这仅仅是东方学者的想象。这是西方对亚洲的丑化，是越南某些错误的无意识意象。亚洲独立于西方，几个世纪以来都是独立的，不需要美国来了解自己。

他告诉梅里尔，棕色皮肤的男人和女人赤着脚内八字行走在巴厘岛上被洪水淹没的稻田的赭色堤岸，对他们来说，澳大利亚和德国的背包旅行者都是好笑的客人，根本不予理睬。只有当我们很在意他人，愿意把他们对我们的憧憬变成我们自己的梦想、政治和欲望，可怕的故事就编造成了。他解释说，他们对我们欲望的狂想，我们对他们的欲望，逐渐膨胀，直到在他们新的美国家庭中的年轻的苗族死亡，这种恐惧透过电视屏幕中的图像变得鲜活起来，一位亚洲女人因为一位粗心的美国人而死亡，这个咏叹调令他作呕。

但是梅里尔想知道的是歌剧和巴厘岛的旅游业或者东南亚的难民有什么关系呢。她看不出一位日本妇女因为平克顿这样的混蛋而自杀和五角大楼或乘船而逃的难民有什么关系。这是一种夸大，学者们因为缺乏更有意义的工作而虚构的。

他的重心从一只脚转到另一只脚，将一只脚搁在膝上保持平衡，他想，当然，梅里尔是对的，一如既往。他不需要担心利安。

利安当场说："对不起，周四是最忙碌的一天。正是简报送去印刷的时候。"她的轻快让他不满。这提醒了他，他不属于这里。

"你说你想成为作家，我没想到你会成为商业作家！"

她朝他笑了笑，并没有说什么。

---

① 美国伊利诺伊州东北部城市，邻近芝加哥。

"上周帕鲁跟我一起等来着。今天他本来想和我一起来，但是他有课外辅导课程。"

"好吧，帕鲁没有变，是吗？他依旧想参与到发生的事情当中。"

他抢着说："阿布杜拉改变了，难道，你不这样认为吗？我从未想过他会有哈佛口音。然而，萨马德正如我预料的，在马来政治上很突出。"

她又笑了，说："土著①政治，马来不被看好，听起来太种族主义。土著是政治化的，不是种族的。"

他轻轻地说："我认为我完完全全忽略了马来西亚的发展。事实上，我讲授的是印度尼西亚的社会学，从来都没讲授过马来西亚。"

"我想知道为什么。"她的声音几乎是喃喃低语，听起来有些冷漠。秘书开门进来的时候，她抬头看了看，提高音量说道："现在是春文该陈述的时间了吧？"

他不想让她离开。"利安，等下。你有空和我吃顿饭吗？"他意识到在秘书面前让她难堪了。她挥手示意秘书离开，手势的轻微尴尬使人想到一些不言而喻的东西。

她等到门又合拢，然后说："切斯特。"她第一次直视他。她的手指再次旋转起铅笔。他想起她每次苦苦思考的时候都会伸手去拿支香烟。"你为什么来新加坡？"

"我来这里是做研究，一个受资助的项目。我在研究当人群从农村迁移到城市，从工业到技术基础时的文化转型，通信网络在亲属结构中伴随着什么而发生变化，如果传统信仰系统……"

"不是这个，我是问你来新加坡的真正目的？为什么你希望和我共进晚餐？"她停下没有再旋转铅笔，探过身靠着浅黄色的木桌。他往下扫了

---

① 土著包括马来人和其他原始部族。

一眼，注意到下面是她的倒影，就像在一个倾斜的镜子里——头发和眼睛从上面看变得模糊，下巴在中央显得很突出。

他准备好的要跟她说的话还没开始。"拜访一位老朋友无疑是再自然不过的事情了吧？我们在吉隆坡的时候是好朋友。"他补充说，回忆起那段往事，那个地方。木头上的倒影挪动了。

"你知道我离婚了吗？"她变得淡然，往后靠，后背顶住了巧克力色的皮革椅。

他绞尽脑汁寻求正确的回答。他在接受考验。"呃，是的。帕鲁告诉我了。"只能说事实。她早就知道他的答案了。

"帕鲁告诉你我有一个女儿吗？"这次是她扭过头去，看窗户外面阳光普照的广阔天地。往里面瞧的任何人都会认为他是一个客户或求职者。

他点点头，没有出声。

"所有人都相信她是你的女儿。"她的声音很随意，他有些担心她会听到他激烈的心跳声。

一层薄雾弥漫了他的眼睛。有好几个月他都在思忖如何谈及这个问题。他根本不需要焦虑。很清楚利安一点都不含糊其词。"她是我的女儿吗？"

他看到她的眼睛为之一亮，瞬间他明白这是她设的陷阱。"不是，当然不是。她是我的女儿。"

"我的意思是，谁是她的父亲？"

"她的名字是叶素茵。她的出生证明上写着父亲是叶亨利。"

一股冷气直接吹到他的脸上。他觉得喉咙发肿，像堵塞了一样。他明白，她是在阻挡他，她就像梅里尔一样坚持自己的方式。"亨利是她的父亲吗？"他问，因为有痰而声音嘶哑。

"他没有和她见面。除了一次。至少她没有见过他的面。"

她不停地转着手中黄色的铅笔。他很疲倦。冷飕飕的空调在城市黏黏的湿热后，让他无精打采，他意识到当前无话可说。他看着她小手上快速旋转的颜色，看上去能够变换出任何事物的形状。

“你能让我见她吗？”

铅笔停止了旋转。她不耐烦地耸了耸肩。“记得艾伦吗？亨利走出了产房，但是，艾伦发现我在哭时，她冲我骂道，不要哭，留下所有力气去照顾宝宝。艾伦是素茵的第二个妈妈。她不希望素茵见到你。”

“我不是在讨论我有没有这个权利。就像你说的，她是你的女儿。但是，难道她没有权利知道这件事，见我一面，如果，如果……”他努力表达出他的想法。

她皱了皱眉，在眉毛之间有一条他从未见过的明显的皱纹。“孩子能知道她的权利是什么吗？另外，我能够替她做所有决定。”电话铃又响了。“秘书在提醒我到了春文先生陈述的时间了，”她说道，突然的微笑向他展示了一个更年轻的利安，“你必须离开了。”

“好吧，你想怎样？公平一些。你总是很公平的。我来这里，一是来看看你，二是来看看这个谣言是什么。在看到她之前，我不会走的！”他知道自己的声音听起来很尖锐，即便他正站起身来。

她用手遮住眼睛不去看他。她噘起嘴，像图书馆管理员不耐烦地噘嘴生气那样。他担心她会反对。

“我会和艾伦谈这件事。”

“不，和素茵谈。她才是唯一应该做决定的人。你应该这么告诉她。”但是，他不得不因为秘书及时的开门和关门而停止话题。

第七章

　　素茵参加了校园剧的表演。她表演的是白蛇传。"你没听过白蛇传的故事吗？"她惊恐地问艾伦，"一个学校的校长怎么能没听过白蛇传？"

　　"我会去读它的，"艾伦扮了个鬼脸，"我从未学过中国文学，你知道的。我们以前学习的是法国文学。"

　　"还有英国文学。"利安补充道，她从一个刚刚收到的新图案设计杂志中抬起头来。杂志里无非都是些龙啊、骑士啊、地下城之类的，就像以前的儿童故事书一样——不过这一次，杂志不是从英国，而是从加利福尼亚的圣何塞寄来的。"或是希腊文学。西方人有自己的白蛇传版本。她的名字叫美杜莎。在你这样的年纪的时候，我不知道自己是否喜欢美杜莎。故事中的女人，跟踪一个士兵，把他变成了冰块，以此让他永生。"

　　"石头。她把士兵变成了石头。"艾伦纠正她。

　　"正是那些蛇，那些数百只嘶嘶叫、爱爬行的动物缠绕在她的头上，吓坏了那些男人。他们想砍断她的头，因为她的头里面有蛇。"

　　"是头顶上。"艾伦打断道。

　　"嘶嘶地叫着，吐出毒液，弯曲的毒牙。"利安绕着厨房跳舞，在头上挥舞着手指。

　　素茵希望她的妈妈不要做那么幼稚的动作。这只是一个游戏，但是为什么她的妈妈不能玩认真一些的游戏，像地产大亨游戏①或羽毛球之类的，而不是这些让她尴尬的愚蠢游戏？

"这是一种让男人不再关注她的脸的方法！"艾伦笑道，而利安还在一边跳着，发出嘶嘶声，举起手臂，像一个眼镜蛇女王，恍惚地在一场仪式中编织着她戴着兜帽的脑袋。

"但是，她的眼睛，是的，她的眼睛，才真正危险。因为男人们躲避毒液，躲避快速旋转又长又滑的巨蛇时，他们会突然看到她的眼睛——那么大，那么智慧，那么悲伤，与以往那些有毒的生物如此不同。非常危险。智慧。女人。把这两者结合起来——多么令人难以置信，多么可怕。哇！石头。"

"你也不看看自己多大年龄了，妈妈，"素茵抱怨道，"老掉牙的故事，难看死了！谁要看这些东西？"

"但是，有些神话故事是很美的！"利安没有停止跳舞，"就像俄罗斯的火鸟和中国的神鸟凤凰！"她挥动双臂，旋转着，"你看，我确实知道一些中国神话。凤凰，有着五种神秘的颜色，十二根尾羽，身体一部分像天鹅，一部分像独角兽，一部分像龙，一部分像龟……"

"这些故事毫无意义！"艾伦打断道。

"……还有一部分像蛇。普遍来说，凤凰，象征着"重生"，和"青少年"一样的词根。对于阿拉伯人来说，这种鸟牺牲自己，燃烧成一堆灰烬，然后重生。对于希腊人来说，这种鸟有鲜艳的羽毛，每天早晨冲出黑暗，没错……"利安从沙发上弹起，然后停下来。

而素茵则更关心她在白蛇传中的角色，已经开始看汉语教科书。她普通话说得不好。不过，她很幸运，有一双棕绿色的眼睛，一头红色的头

---

① 桌游世界在线平台中的一款多人在线的策略图版游戏。参赛者分得游戏金钱，凭运气（掷骰子）决定前进步数及交易策略，买地、建房等赚取租金，或炒股、经商等盈利，最终以资产总数最多取胜或者依资产多少进行胜负排名。

发，和引人注目的身高，因此，中文老师坚持要让她站在这场中国戏剧之夜的舞台上。但是却是扮演一个不需要说话的角色！

她穿着白色紧身衣和 T 恤，身上贴满亮片，在舞台上扭动着。这是个女性，蛇形，发出嘶嘶声，非人类，不会说中文的曹康中学怪人，利安这么想着。一个甜美充满深情的爬行妖怪，爱上一个学者，变成女人来见他，翁老师是这么跟利安说的。老师解释说，白娘子打破了上天赋予的礼仪和传统习俗，变成了一个人。素茵的沉默，代表的是神圣之灵，而不是因为她蹩脚的普通话。

利安认真地和艾伦讨论了中文老师的角色安排。她是否应该投诉？她多久能投诉一次？这可能是她在三所不同的学校的第二十次投诉，或许还不止二十次。是她太过敏感了吗？素茵的学校记录上已经写满了利安的投诉信和来自各校长、董事会和各主管部门的正式回复。还有什么比写信给校长、和翁老师谈话，或者假装没有恶意去分配素茵的角色更让她伤心的呢？素茵的同学们对这样的投诉、她的服装、她如哑巴一般无声的扭动，会有什么反应？

最后，利安什么也没做。"不要再为素茵争这些了，"艾伦说道，"否则，她将永远被视为异类！"

利安听到艾伦愤怒地谴责她与切斯特的会面时，回忆起了她曾经说过的话。

"我放弃！"艾伦边说着，边跳到利安的床上，"你还是会做你想做的事，那跟我谈这些还有什么意义呢？"

她想否认，想说艾伦在她的生命中有着非常重要的地位。"我确实听了你的话呀。"

"哎呀！"艾伦惊叹道，这声惊叹，像一阵小小的爆炸，把利安镇住了。

她专心地把刚熨好的衣服挂在壁橱里。她对艾伦的怀疑，与其说是羞愧，不如说是困惑，因为她们俩都知道，在最重要的事情的抉择上，艾伦并不是无足轻重的人物。艾伦很高兴利安需要她，这是利安爱她的重要原因之一。但是，在利安身体里，还有另一个自己，一个不那么隐秘的自我，对于她来说，艾伦，如此美好的、奉献的、慷慨的艾伦，并没有那么重要。利安知道自己在拼命隐瞒，不想让任何人知道，除了素茵。

刚生下女儿的头几年里，利安忘记了自我，忘记了自己的委屈。没有什么比照顾素茵更重要的事了，其他事都放置一旁。利安非常感动，这种感动在她的身体里流淌，填满了身体的空虚。素茵还是一个婴儿，抱在手中的重量、如蚕丝般细腻的头发纹理、新生儿牛奶般香甜的气味，这些都让她感到幸福。利安被这些幸福的瞬间冲昏了头脑，这些瞬间形成了一方空间，紧紧围绕着她自己和素茵，这让她感到满足，永远。

当然，永远是不可能的。母性，仅仅只是一种短暂的状态，就像爱，和爱的炽热温度一样，在素茵十一岁的时候，她就已经无法从她身上得到安慰了。素茵不想被人抱着了。

"这么说，你想就这样让他把她带走？"艾伦拿起一个枕头，翻过来又翻过去。

"没有。"利安小心翼翼地擦去洗衣店留在一件深灰色夹克衫上的模糊粉笔标记。

"那为什么让她见他？她从来都不知道他的存在。"

利安不去看艾伦疯狂拍打着枕头的手。"难道我要让她一辈子蒙在鼓里吗？"

"我不喜欢'蒙在鼓里'这个词。根本不是这么一回事儿。他不重要。他对她来说，无足轻重。保持现状有什么不好吗？"

"但是，这难道不是应该由她来决定？"

"你疯了吗？"枕头像一团泡沫般，从艾伦手中飞出，"素茵还是个孩子。她甚至都决定不了星期六穿什么裙子，更不用说她是否想要这个男人当爸爸了。"

"不是这个男人，是切斯特。你以前很喜欢他的。他和从前一样，外貌言谈都没有变化。你可以和素茵一起跟他见一面。"利安压低声音，可以感觉到她商务写作的稳妥和备忘录议程的明确。

"想都别想！"艾伦从床上跳了起来，她的暴力让利安吃了一惊。"你一点儿都不害怕！"她的声音听起来像是一种指责，"你是不是觉得，不管发生什么，你的女儿都会爱你。你从不告诉她你的牺牲，你的努力，你是如何努力地给她所有的一切。现在，你就这么轻易地让她见那个浪漫的男人，这么晚才出现的美国父亲！然后，她就再也不会回到我们身边了！"

利安的嘴颤抖着。她不知道自己该微笑还是该皱眉。"你对素茵也太没信心了吧。你知道的，爱，可不能像大米和糖一样储存起来。我们给她爱，爱是一种能量，它得带来美好的事物。我不介意素茵学着去爱切斯特，我觉得她会因为不知情而受伤，你知道……"

"是，我知道什么？知道她是私生子吗？知道你从未告诉过她真相吗？知道在过去的十一年里，她的父亲不够爱她，甚至没有试着寻找她的存在吗？知道你的存在有多廉价吗？"艾伦的声音有些沙哑，她把脸埋进第二个枕头里。

利安对突如其来的愤怒感到惊讶。她把壁橱的门关上，把枕头从梳妆台上捡起来，抚平那块被艾伦狠狠掐皱的绿条纹棉布。

不是利安不想尖叫，但是，在那个星期一，切斯特动身前往美国时，她坐在八打灵再也平房的花园里已经尖叫得够多了。

　　他的航班是下午三点，每个人都要去苏邦机场^①参加他的告别会。她也被邀请参加，和他的木工学生一同前往，那些学生甚至还不会做一张牢固的桌子。这些面色苍白的华裔马来西亚人很信任切斯特，相信他能帮助他们通过 A 水准考试。帕鲁并没有表现得多么伤心，因为切斯特会带他去美国。萨马德、阿布杜拉，还有一些其他的马来男人弹着吉他，唱着切斯特曾教给他们的歌《这是你们的土地》^②。其他的美国和平部队志愿者也在那里送别，他们会继续留在这里，和他们的马来西亚女友们手拉着手，咯咯地笑着，惊恐地看着切斯特乘上一架巨大的波音飞机，飞回美国。

　　她谎称有一场不能缺席的德语考试，亨利提供的助学金对她的生活很重要。但是，实际上，她一直在暴晒炎热的后院里等着，坐在多刺睡莲和稀疏的黄蔓旁，头仰望广阔的蓝天，等待着看一眼切斯特消失在飞机那一长串的尾迹中。她无法想象他就这样离开吉隆坡，从她的生活中消失。不，永远，永远，永远不会再对她微笑，永远不会再回到这个地方。

　　三点十五分，她认为自己看到了一条烟雾划过的痕迹，那是飞机飞过，机身金属闪着光，她大声尖叫起来。莱奇米从后门飞奔进来，哭喊道："小姐，小姐，你受伤了吗？受伤了吗？"

　　她摇了摇头，沉默地指着一只正在咀嚼一片蜘蛛百合叶的蜗牛，精致的触角静静地泊在旋涡状的壳上。莱奇米大笑着走了，橡胶人字拖发出的轻柔嘎吱声，似乎要刺穿利安的胸膛，一种比对亨利更强烈的罪恶感油然而生。她又尖叫了起来，这次还含着眼泪，莱奇米把她带到厨房的阴凉处，给她沏了一杯茶。"对不起，小姐，"她一遍又一遍地喃喃低语，"对不起，小姐，不要弄死蜗牛，不要弄死蜗牛，对不起，啊！"

---

① 苏邦机场位于吉隆坡以西 20 多公里处，是吉隆坡最老的一个机场，占地比较小。

② 《这是你们的土地》(*This Land is Your Land*) 是四兄弟合唱团 (The Brothers Four) 的一首歌曲。四兄弟合唱团组建于 1958 年，成员是华盛顿大学的四名学生。

　　那次是她最后一次神经兮兮的样子。莱奇米告诉了亨利那天她哭的样子。自那天午后，伯母开始照顾怀孕的她：由于孱弱的身体，她无法去法兰克福旅行。新的平房，大得足以让婆婆、亨利、利安和新生的孩子一同居住。花园里没有蜗牛，无法让她歇斯底里地发疯。

　　素茵出生后，无声的流言四起，亨利也独自一人离开了医院。这时，艾伦出现了。叶奶奶在保姆的陪同下，几乎每天都到艾伦家里看望利安和素茵。直到最后，她们四人一起向南方迁移，搬到了新加坡。因为大城市有更加宽容的氛围，在那里无人知晓她们的过去。

　　不要再歇斯底里地尖叫了，利安在打包一捆十七世纪著名英国抒情诗和无韵诗作品笔记时，这么对自己保证，这一堆作品里有华兹华斯、柯勒律治、叶芝、艾略特、奥登——所有的浪漫主义和现代主义作家，都用潦草的字迹在横格纸上做批注——乔叟的《坎特伯雷故事集》、莎士比亚的《哈姆雷特》和《李尔王》的附注卡片，写得比她想再读的还要多。数周和数月的写作和学习，她多年的生活都被塑料线紧紧包围着。令艾伦惊讶的是，利安把这些都扔在了大门外收破烂的一辆小车上，门外阳光照得书面发黄。她也不知道该如何解释为何这些诗集在她看来，突然变得如此让人聒噪。她只能把它们都扔出去。

　　生活已经平静下来了，节奏慢得如同叶奶奶的编织针，如心跳般怦怦响着。素茵轻声呼吸着，喃喃低语着，对于一个爱得发狂的妈妈来说，是最好的魔法。

　　早些时候，看着切斯特走出她的办公室，她想起了那个星期一下午的痛苦。周一下午——这个时间通常来说，她总是忙得不可开交。她的日程安排中有采访、价格报价会议、与瑞安和他的委员会开会审查上周的数据、与《生物合成－标志》杂志的摄影师和公关人员进行各抒己见的自由讨论。利安在周一下午的境况，在公司引起了关注。

"伙计，她周一可够忙的啊！整个周末都没有动静，一到周一就开始了，可真得注意了啊，伙计们。"日裔马来西亚副总裁基诺，追求了她六个月，然后，在周一下午的会议后，在她用图表让整个董事会对公司的国际业绩报告肃然起敬后，放弃了追求。

"太多了，"他是这么解释对利安失去了兴趣的，"没办法跟上她的脚步，她怎么能在星期一下午做这么多事呢！"

她用食指使劲按着太阳穴，因偏头痛而发出呻吟声，但面带微笑，看起来就像叶奶奶送给她的那座线条流畅完整的观音像。

帕鲁打电话来，他欢快的声音透过电话筒细小的共鸣箱告诉她"切斯特来了"时，利安开始有想要尖叫的冲动。她答应他们在新亚洲酒店见面，那天下午爆发的狂风暴雨，和她多年前发出的尖叫如出一辙。她既不会离开她那空荡荡又枯燥无味的办公室去找切斯特，也不会让突如其来的雷声和连绵不绝的雨水提醒她，在切斯特离开后的几个月里她有多痛苦。

她原以为那些都是过去的回忆了，已经不会对这些有任何感觉，但是，她知道他也在这片土地的某个地方时，她的身体已被幻觉和渴望所牵引，已经不再属于她自己了。

不，她不会尖叫，不会让切斯特得逞。就让艾伦发发脾气吧。

于是，她心平气和地决定，素茵可以和切斯特见面。她用手指沿着女儿额头清晰的美人尖，温柔地梳理素茵的头发，一言不发，只是轻声地哼着歌。这对女儿来说是一种非常古老的仪式，素茵甚至都不记得她梳了多久，早已经昏昏欲睡了。

"素茵，我想让你见见我的一个老朋友。"

"嗯……"

"切斯特·布鲁克菲尔德。美国人。"

这可是件新鲜事儿啊。素茵眨了眨眼睛，但很快睡意又涌了上来。

　　"也许就在这个星期的某天，放学后，艾伦阿姨会带你去德隆咖啡馆见他。"

　　她还在不停地梳着素茵的头发，上上下下。素茵的呼吸声变慢了，身体弯成类似胎儿的曲线，倒在枕头上。"美国"出现在她的意识中，闪着奇怪的火花，然后，她睡着了。

第八章

艾伦姨妈心情不好。她生气时，脸就和动画片中南希和斯鲁戈生气时那样，她嘴巴很大，像倒过来的西瓜片。如今，艾伦姨妈，除了嘴变得越来越小，越来越薄，还变得比以前更尖锐，像把镰刀。它暗示着你小心些！我才不在乎你是谁，滚开！利安曾说过，如果她没有这么坏的脾气，她早就升职为校监①了。可是，艾伦姨妈只是笑笑。"我甚至都无法照顾你和素茵！管着二十五名教师已经够累的了，更别说管理数百名教师了。"

艾伦姨妈扔掉了素茵的《17 岁》②杂志，素茵不愿和她说话了。"这些都是垃圾！口红和胸罩，男朋友，香水！你还太年轻了，不能让这些颓废的价值观腐化你的思想！"素茵认为所有校长说话都像艾伦姨妈那样，如炮弹般，砰！砰！砰！

为什么她要有个做校长的姨妈呢？妈妈说："她爱你。关心你是爱你的表现，素茵。她和你叶奶奶都是你最亲近的亲人。无论发生什么，我们都必须一条心。"

素茵没有回答。即便是姨妈，也没有权利未经她允许就扔掉她的东西。艾伦姨妈总是提醒她，她只是个孩子。但是，孩子也有权利。而且，她也知道她们的秘密。

---

① 一个行政区域内管理各个学校的督查。

② 《17 岁》（*Seventeen*）是美国的一本少女杂志，创刊于 1944 年，由赫斯特国际集团发行，主要内容涵盖时装、明星、美容、潮流等。

她知道艾伦姨妈一点儿也不想带她去德隆咖啡馆。

她把素茵带上车时，鼻子哼了一声。把车开到波那维斯达路，等在一辆正在开进公共汽车道的空公共汽车后面时，又哼了一声。她翻找停车优惠券时，又哼了一声。通常情况下，如果有充足的停车位，她就会得意扬扬地笑着，然后在树下找一个停车位。她刚下太极课就径直开车送素茵去荷兰路的咖啡馆。

"这只是个借口，"她边说边皱着眉头把停车优惠券竖在仪表盘上，"她从来没有说周日是最后期限，为什么要定在这个周日？哼！"

"为什么我一定得去见妈妈的朋友？"

艾伦姨妈不太会撒谎，每次说谎都会露出牙齿。

素茵取笑她道："假笑，好假的笑容啊！"

"哎呀！我忍不住啊，"艾伦说道，"像鬣狗一样，我笑的时候一定得露出牙齿。最好的事就是得直截了当。但是，在工作中，我一定得随机应变啊！你看拼写课：校长是你的同学。所以，我得露出牙齿。看，我不会咬人！"

这次她露出了所有的牙齿。"哼！"

"他是很重要的人吗？"

"你见了就知道了。"

她们走到一旁商店的遮阳篷下。艾伦姨妈妈戴着太阳镜，差点被竹凳子绊倒；她伸出一只手，刚好没注意到一堆细枝篮子。她紧紧抓住捆着那一堆藤条产品的塑料线，那些香兰叶垫子受到摇晃，全部掀了起来——编织的大象、仓鼠、洋娃娃家具套、箱子、植物衣架，穿着白色汗衫的店主匆匆跑出来，大叫："嘿，嘿！"

艾伦姨妈假装没听见，继续往前走。"我已经十二年没见过他了。不知道他秃顶了没有，是不是和以前一样。"

　　当然，岁月在她身上并没有留下任何痕迹，她开玩笑说："学校的校长可是金子做的。"她经常吹嘘："不要总是用钱来玷污校长。在新加坡的教育中，只有金子才能代表校长。这种纯粹的价值永远不会随时间流逝。"

　　素茵立刻就认出他了——那个高个子、脸色难看的白人，站在咖啡馆唯一空着的桌子旁的洋人。她的妈妈以前很喜欢德隆咖啡馆，在它流行起来后就不来了。如今，咖啡馆的小桌子旁挤满了洋人和他们漂亮的女友们，大理石桌面上摆满了陶瓷烟灰缸，形状有趣，像浴缸、马桶和百科全书。除此之外，还有用不同形状的玻璃杯装着的卡布奇诺和意大利气泡水。她敢肯定，一定是妈妈提议去德隆咖啡馆的。他独自站在桌子旁，显得很可怜。

　　素茵马上就想到了，他可能认识她的父亲。

　　昨晚，妈妈很心烦意乱。"艾伦姨妈脾气很坏，"她警告道，"无视她就好。无论艾伦姨妈说什么，都记得向切斯特问好。他不是什么可怕的人。知道了吗？"

　　素茵没有问她任何问题。妈妈的眼睛泛红，一直在哭。

　　那个洋人很无礼地一直盯着她看。

　　"切斯特！"艾伦姨妈的声音很大。

　　顿时所有的女孩儿都转过头看向这边。她们就像模特一样——清爽的短发、紫色口红和眼影、黑色短裙、紧身 T 恤。谁说亚洲女孩胸小的？只是妈妈不让她那样穿而已。

　　嗯，他不是秃头。她看到他的头发和她一样，额头中央呈 V 形时，她一阵心痛。他曾经娶了她妈妈吗？他们离婚了吗？

　　他想要拥抱艾伦姨妈，可是艾伦姨妈却伸出手来。

　　"艾伦，你看上去还是和以前一样！"素茵看着他的脸，想看看他撒谎时的样子。但是，这个人对她来说太陌生了，她分辨不出他是否在撒谎。

"我无法对你说出同样的话。你的长头发去哪儿了？"艾伦姨妈坐在他旁边，把她身旁的椅子推给素茵。

"我现在是教授了，我的学生才留长发。"他把腿伸到桌子旁边。素茵希望服务员能注意到，不要被绊倒。

她仔细地观察他。他不像个父亲，只像个洋人，脸上晒得通红。她说不出自己现在是什么感受，既强又弱。她很好奇，就像梦游仙境的爱丽丝一样，越来越好奇。

他们在看菜单，看上去和其他人一样，除了艾伦姨妈一直戴着太阳镜，尽管咖啡馆里的光线已经很暗了。

"你想吃什么？""有趣的东西。""你饿吗？""现在吃午饭太早了。""吃些冷的东西吧？""好，新加坡一直很热。""冰甜瓜气泡水，听起来不错吧？"

他想对她说些什么，可是艾伦姨妈还没听就回答了。"素茵要香草冰激凌。"

即使妈妈不允许，艾伦姨妈每周也会至少给她从冰柜里买一次她最喜欢的香草冰激凌。她说："素茵有蛀牙，是因为她的中国基因不好，而不是因为冰激凌。"所以，这一次，素茵不能因为艾伦姨妈的专横而生她的气。除此之外，她也不能说些什么。

"真有趣，这也是我最喜欢的口味。"他露出一个扭曲的笑容，一边嘴角比另一边高。在素茵看来，他已经老了，因为他笑的时候，眼睛周围有皱纹，就像画了眼影一样。

"你还是这么会说话。"艾伦姨妈很可能正在偷偷地瞪着他，她的声音听起来那么像一位冷酷的女校长。

他继续对素茵微笑。"这只是不同的沟通方式而已。我正在进行一项关于英语如何在新加坡和马来西亚普及的新研究。"

"普及？"

"如何使用、发展、利用、操作、挖掘这门语言，以及这门语言有哪些方面能在最大程度上形成惯例。"

"那你应该和妈妈谈谈！她可是一位很棒的杂志编辑。"素茵的声音听起来有些尖锐。

"素茵，那只是一个简报，不是一本受欢迎的杂志。"

"她会写作采访，制图编辑……"

"她有专门的员工来做这些工作。"

"她的杂志拿过奖……"

"这可是新加坡最受信赖的内部商业杂志。"艾伦姨妈把太阳镜移到头上，给了素茵一个狡猾的眼神，暗示她闭嘴，而此时，服务员过来接受点餐。

素茵抓着菜单，假装在看，即使服务员已经走了。

"听起来，你很为你妈妈骄傲。"她抬头看了看，想知道他是不是露出了所有牙齿。

"我们都为她感到骄傲。"艾伦姨妈的声音听上去仍然很冷酷。

"那么，你的名字有什么含义吗？"这一次，他把头转向素茵。

她紧张地咯咯直笑："你是指汉语含义，还是我同学口中的含义？"

艾伦姨妈凝视着素茵，素茵从来没有跟她说过其他孩子在曹康学校说过的话。

"他们说了些什么？"

"叶—被告，叶阴—阳，叶—隐—私，叶罪人！"

艾伦姨妈嘴角耷拉下来，像被戳破的轮胎，里面所有的空气都漏了出来，发出嘶嘶声。素茵很快抬起头，去捕捉他的表情。奇怪的是，这个洋人的脸与常人非常不同，她无法像判断艾伦姨妈是否撒谎那样，判断他是否也在撒谎。他也有一双像绿宝石一样的眼睛，和她一样。他们一定都很和善。她知道，不管阿洪和她的伙伴们怎么喊她的名字，也无法否认她的眼睛很漂亮。她很高兴告诉了他那些辱骂的词语，他看起来不像她妈妈那样会哭。

香草冰激凌很大。它用一个玻璃盘子盛着，很满，形状像一只鞋，这个冰激凌应该在鞋尖的某个地方藏着一颗香草豆。素茵用长匙挖着冰激凌，在他们谈话的时候偷看他。纽约。女子学院。她很好奇他的学生是否喜欢他。艾伦没有结婚。太忙了。利安还是单身。很成功。有个不错的都铎式房子。哪种样子的？白色石膏和黑色木梁，像古代英国建筑。遇到了帕鲁，非常高兴。很多年没见过帕鲁了。不同的人生轨迹。

然后，他们开始谈论艾伦的工作。新加坡的教育制度。母语政策。普通话普及。学生有时的文化偏见。

艾伦姨妈说得越来越快。她太年轻了，不懂这些。极好的学校体制。为在世界舞台上竞争做最好的准备。身为校长，她应该知道的事！

应该看到外面更广阔的世界。她可以去度个假，这没问题。参观自然历史博物馆，植物园。短暂停留也是可以的。只要她愿意就可以。没有压力。他的声音很低。

艾伦姨妈在身高上至少矮一英尺，但她说话的音量至少要高一英尺！即使密切关注着他，素茵也不得不仔细听他说话。艾伦姨妈不停插嘴——唉，不，不，不，不对，不对，太年轻了，有什么用，没有什么用，有什么用，这些话把她搞糊涂了——最后，素茵已经完全糊涂了。

最后，艾伦姨妈说："我会告诉利安的。"然后她回头看了看服务员能否听见她说的话。"可是我告诉你，切斯特，你真是个讨厌鬼。素茵是个很棒的女孩，我们一点儿也不感激你，我不确定这一切对她和利安来说，是好事还是坏事。"

　　素茵认为，安静还是有些好处的。她怀疑如果她打断的话，他们就不会当着她的面说那么多了。

　　他们离开时握了握手。他不让艾伦姨妈付账，于是她就开车载着素茵回家了，一路上，嘴唇紧闭，都没哼一声。

第九章

切斯特原以为素茵是个娇小的女孩儿，没想到她已经比她妈妈还要高了。也许这也不是什么令人吃惊的事，因为他在高中时，也是全班最高的男孩。

他原以为能立刻认出她来，就像认出他的姐姐——如果她在幼年幸免于难的话，白白嫩嫩，一头金发，鼻梁笔直高挺，嘴唇精致。"像一朵玫瑰花蕾。"很久以前，他五岁时，妈妈对来拜访的邻居说道。

他从来没有忘记过这个词，因为妈妈几乎从不提起她。那反反复复出现在脑海的话语——玫瑰花蕾——有一种神秘的效果，盘桓心头，挥之不去。他第一次听到"玫瑰花蕾"这个词的时候，他还不知道它是什么样子。几个月后，他陪妈妈去了花店，女店员问："你想买玫瑰吗？"这时，他才知道玫瑰是粉红色折叠状的花朵。

妈妈回答说："哦，它们是最甜美的玫瑰花蕾吗？"她指了指那些没有叶子的枝干，上面冒出一个如婴儿脑袋般有褶皱的花朵。不过，她最后买的是香味浓烈的凤仙花，她把鼻子埋在花朵中间，那些花朵就像从春天的球茎中刚刚长出来的橙色铃铛，挂在花茎上。

深红色的花瓣合在一起，交织成黑色：深红色玫瑰是梅里尔最喜欢的花。每次她从第一大道①的智利花商那儿买一些深红色玫瑰回家时，他都

---

① 第一大道是位于纽约曼哈顿区东区的一条南北大道。

感到一阵剧痛。因为他第一次听到"玫瑰"这个词时，念念不忘的是在幼年时期发生的事——甚至已经不记得已逝姐姐的样子，只有花的形象在脑海中依旧鲜明。

这段记忆令他沮丧。

"素茵。"那个孩子很平静地说出自己的名字。她的肤色和所有亚洲人一样——是棕色和赭色的混合，像热带黏土一样的颜色，而不是铅灰色或粉笔那样的白色。她的皮肤因为日晒而呈棕色，看上去像是带皮的山核桃，她的头发在光线较暗的咖啡馆里呈黑色，像中国人的头发。他看到她的样子，觉得她需要牙套；她的大牙齿挤在一张小嘴巴里，需要昂贵的牙套才能矫正角度如此不规则的牙齿。

她的眼睛没有与他对视。刚开始，他觉得她眼睛很小，但当她全神贯注地盯着他时，他发现她的眼睛是圆的，眼白很多，瞳孔和他一样，是亮晶晶的绿色。

他的胸腔剧烈地跳动着，像是做了过多运动后的那种刺痛。即使在最近一次和梅里尔争吵后，他也没有感到如此伤心。这一次，他受到了伤害。

四周是咖啡馆的喧闹声，他谈论了些关于食物，关于他的英语语言运用研究的话题，感觉就像是在四面八方降落的飞机的引擎轰鸣声中说话。他大声说话的吼声，在咖啡馆里白人低沉的声音中回荡。他听到一个法国口音，一些加州人，带着德国或挪威口音，还有很多英国人，说着又平又宽的元音，还有女人们因为紧张而变得尖锐的声音。这些女人都说英语。"是，没错。噢，苏珊说了什么？""对，我老板都不给我放一天假。""我妈妈喜欢巧克力，嗯，我们到冷库①买些带回去吧。"

---

① 冷库是新加坡的连锁超市。

切斯特看着素茵舀着冰激凌，闪闪发光的液体从小碗的勺子上滴下来。她吃得很讲究，花了很长时间才吃完。

那时，他说话很冲动，也想不明白为什么那时自己要问她想不想去纽约。如果素茵说想去，那他就得打电话给梅里尔。而他也不知道梅里尔在这种情况下会说什么。他就像蒙着眼走在一块木板上，去往他无法看见的某个地方。没有什么和他的计划是一样的，不管他和梅里尔有什么计划，现在都变了。

他打算 1969 年 8 月回家，并不想改变这个计划。美国和平队，在马来西亚的任期突然中断，现在终于结束了，这就像一部很长的电影——在最初的几个小时里很吸引人，但在结束时令人不快，充满了硝烟和血腥。他想要的是现实，阳光、精力充沛的梅里尔许诺的，那种平淡宁静的中产阶级现实。没有黑暗的水坑，没有黝黑的皮肤，没有令人厌烦的脏话，没有刺激到无法辨析的气味。有香草冰激凌。

他抚摸着自己的大腿，想念着梅里尔。

他脑袋里的声音渐渐消失了。他能自如地向服务员付账了，而不用像他担心的那样，笨拙地找零钱。

"艾伦姨妈在外面等着。"素茵对他说道。

他和艾伦握了握手，艾伦对他不太友好。在炽热的阳光下，他看到素茵手臂上闪着金红色光的汗毛，她的黑发上闪烁着红褐色的条纹。

他知道自己现在感到羞耻，那种羞耻是一种不同的爱——他第一次如此羞耻地爱着——就这样看着女儿离去。

第十章

利安想要进行一次家庭旅行。

"呸！让艾伦姨妈和叶奶奶陪你一起？我不想去！"

素茵以前是个听话的孩子。利安曾经非常担心她不会跟她说学校和朋友的事。"我没有朋友！"去年利安问她的时候，素茵是这么回答她的，尽管利安知道这并不是真的。她老师说她是个受欢迎的学生。

现在她变得自信大方，而利安却希望她从未长大。

"我应该如何称呼他？"切斯特第一次单独带她去看电影时，她问利安。

"叫他切斯特。"她知道素茵问的不是这个问题。就像十一年前，她让亨利自己发现了素茵的存在一样，现在，她也让素茵自己发现切斯特的身份。如果素茵直接问她，她可能也会告诉她。

也许利安比她认为的还要更像中国人一些。写一些关于股票和证券的文字，对她来说很容易。所有那些阴暗的日常琐事——人际关系、情感问题、不知道存不存在东西、爱、愧疚——这些她都无法说出口。

那天晚上，晚些时候，她没有问素茵她和切斯特说了些什么，做了些什么，十一岁的时候找到了父亲有什么想法。就让切斯特担负起修复他们父女关系的重任吧！

好吧，波德申①并不是每个人心目中的度假胜地，但它比圣约翰岛②要好些，她们所有人都可以去，不会有什么麻烦，因为她们所有人持有的都是马来西亚护照。

"我会抽时间去办。"瑞安催促利安加入新加坡国籍时，利安如是回答道。他说，在讨论证券交易时，国籍身份是一种重要的信息，股东们都很关心她作为《生物合成－标志》的主编效忠的国家究竟是哪个。

"你不也是澳大利亚国籍吗？"她问道。

"狡辩！狡辩！"他嘲讽道，"但是，你要知道，澳大利亚可比马来西亚有声望得多。"瑞安从来不怀疑自己国籍的优越性。他很享受这种优势。他和董事会相处得很好，他知道他们每一个人都想趋炎附势，而他都毫不留情地打击了他们。

大多数星期五晚上，他去参加慈善活动或艺术画廊的开幕式时，都会穿着燕尾服，系着一条红色或白色的腰带，头上抹一层带香味的发油。利安嘲笑他是《生物合成－标志》自家的曼波舞③领舞。比起女人来说，他更喜欢男人，而在女人中，他也更喜欢某一类女人，但这种八卦信息是不会写在他的资产负债表上的。

利安想想瑞安，又想想切斯特，忽然想起了奥登④的诗。"我的爱人啊，把你熟睡的头，放在我不忠的臂膀上。"⑤她在马来亚大学学习现代诗

---

① 波德申一直是马来西亚巴生河流域家喻户晓的旅游胜地。它是距吉隆坡最近的海滩，与繁忙喧闹的吉隆坡大都会相比，船儿靠港停泊所散发的悠哉闲哉气息，使波德申的休闲魅力无法阻挡。

② 圣约翰岛是新加坡南部岛屿之一。圣约翰岛以前有一个隔离站，用于隔离19世纪晚期移民中发现的霍乱病例。到1930年，该岛作为亚洲移民和从麦加回来的朝圣者的隔离中心获得了世界认可。这座占地40.5公顷的丘陵岛屿在1975年被改造成一个宁静的度假胜地，有游泳池、海滩、野餐场地、徒步旅行路线和足球场。

③ 曼波舞有非常多姿多彩的历史，而且舞蹈风格也多种多样，是非洲和中南美洲文化的混合产物。

④ W.H.奥登是公认的现代诗坛名家，1907年出生在英国，1946年成为美国公民。他充分利用英美两国的历史传统，作品的内含因而更深广。奥登的写作，尤其是诗歌的写作技巧，深受北欧主要诗歌派别的影响，被公认为艾略特之后最重要的英语诗人。他是一名同性恋者，他的同性恋人也叫切斯特。

⑤ 出自奥登的《安眠曲》(Lullaby)。

歌的时候，没有任何一位英国老师教过她有关奥登的爱人，切斯特的故事。一直以来，她都认为奥登关于爱情的优美语言，都是描述男人和女人的。切斯特在吉隆坡时，她一遍又一遍地读奥登的诗，想象着不忠的奥登正在对她说话，她的切斯特和奥登，一个是男性的声音，一个是男性的身体，都背叛了她所希望的。后来，读奥登写给情人的信时，因为名字的巧合而吓了一跳，然后，她惊讶地发现，竟然相信奥登诗里所表达的感情，其实是在为她而写。

她发现这首诗其实和她的处境相去甚远，可能是她明白自己第一次背叛亨利的时候，并不珍惜亨利对她的爱。在马来西亚，丈夫比情人更容易背叛。

而切斯特这个名字，就是她找到的带有浓厚美国色彩的名字？读了信之后，她想象着奥登的切斯特，其实是个个子矮小、神经兮兮又善妒的酒鬼。奥登和切斯特是一对恋人。而她的切斯特不过是一具逝去的躯壳。或者，对切斯特来说，她只是一具逝去的躯壳、一双紧握的手、一阵痉挛，或是一段难以忘怀的记忆。如果她没有读过奥登的诗，也许这就是切斯特之于她的全部了。

现在，素茵是他们之间唯一的联系。

利安生下了素茵，尽管这一切让她雪上加霜。她曾相信，一个孩子的到来，对于她的父母来说，是命中注定的，而不是由父母自己来决定的。她从没想过亨利会不爱这个孩子。她早上总是病恹恹的，之后又怀孕了，是不是疯了？她自欺欺人地认为，怀孕与没怀孕没什么区别，而亨利也不需要知道。怀孕的那些日子，胎儿并不稳，特别容易流产，直到1970年2月13日，怀孕第九个月的某一天，如果有人计算了时间的话——这不大可能，妇产科医生曾说过，第一次怀孕不大可能生出九个月大的孩子，因为他们通常会拒绝这个世界，在妈妈肚子里等待着——她与切斯特最后一次见面的六个月后，羊水破了，尽管宝宝还不想出来，仍旧降临在这个世界上了，她割断了脐带，一眼就看到了那双眼帘很长的、绿得几乎发蓝的眼睛。

如果她生下来就是像亨利那样深棕色的眼睛呢？那么亨利会爱她吗？绿色的眼睛，不是中国人的眼睛，不是我们叶氏的孩子。他没有必要把这句话说出来；他走到她的病床前，她马上就发现，他一直在哭。她第一次看见他默默流泪是在阿爸的葬礼上。这次，他一定又是为了某个人的逝去而哭泣的。她一定伤害了他，他再也不想见到她了。

"禁止吸毒！"禁毒海报就贴在正在谈话的边境卫兵后面的水泥柱子上。这周六，堤道的移民警察甚至比平时更加怀有敌意，两个卫兵在翻着包，好像在寻找走私的泳衣和毛巾似的。

艾伦说，她们应该带几听火腿来。"你好，这是猪肉！"这可以让她们毫无压力地渡过难关。但是利安不愿这样做。毕竟，她跟阿布杜拉和萨马德一样，尊重穆斯林。她认为，移民官员本身就是令人讨厌的，这与他是否是穆斯林没有任何关系。

"妈妈，他们在找什么？"当他们翻到她行李包底部时，素茵皱起了鼻子。

"嗯……找海洛因、可卡因、安非他命、鸦片、大麻、非法毒品！找雅芳口红、布瑞克洗发水、媚登峰胸罩、伊丽莎白雅顿小粉盒、吉百利巧克力、《新闻周刊》……"

利安用胳膊肘顶着艾伦，让她闭嘴。但是军官听了她嘲笑的话之后，用力抖着我们的汽车坐垫，下定决心，一定要找到些什么。之后，直到有个人挥手示意他们进行下一个，他们才对我们失去了兴趣，朝后面的汽车走去。

"谢谢你！谢谢！"利安大声说道，这时艾伦启动了车子，踩上油门。

"啊，总是这么匆匆忙忙的！"叶奶奶坐在后座上咕哝着，一串毛线从她腿上滚了下来。素茵提醒过叶奶奶，每次她想在车上织东西，总是会晕车，但是叶奶奶还是不会把活儿丢在一旁，弃之不顾。

"我在波德申没事可干，"她说道，"只能看看海浪，看看穿泳装的人们。我不会游泳，也没法在太阳底下漫步。所以，我一定得织毛衣。"

"别忘了有沙子，沙子，沙子！"素茵提醒她道。

利安一点儿也不担心叶奶奶很难把羊毛中的沙子除去。她做任何事都一丝不苟，包括把羊毛和沙子分开。

在素茵的印象中，世界地图里，波德申和新加坡似乎离得只有一个指尖那么远。埃索公路图更准确一些，它能显示出那些新的蜿蜒曲折的路——顶尖的公路——上面标明了城镇的位置：麻坡①、爱极乐②、马六甲。

给叶奶奶找间厕所很困难。她已经六十一岁了，按照现代标准，她还没有老，但她是一个离群索居的人，尽管离自己的卫生间从来都是只有几步之遥，却从未如厕顺利过。有几次叶奶奶和她们一起旅行，她们根据卫生间需要来计算停车歇息。她们不能停在汽油亭里那脏兮兮的厕所边。相反，她们直接去为西方游客提供有空调设施的酒店里的咖啡店。素茵陪奶奶去梅林酒店、皇帝酒店和里维埃拉酒店里干净清新的厕所，而这时，利安和艾伦就去买咖啡。

她们到木麻黄度假村时，天已经快黑了。亨利第一次带利安去木麻黄度假村时，那里只有几间小木屋和一个小游泳池。而现在，度假村有厚厚的宝塔式屋顶的小屋，雕花细布、蜡染窗帘挂在墙壁大小的滑动门上；巨大的游泳池像一只向上翻转的蓝色碗，在里面，几乎赤裸的美人鱼懒洋洋

---

① 麻坡（Muar）是柔州古镇之一，又被称为"香妃城"。

② 爱极乐（Ayer Keroh）距马六甲城15公里，有丰富的旅游资源和观光旅游景点，是新加坡人和马来西亚周围的州府家庭度假的热门之地。

地用手臂在水里划来划去。

她们有两间相连的卧室，每间卧室都有两张单人床。她们讨论该如何分配房间睡觉时，叶奶奶表示，她不愿意和艾伦睡一间房。

"哎呀，我们非得开空调不可吗？"当空调开始嗡嗡作响时，艾伦正在找防晒霜。

"是叶奶奶要求的。你知道的，她怀疑马来西亚空气不好。"

"新加坡的空气就更好？"

艾伦和叶奶奶只在素茵面前表现得关系很好。两人一起合作以保证素茵不会失去一个家庭。

利安没有争辩。"我们去游泳池吧。"

素茵从泳池边帮叶奶奶搬了一把酒店沙滩椅到木麻黄树下面。这些树和利安记忆中的一样高，低矮的枝干郁郁葱葱，散发出和松树一样的香气，棕色的针叶覆盖在周围泥土上。她穿着人字拖走在木麻黄树下面。

利安抱着那斑驳的树干，粗糙的树皮划在她的手臂上，发出刺耳的摩擦声，这时，素茵说道："真的呢，妈妈！"

叶奶奶坐在椅子上，用反针织着毛线，打结，她看上去和其他的奶奶一样安静。

利安进了游泳池，艾伦已经在里面拍着水花了。艾伦用力地游着，棕色的手臂像闪闪发光的筷子，划过一段又一段距离——来来回回，来来回回，像一只吞吐泡沫的野兽，扰乱了夜晚的平衡。其他人都匆匆忙忙地去喝茶了，或者避开那突然搅起泡沫的"鱼雷人"①。

在泳池稍浅的那一端，利安看着橙红色的阳光，如水般滑过她的身

---

① 指艾伦。

体。素茵走到海滩边，手里拿着一个空的果酱罐，去捡很小的螺纹壳，这是波德申特有的。

艾伦戴着白色泳帽在利安身边晃来晃去。"你跟素茵说过切斯特的事吗？"她含着水嘟嘟囔囔地问。

"她知道。"

"但是你告诉她了吗？"她把头埋进波光粼粼的泳池里，然后抬起头来，等待着利安的回答。

"没有。"

她拍打着手臂，吐出一连串泡泡。"现在，你怎么不让我吃惊一下呢？"

"因为你知道我是个懦夫。"利安把目光从泳池移开，泳池里太多耀眼的光了！

"才不是这样，你是个坚强的女人。"她站在利安身边，任由水花拍打着她的胸，"但是，你别对切斯特太苛刻了，或者对素茵太苛刻了。"

"你知道的，我从未和切斯特在一起过。"利安很担心素茵独自一人在海滩上散步，但她也很担心艾伦误解她的意思。

"重要的是你的感觉，不是吗？我不知道为什么这么多年过去了，他依旧对你来说很重要。毕竟，他已经结婚了；他似乎要继续过他的生活。现在，他想见见他的女儿，但是你不在他的计划里，对吗？"

水从艾伦的头发上滴落，滴到眼睛里。艾伦从来不戴护目镜游泳。

利安眯着眼睛在沙滩上寻找素茵。她身高五英尺五或五英尺六左右，应该很容易被发现。她还戴着艾伦那天下午在里维埃拉大厅买的中国草帽吗？澳大利亚人喜欢圆锥形的农民草帽，但是这种帽子在马来西亚人看来，是苦力小工戴的。素茵一见到这种帽子就想要买一顶。她不了解中国人蕴含其中的细腻感情。

"如果我是你的话……"艾伦话说一半就停下来了。

利安找到了那顶高帽子。它正沿着海滩向木麻黄树那边走去。素茵肯定是厌倦了捡贝壳。

"如果我是你,我会认真和素茵聊聊。告诉她 5 月 13 号那天发生的骚乱。你所受的痛苦。你究竟有多爱她,而切斯特在她的生活中究竟有多么微不足道。他终于对素茵的存在感兴趣了,这当然是好事,但他在研究结束后就会离开。你也不想让素茵因为他的离开而沮丧,不是吗?"

带着水汽的阳光让利安开始平静下来。她的身体微微倾斜,在水面摇摆着,漂浮着。

从来没有人告诉过她为什么要怀孕,怎样怀孕,是出于激情还是责任。怀孕是每天躺在床上,闻着床上的虱子臭味和汗臭味吗?或者是在深夜,在足球运动员、卖花生的小贩和其他情侣离开后,躺在公园的草坪上,浓重的热带露水像保护雾一样,凝结在她们富有生气的身体上?素茵生命的开端,是笼罩在一片沉默之中,笼罩在神圣的无知之中,就像她所认识的每个人一样。

她希望素茵和其他孩子相比,没有什么不同,关于她的出生,没有什么光怪陆离的意外故事可讲的。素茵能独自一人去理解父亲之于她的意义,如果她被父亲伤害了,她也能让自己从伤害中解脱出来。

利安的头发漂浮在她的周围,她躺下的时候,气泡在她的耳朵边汩汩作响。躺在水中,她同时有凉爽和温暖两种感觉。

"如果素茵是我的女儿,"艾伦说,"我就不会如此轻松了。我要像卫兵一样,守护她的幸福,像……"

艾伦没再继续说下去了。

利安记得素茵穿着白蛇戏服的样子。看那场表演让她很伤心。就像翁老师教她的那样,素茵在舞台上蜿蜒爬行,其他孩子的父母都哈哈大笑。"用你的手肘爬行,向左,然后向右,用你的腰部以下蠕动!"

素茵在客厅地板上练习过。"看，我的手肘脏了，妈妈！舞台上更脏。这么黑，彩排后一定要在臭厕所的水池里洗掉！"

她很快就发现，扭动身体能得到男孩们的注意。在新加坡，素茵永远都不会成为中国人。她永远都不会成为女主角，她会学着享受男孩们因她身体不停夸张移动而投来的目光。

橘色的天空燃烧着，渐渐变成紫色。利安闭上了眼睛。很快，天空就会被撒上一些斑点，那是永远不会完全变黑的暮色黄昏。波涛汹涌的海浪呼啸而过，而素茵的哭声，就像水面上海鸟的叫声，和着水的节奏。

第十一章

如果素茵像奶奶希望的那样，和她待在一起，那么奶奶可能会没事。

"再找一张椅子，坐我旁边。"奶奶把绿色和黄色的毛线球排好，这样，当长针开始从一边扎到另一边，进进出出的时候，两束线就会顺利地织在一起。

素茵平时喜欢和奶奶坐在一起，奶奶很安静，不像艾伦姨妈和妈妈，总是动个不停。但是，她从来都不愿意在奶奶编织毛线的时候坐在她身边。素茵害怕有一天，会有一根长针扎在她身上，奶奶会非常全神贯注地织着毛衣，根本不会注意到她身上到处都是血，用针扎着，扎着。

"不，"素茵说道，"我想去捡贝壳。"

奶奶放下毛线，盯着她看。素茵知道，她刚才的话很无礼。但是，艾伦姨妈会说，不知天高地厚的丫头，都搞不清楚自己在家中的位置，她可是家里最小的那一个。听到艾伦姨妈这么说，素茵觉得很有趣，因为她已经长得比她们所有人都要高了。

她应该回去和奶奶坐在一起。奶奶太可怜了，她需要有人一直陪着她。妈妈说，很久以前，在素茵出生之前，奶奶经历过一件让她非常害怕的事——一群流氓闯入她家，杀死了叶爷爷——从那以后，她就再也无法独自一人生活了。所以，在素茵上学的时候，奶奶需要一个女仆，否则她就会没完没了地担心。

素茵很小心地躲在一旁，不让人看见。她就待在海边，她知道奶奶可以看得到她，即使她自己看不到奶奶。奶奶织着她的针，像她的同学在图书馆旧书里发现的甲虫（老师告诉他们，这东西叫蛀虫）一样，发出咔嚓、咔嚓、咔嚓、咔嚓的声音时，素茵根本无法思考了。

素茵继续捡着粉红色和紫色的贝壳。最大最漂亮的那个，里面似乎总有寄居蟹。咔嚓、咔嚓、咔嚓。当她把贝壳扔进果酱罐时，她能听到奶奶编织针的咔嚓声。过了一会儿，咔嚓咔嚓的声音几乎把她逼疯了。她把罐子里所有的贝壳都抖了出来，留给藏在水边的寄居生物。她不能眼睁睁地看着自己把死去的寄居蟹带回新加坡。她把其余的贝壳都挑了出来。那些贝壳大多数都不漂亮——没有颜色，破损了，或者个头很小，不值得保存。但是现在，她坐在沙滩上，屁股感觉很舒服，因为之前的几个小时，艾伦姨妈一直在疯狂地开车，而她闭嘴不言，一直坐在车里。

尽管妈妈建议去波德申时，她曾抱怨过，但她承认，她在路上过得很愉快。一路上，有那么多的木材卡车和飞驰而过的出租车！"疯了，都疯了！"艾伦姨妈每隔几分钟就要嘀咕几句。奶奶睡着了，所以素茵看着窗外，对她班级的话剧表演有了一些很好的想法。

翁老师曾说过，素茵即使不能演戏，也有很好的戏剧感，也许可以试着写一出戏剧。但是写一出戏剧需要很多东西！包括戏服、短句、长句、角色名字、舞台，而且一定要有爱情元素，动作不能太狂野，要有入场和退场。真的，最后，应该说些什么了。

开始的时候，素茵想要写一些学校里的恶霸，来取笑阿蔡和阿洪，他们俩老是说她坏话。但是，在遇到切斯特之后，她就不再憎恨他们了；切斯特说，他们只不过是些心胸狭窄、刻薄的孩子罢了。

"切斯特想要我去纽约。"上周，素茵跟妈妈说了这件事。素茵不知道该期待些什么。最近，她妈妈没有骂她，有时候，她在笑，素茵却在哭。

妈妈沉默不语，只是不停地为她搅着咖啡。

"我们有钱吗？"素茵继续问道。

妈妈曾告诉她，钱，是她们来新加坡而没有留在马来西亚的原因。"我想要的，只是在某处有一间屋子，"妈妈用一种异常恐怖又偏低的声调唱着歌，然后补充道，"新加坡是我们的家！"

"新加坡对于我们来说，是财富和家庭。"素茵在她最后一次唱的时候，提醒她道。

但是利安不理她，继续唱着："远离黑夜啊！"妈妈一点儿也不幽默，即使她非常努力地想搞笑。

涉及钱的问题时，素茵根本不相信妈妈，因为她曾看到过一份给叶奶奶的银行账单，上面有七位数，一百多万美元。即使是换算成马来西亚的货币林吉特，她也知道，这些钱意味着她们可以随心所欲地在马来西亚生活——只要妈妈想要的话，因为所有的决定都是由妈妈替她们做出的。

她们来新加坡一定还有别的原因。因为她们都是女人，四个女人，没有男人。奶奶说，她们住在新加坡是因为这里很安全，但是素茵知道，妈妈和艾伦姨妈什么都不怕。

素茵接过妈妈递给她的一杯阿华田，礼貌地问道："如果我们有钱，我能离开吗？"

"我们得省下钱来给你用作大学学费，叶奶奶的医疗费用也越来越高了。"

她不想听妈妈继续撒谎了，所以她打开了电视，这一次，妈妈没让她去听她说话而不准看电视。艾伦姨妈告诉她，天底下所有的妈妈，都想控制自己的女儿。但是素茵有三个妈妈，奶奶和艾伦姨妈总是支持她妈妈。

上周六，在去圣淘沙岛骑马的路上，切斯特把他的妻子梅里尔的情况告诉了她。梅里尔是纽约的大人物。为什么美国男人会娶这样的大人物，而新加坡男人却害怕娶像妈妈和艾伦姨妈这样的女人？纽约比新加坡大得多。切斯特说，那里甚至还有唐人街，尽管她没有兴趣去那里。它总不会和人民公园一样大吧。但是，她可以在学校放假的时候，去跟切斯特和梅里尔待上两个星期；切斯特说梅里尔也邀请她去，想带她去参观她工作和生活的地方。他听起来对她能一同前往纽约十分兴奋。

素茵看到，太阳像一枚巨大的蛋黄滑进了大海，她突然意识到已经没有听见针的咔嚓声了，只有她一个人还在海滩上。所有孩子都回旅馆吃晚饭了。

她找到奶奶。她仍坐在木麻黄树荫下的沙滩椅上，但是木麻黄树荫太大了，素茵只能看到一团黑影。也许奶奶已经睡着了，她内疚地想，她知道奶奶多么讨厌一个人待着。这时，她想起来，奶奶一个人的时候不可能睡着的，她害怕地跑向树林。

妈妈告诉她，奶奶去世了，尽管她看上去只是闭上了眼睛好躲避太阳直射下来的光线。素茵和艾伦姨妈留在旅馆，而妈妈和奶奶一起上了救护车。这感觉就像一出戏，只不过不是她写的而已——妈妈爬上救护车的后座，奶奶躺在担架上，床单盖住了她的脸——她从来不会写那样的剧本。

艾伦姨妈整理着奶奶的毛线球，上面粘的都是沙子和棕色的木麻黄松针。素茵把她的罐子和贝壳留在了沙滩上，但是天太黑了，她没办法出去找，她和艾伦姨妈必须打包行李。她们明天第一件事，就是开车回家，奶奶的尸体会放在一辆卡车上，跟着她们回家。

"如果我像奶奶希望的那样，和她待在一起，奶奶就会没事。"妈妈从医院回来时，素茵哭着说。

妈妈脸色苍白。艾伦姨妈说，妈妈是受到了打击，尽管这个表情似乎更像是一种下定决心和若有所思的神情。她必须写一份警方报告，打电话给新加坡安排葬礼，联系律师和奶奶在吉隆坡的亲属，在《海峡时报》上写一份讣告，重新安排周一的员工会议。她没有安慰素茵。

　　医生说奶奶有动脉瘤，也就是一根血管在大脑中爆炸产生的。素茵不知道是不是她在沙滩上散步的时候，奶奶的恐惧一点一点地累积在她的脑海里形成的。她摘下了那顶又高又滑稽的农民帽，弯下腰，捡起一颗滨螺①。有那么一会儿，奶奶看不见她，血液就在她的脑袋里疯狂地涌动。然后，素茵直起了身子，奶奶舒了一口气，又开始织毛线了。但是，太阳渐渐落下海平面。奶奶抬头一看，天空既明亮又昏暗。她忘记了从去年起，素茵就长高了，她看到所有孩子都离开了海滩。就在这时，她的恐惧爆发了，血液从她的动脉中涌出，就像从破裂的管子里涌出的水一样。

　　妈妈打电话来时，艾伦姨妈正在哄素茵睡觉。

　　"等你满了十八岁，你就可以得到叶奶奶的遗产了，"艾伦姨妈一边给素茵梳头，一边小声对她说道，"到时候如果你愿意的话，你就可以离开新加坡了。"

　　素茵渐渐昏昏欲睡，梳子轻轻拂过她的头发，从上到下，从上到下，她想起妈妈唱摇篮曲的样子。她仿佛看见，切斯特像一个装有发条的玩具，在狂风中飞向美国。他变得越来越小，而她闭上了眼睛。

---

① 滨螺是一种小的海洋动物，它们大量吸附于岩石、水草和码头桩基上，以吃海草和海藻为生。

第十二章

　　没有人知道艾伦在想些什么，艾伦自己也不知道。妈妈用她那粗壮的手拽着多刺的含羞草时，她没有回答，反而问道："哎呀，已经三十六岁了，这么老了——你为什么还想一个人住？"

　　妈妈知道的，比她说出口的要更多。她不再给艾伦买香水、丝绸女衫和任何红色的东西了。她不再谈论朋友的好儿子，不再说把艾伦送到中国大陆或中国台湾去度假的事了，在那里，塔西姆阿姨有朋友——都是大龄单身汉，在找老婆。她从未问过艾伦是否遇到过什么好人——她指的是好男人——或者她有没有见过老同学尼奥的新宝宝，或者听说过另一个学校的朋友离婚了，但是还是想要再婚。

　　她继续好奇地看着艾伦，但是空气中弥漫着一种听天由命的氛围，艾伦本该觉得心烦意乱的。但是并没有，因为她自己已经认命了。她为什么要对无法避免的事情感到心烦呢？

　　艾伦回想起了圣心修道院的修女们，她们教过她《圣经》、家庭经济学、绘画、音乐和民族舞蹈。所有的课程都是针对文雅的女士，她们不必为了生计而到外面去工作。家庭经济学这门课程由一群没有房子、上帝给零花钱的白人女性来教。或者由教皇来教。作为虔诚的修女，她和她的同学永远没有任何阶级区别。

　　"那些虔诚的修女是我的楷模，"她对妈妈说道，"她们愿意去做老师，而不是做妻子，做别人孩子的妈妈。我现在也是如此。"

　　听了这话，妈妈重重地用鼻子哼了几声。艾伦听了很不好意思，因为她误以为是她的鼻子发出的。艾伦从她妈妈那里学到了这个把戏，现在还没有忘记，这让她有些难堪，因为她曾经非常努力地尝试过——而且大都成功了——尝试把她妈妈留在马米西亚。然而，这种用空气和鼻子玩的把戏，她是不会输的。

　　艾伦的父亲从未跟她讨论过她的私生活。他说那是女人的事儿。但是，他反而跟妈妈谈过这件事，这是她妈妈告诉她的。她妈妈从未说过，看看你是怎么对我的！也从未指责艾伦是个坏女儿，是个奇奇怪怪的女儿。他们都松了一口气，因为她变得不再喜怒无常，变得稳重，甚至有点让人害怕她的专制作风，尽管她告诉他们，这是她必须学会的，因为只有这样，才能成为一名有效率的校长。

　　但是，他们并没有机会去适应她的改变，因为她一年只回家两次，过年和清明。她妈妈更喜欢艾伦清明回来，他们清理祖坟的时候，她可以更坦率地跟艾伦谈话。每年，她妈妈都记得带些旧牙刷刷掉墓碑碑文上的泥土，叫艾伦把杯子和盘子打包，用作祖先的祭品。墓碑上的字迹早已失去颜色，但花岗岩还没有被侵蚀，刻在上头的中国文字也依旧清晰。

　　多年来，他们一直在清理这片土地上的野生灌木。艾伦记得，小时候，她被抱着穿过狭窄的小路，他们把车停在路旁，穿过杂草丛生、凹凸不平的小路，来到祖先的墓地。在这里，她可以焚烧馨香与金箔，作为每年仪式的一部分。

　　而现在，她只想焚烧馨香，赶紧把蚊子赶走。她害怕染上登革热①死去，但是，她妈妈想到的，只有死者。

　　然而，她的妈妈从来没有提起过这些死者。他们的名字是用连艾伦都

---

① 登革热（骨痛热症）是由蚊子传染滤过性的毒菌所引起的一种严重、似感冒的病症。它能侵袭婴儿、少年儿童及成年人，但很少导致死亡。

看不懂的汉字写的，而且，她从未听人说起过他们的名字。她还是个孩子的时候，就好奇埋在脚下的人的真实身份，但是，在妈妈祭拜祖先鬼魂时，问别人的名字似乎是一种亵渎。现在，她已经不再好奇了。她只把他们当作过去的亲戚。祖父、祖母、曾祖母、曾祖父。

她的妈妈在这里似乎很开心。她忙着清理土堆和石头，看上去似乎只是在做着每天都要做的家务活。她精力充沛地清理着这一片废墟，把紧紧纠缠在一起的白茅根拔除，剪掉多刺的含羞草。第二年，所有杂草又会重新长出来，长得又高又密，把墓碑盖住，这样一来，他们就不得不再次清理这片地。

艾伦担心，如果有一天妈妈找不到墓地了，她会怎么做。这就像一部灾难片，只不过不是一颗不断靠近的流星，或是一堵火墙，而是妈妈的整个世界崩溃了。没有了祖先，没有了灵魂，没有了家庭纽带。没有过去，没有未来。

妈妈不停地和她说话，他们在点燃那些金箔之前，要先把它们摆好。如今，艾伦已经学会了如何把纸散开，刚好让金色的正面朝上。把这些纸堆成金字塔的形状，是为了确保氧气的流动通畅，而纸张也可以稳定快速地燃烧起来。如果这些金字塔堆得好，她就可以不用去戳那些只烧了一半的残骸，试着让它们都烧起来。如果这些纸没有完全变成一堆灰烬，妈妈就会十分焦虑。她担心他们寄给祖先灵魂的金子，不够今年余下日子的花销。祖母、祖父，所有的死者，都将忍受贫穷和饥饿，而对于这个家里活着的人来说，未来的一年将同样得忍受贫穷和痛苦。

素茵曾问过艾伦有关中元节的事，她想知道为什么自己不需要去给自家家族的鬼魂烧纸。艾伦该怎么回答她？艾伦的妈妈是不合时代的人。曾经什么时候馨香让饥饿的鬼魂满足过呢？她无法告诉素茵她妈妈的信仰，她每年都准备轩尼诗白兰地和水煮鸡，在一个晴朗的下午，在一片无树木，坑坑洼洼布满了数以百计矗立的巨石的土地上进行家庭祭祀。素茵应该接受更好的教育。

艾伦告诉她妈妈，她把素茵当成自己的外甥女。她把素茵的照片带回家，她妈妈用一个专门的相册存着：有素茵还是个婴儿，被叶奶奶抱在怀里的照片；素茵穿着尿布的照片；素茵坐在摇马上的照片；素茵穿着校服的照片。

近几年，她妈妈不再把这些照片整齐地贴在相册的方块格子里了。相反，她只是把照片随意地夹在相册里面，所以，艾伦一拿起相册，这些照片就全部乱糟糟地掉下来了，而她就不得不把它们再塞回去。她在电视桌的底层书架上找到了那本相册，上面堆满了几个月前周日报纸上的电视时刻表。她妈妈当然不把素茵当成自己的亲人。有一次，她责备艾伦，素茵不过是她不结婚不生孩子的借口罢了。

她妈妈的话错了。素茵对艾伦来说，是责任。这是个秘密——或许也不是什么秘密——艾伦认为，她比利安更应该对素茵负责。作为素茵的妈妈，利安有她特殊的责任。是艾伦把还是婴儿的素茵从医院带回了家，给她洗了人生的第一次澡。

作为姨妈，艾伦有许多责任，而且没有回报。事实上，艾伦并不讨厌她这个姨妈的位置，反而很感激利安让她有了这个责任——是的，让她有了借口——能让她过自己想要的生活。她的妈妈告诉她，她在浪费生命，但她却仍然按照自己的意愿生活。工作之余，离开了她的老师们、她的学生们和学生的父母，离开了那些会议和需要阅读签署的文件，照顾素茵就填满了她微不足道的生活。艾伦的妈妈永远不会相信她满足于现状，正如艾伦也不明白，她妈妈怎么能满足于她现在的生活，整天为父亲料理家务。艾伦工作的动力就是房子，除了自己的房子之外，再没有什么能在精神上抚慰她。

　　她环视了一下周围墓地。每年，停在路边的汽车越来越少，拿着装满纸钱和祭品的篮子，在小路上闲逛的人也越来越少。父亲四处走了走，顺便清理了一下陈家的墓地。在艾伦十岁那年，陈家五口死于一场车祸。父亲一直和陈家最亲近的亲戚通信，他们现居住在加拿大。"一般来说，打扰那些不是家人的人的坟墓，会带来坏运气，"妈妈跟艾伦说道，"但是，你爸爸是这儿年纪最大的长辈了。有一个人帮忙，总比没有人强。"

　　难道她妈妈就没有想过，一旦她过世了，艾伦会不会回家给她清扫墓地，留下来陪她聊会儿天，陪她一起吃顿饭？

　　"寺庙会雇用人来看守墓地。他会给墓地除草，也会帮不能在清明回来的家庭提供祭品，"妈妈一边拽着顽固的杂草根，一边说道，"哎呀！现在有那么多的孩子远离家乡，再也不回来了。你的兄弟们都在美国和英国。幸运的是，你只是在新加坡而已！"

　　她用询问的眼神看着艾伦，可是艾伦拒绝回应她。

　　"骄傲的老处女！讨人厌死了！"每次艾伦回到新加坡后，她父亲都会带着责备的口气说道，而妈妈则更偏向于女儿。

　　艾伦尽量不去理会她周围飘荡着的灰色烟雾。她的眼睛刺痛，肺被热气灼伤。

　　她不想和父母说话，但是，她似乎没法停下和利安说话，即使她知道利安已经厌倦了她的唠叨。利安是她唯一的姐妹。有人曾告诉过她，就算是姐妹，性格也常常会不同。有时候，艾伦对利安很不耐烦，因为她在经历了重重磨难之后，还喜欢异想天开。切斯特突然出现时，她担心利安会再次崩溃。而利安只是和他通电话而已，她甚至在打电话的时候，还想让艾伦也待在房间里，艾伦这才松了一口气。艾伦认为，怯懦和异想天开之间，没有太大不同，但是，她更希望利安是个懦夫。这样一来，她的烦恼就会少了。

　　叶奶奶担心艾伦会想和她们住在一起。多么荒谬的想法啊！对于艾伦来说，每天和她们待几个小时，照顾素茵，这就足够了。而吉娜则是另外一回事儿。但她不必再试着去理解吉娜，或者和吉娜待在一起。过去的，都过去了，现在，已经够她忙的了。

　　她跪着，慢慢起身，看着金字塔状的纸越烧越低。很快，他们就可以把白兰地洒在土地上，收拾杯碟，然后，她又可以独自驾车离开，把这些记忆和罪恶感抛诸脑后。

第十三章

在切斯特的印象中，利安就只是个吉隆坡女人，除此之外，再无其他。即使身处距离吉隆坡仅几百英里的巴厘岛，他也想不起她来。在丹帕沙①，那儿纤细的棕色皮肤女人，让他想起了她。但是，他故意回忆着性感的梅里尔，经常反复阅读她平日寄来的闲聊信件，信封上的巴纳德标志，像是个美国准入印章。他从未想过，利安会是这样一个冷静而又有距离感的人，她总是躲在那蛋形的金色书桌后面，说着"不""不""不"。

尽管如此，他自我安慰道，她还是会同意他跟素茵道别的。现在这样，对他也没什么坏处啊。

有一段时间，他觉得利安很支持他。好吧，如果不是因为他的话，那就是素茵开始了解他了。他提出下个星期六要带素茵去动物园时，她没有反对。关于这次短途旅行，他们在电话里讨论了许久。他甚至还能从电话里听到艾伦低沉的声音，像是对位和弦的背景音。

"你为什么不也一起来呢？"他邀请道，"如果你有时间的话？"他不希望她对他太冷漠。利安，这位在二十五层办公室工作的成功女人，毕竟是素茵的妈妈。他想重新认识她，作为一位亚洲新城市里的新女性，她太忙了，没时间见他，她太成功了，已经忘记了他们之间的友情。

然而，他们之间有一个女儿，一个出乎意料的完整的个体，她的声

---

① 丹帕沙（Denpasar）这名称源自"den pasar"，在印度尼西亚语中是"在市场旁"之意，自古以来就是岛上主要的市集与商业重镇。

音，她的身体，都有意想不到的不同，她是如此令人惊讶、令人愉悦的单独的存在——然而，她仍然是一种联系，如果不再在生命中缺席，就非常完美了。素茵可以把他带到利安的身边，带到利安内心深处自我封闭的地方。他很有信心，只要他们见面，利安就会跟他说话。

但是，在那个星期六，她要见公司的客户，要跟客户一起吃午饭。切斯特按了门铃后，是艾伦随着素茵走出了公寓大楼。

在开着冷气的拥挤咖啡馆里，他一开始就认出了艾伦。她虽然年纪更大了，但依然很有魅力，显然，她永远也不会结婚。她有一头干练的头发，稍短就会抓不住男人的眼球，稍长则不够时髦。她身着一条棕色格子裤，一件剪裁考究的衬衫，一双平底皮鞋。她几乎可以胜任美国女高管，或者是七格雷斯学院的女教师，是那些拒绝依靠周末外出猎艳的男人的学生的榜样。独立、自信、开朗。他痛苦地想着，她几乎和梅里尔一样。但是梅里尔更关心衣服和男人，也许梅里尔更关心的是男人们，而不仅仅是他一个男人。

他观察着艾伦，而素茵则正在慢慢地吃着冰激凌。一个结过婚的女人，和一个从未结婚的女人之间，到底有什么不同？艾伦身上是否有一种奔放的感觉，暗示着她不会像等待男人注意的女人那样，被焦虑所牵绊？暗示着没有化学传播的性离子，通常是由男性在场，甚至是男性在场的幻想引起的？

艾伦并没有假装对他的身体毫无反应。她非常反对他试图让素茵理解他的幽默。她很警惕，坚不可摧。

在吉隆坡的时候，他曾经想，比起他来，艾伦更喜欢利安。星期六，她站在大厅里时，挺得笔直的背，映射在抛光的水磨石地板和柱子上，看得很清楚，他知道，他想得没错，确实如此。

"六点前把她送回家，她之后要学习了。"她的声音，和她挺得笔直的背一样，倔强不屈。

切斯特一点儿也不怀疑，艾伦担任了素茵另一个妈妈的角色。但是他怀疑利安，或者素茵，是否有什么值得人注意的地方。他知道没有权利反对艾伦针对他的语气，她对他的厌恶是那样明显，但是，他还是这样做了！他不喜欢她带着戒备的保护，她跟素茵说话，她回答利安的语气，那样自然而然、无须注意，好像她占有了她们似的。这不正常。

他对艾伦很粗暴，当即拉住素茵的胳膊，把她从大厅里拉出来，就像从寄宿学校离开、重获自由那样急切，没有道一声别。

他们到达动物园时，素茵穿着一身红格子的百慕大短裤和 T 恤，还是一身清爽；而他，尽管穿着白色球衣，罗宾逊的销售人员向他保证，这件衣服会让他保持凉爽，但他还是出汗了。金毛叶猴最让素茵着迷。猴妈妈们蜷缩在人工树枝上，兴奋地叽叽喳喳说着话，毛茸茸的小猴子们被随意地抱在她们的臂弯里。素茵观察了它们很长一段时间，看到小猴子们从一只叶猴臂弯里被抓夺到另一只叶猴臂弯里。一只母猴子，在铁丝网旁给一只安静的小猴子哺乳，而另一只则在附近踱步，等待接过小猴子。在它们身后，年轻的尚未发育成熟的叶猴们，在塑料箱子里跑来跑去，这些塑料箱子的颜色，被漆成与围栏旁生长的巨大雨树相搭配的颜色。

切斯特喜欢站在午后的阳光下，他的鼻子，无法被旅行帽遮住，被太阳晒伤起了水泡。素茵走近形成了围墙的绿色铁丝网，她的眼睛一直注视着小猴子。小猴子的眼睛一直闭着，即使母猴用手指抚过它的皮毛，它的眼睛也未张开。

"她在吃什么？"

他第一次仔细观察那只动物。"可能在吃皮毛上的虱子。免费的蛋白。"

她没有像他预料的那样做鬼脸。"她是猴子的奶奶吗？"

"你觉得猴子会认出它们的亲戚吗？"

“为什么不会？难道她们认不出吗？”

他无言以对。灵长类动物学不是他擅长的学科。

“难道她们认不出来吗？”她还在坚持着，“毕竟，她们和我们人类也有亲缘关系。你看，她的手和我的手一样呢！”

“谁的手？猴崽子的，还是猴奶奶的？”

“你看，你也觉得她是奶奶吧！奶奶，奶奶！”她挥了挥手指，但是，那只猴子已经爬上了一根杆子，尖声叫着，小叶猴崽儿悬在它一只手臂上，此时，另一只猴子向铁丝网这边靠过来。

“那只一定是妈妈，”他故意说道，“她看上去很沮丧，因为错过了免费的虱子晚餐。也许，她想从你那里得到一些食物。”

那只猴子高傲地看了他一眼，然后靠近了网。

“不要！”当叶猴向她伸出的手指扑去时，他把她推开了，“我们离开这里吧。”

她噘起嘴，有些犹豫，回头看了看那只叶猴，那只叶猴爬上铁丝网，还急速地唧唧叫着。它的靠近阻止了素茵，于是，她向爬行动物馆那边走去，切斯特紧紧地抓着她的胳膊肘，没有一丝抱怨。

他想起打电话给梅里尔，告诉她素茵的纽约之行取消时，他有一瞬间的犹豫。“她的祖母上周去世了，她妈妈认为，她应该留在新加坡，度过六个月的丧期。”

“但是，她来不了纽约也无妨，不是吗？她要是来了，肯定也会一团糟，你不觉得吗？我们还要花时间陪她吧？你又怎么向你父母解释呢？”

电话里，梅里尔的声音很急切，想要安慰他。他第一次打电话告诉她素茵的事情时，她的反应让他很吃惊。他当时都准备好沉默以对了。空气在黑色听筒和他耳朵之间凝结，灌了铅似的沉重，寂静无声，电话中只有咔嗒咔嗒的声音传来，显得异常响亮，暗示着梅里尔远在千里之外，在遥远的电话另一端，无声地呼吸着。"梅里尔？"他重复喊了一声她的名字，无法再说更多话了。

但是，梅里尔的态度缓和了些。她颤抖着声音开口道："这就是你和我吵架的原因吗？这就是你不能告诉我的过去的污点吗？"

不，他想说的是，这并不仅仅是"一个污点"那么简单。相反，他说："那个孩子有点像我。高个子，绿色的眼睛。我想让你见见她。"

"也见见她的妈妈？"

"李安？"他不知道她这么问是什么意思。

"我的意思是，她现在怎样？"

"哦，我觉得，她只是对我不太礼貌罢了。我们见了一次。她现在是个成功的女商人，一点儿也不像我以前认识的那个还是学生的李安。我告诉过你，那只是一场意外，有天晚上，在进行军事宵禁时，发生了暴乱，死了几百人。这种情况可不像在约会啊。"

她的呼吸重重地传到他耳边来。

"然后，我遇到了你，就感觉过去的一切都不重要了。我从来没考虑过这孩子是不是我的。我想，她没有给我写过信，所以，可能一个晚上对她来说，也不是那么重要。"

"可怜的切斯特，"梅里尔的声音变得柔和而宽容，"你应该告诉我有关她的事。那是你在遇见我之前的事。无论如何，我都会跟你结婚的！"

他对梅里尔的理智深表感激。在之后的几通电话中，他和她讨论了一下带素茵回家见见她的事。没错，她同意了，她当然愿意和素茵见面，甚至还让素茵今年夏天在他们家住一段时间。但是，她也警告说，这只能是一次短暂的来访。她有些担心自己和素茵之间会是什么样的关系。养母？不，他们不打算收养她。她认为她应该更像是一位继母，只是切斯特并没有娶素茵的妈妈，所以，这个称呼也不对。"还是养母吧。"她最后决定道。

"她可以叫你姨妈。"切斯特说道。

"你这话是什么意思？姨妈？新加坡的孩子就是这么称呼家族里的女性吗？我该成为她家族的一员吗？"

梅里尔无法想象，素茵要在纽约待两周，而她将如何与她相处。她觉得，切斯特必须为她们安排行程。

"那个孩子叫你什么？"梅里尔想知道，"叫你切斯特？她不知道你是她父亲吗？你不知道她到底知不知道？"她觉得越听越糊涂。用她妈妈的话说，是胡说八道。但是，是的，她当然明白，如果素茵是他的孩子，他的做法就是正确的。

切斯特让这种假设穿过电话线，在相隔数千里的新加坡和纽约之间，变得模糊不清。他得出结论，很难在电话里解释眼下这种情况。他把湿漉漉的手掌在裤子上轻抚着，静静听着。

她真的希望切斯特能在急急忙忙地动身去新加坡之前，把一直困扰他的事情告诉她。他的消息令她很痛苦，但是，他们可以一起想办法解决这个问题。

听着电话，切斯特知道，他不得不花更多时间和梅里尔谈论素茵的事。他知道，梅里尔会喜欢素茵的。她可以把素茵当成她的项目，教她像她自己一样独立坚强。她可以带素茵去公园办公室，告诉她，自己在做些什么。女人总是喜欢对年轻女孩做这样的事。

而他，则打算带素茵去自然历史博物馆、大都会艺术博物馆参观和乘坐中央公园的旋转木马。他会带她吃正宗的百吉饼、狼餐厅的黑麦熏牛肉。他会带她尝试所有他小时候喜欢的东西——牛奶皇后冰激凌、鲜玉米、球类运动、尼克斯队①。他会带她去七格雷斯学院的办公室，把她，

---

① 纽约尼克斯队成立于1946年并加入美洲篮球协会，是一支属于美国的以纽约州纽约市为基地的NBA职业篮球队。

作为他的女儿，介绍给秘书奥芬太太。他甚至想过该怎样嘲笑奥芬太太的表情。他能想象，她微微鼓起的眼睛里流露出吃惊的神情，她那威严的神情，让巨大的好奇心给破坏了。

在他和素茵的相处中，最奇怪的事情就是，他与素茵可以非常自然地相处，即使他对素茵还知之甚少。他发现自己一直在注视着她，目不转睛地盯着她看，以至于经常忘记自己在看她。偷窥者的觉悟、窃听窥探的科学，他在巴厘岛获得的这些，他试图教给学生，碰上素茵，就统统抛之脑后了。然后，他意识到他只是希望素茵和他在一起时，能够快乐：剥开巨大如宝山一般的冰激凌包装纸的时候，惊喜地发现怀里抱着的商店最大的那只考拉熊归她所有的时候。而他也得到了素茵的笑容作为回报——电影里最大的爆米花桶，以及他每次见面都给她讲的那么多笑话和带给她的笑话书，都能让素茵笑得很开心。

这些相处的时光，他们从来都不嫌多。每次星期六早上她跑下楼梯来见他时，他胸腔里溢满了温暖的感觉，仿佛生病了似的。但是，他内心充满了温柔的渴望，想要把所有好的东西都慷慨地给素茵，让她茁壮成长，如果他姐姐还活着的话，也会像他这么做，成为布鲁克菲尔德人。他以前从来没有体会过这种一个人能带来希望的感觉。他想，他会因此变成一个更好的人，梅里尔在看到他对素茵有如此多的期许之后，不会，也不可能不接受素茵。

"我知道，她祖母的死对她们来说，是内心的一道伤口。"他在最后一次见面时，对阿布杜拉说道，"这可能是素茵不能去纽约的一个原因。但是，我不明白为什么利安不让我好好地跟她告别。"他们在凯恩斯城俱乐部等萨马德，阿布杜拉是那里的会员，可以享受他们提供的冰凉精酿啤酒。

阿布杜拉称其为"滋补品"，办了这儿的会员。"谁也不知道，哎呀，切斯特，你的敌人有一天会用什么样的情报来对付你。"他结账的时候微笑着说道，"这就和生活是一样的道理。你在某一天做的事情，比如现在签字结账，非常简单的一件事，在很多年后，可能有人还会把这个账单放在你眼皮底下，让你消费呢。只有那时，你才会发现行为的力量。你不加思索地行动的时候，就是它最有力量摧毁你的时候。"

"你现在和我说这些已经太迟了。"切斯特嘟囔道。然后，他大声地重复道："为什么利安不让我好好地说声再见呢？她可以在场的。我不会要求什么啊。"

"你肯定在撒谎，"阿布杜拉愉快地说道，"你是在要求利安把女儿给你。"

切斯特闷声灌了几口啤酒，这能帮他压抑下心中不断高涨的怒气。

"这就是你们殖民者做事的方式。"阿布杜拉继续愉快地说道，"你们这些白人，美国人，以为你们可以要求拿走所有不属于你们的东西。土地、植物、锡矿，甚至是某些人。你想占有，但是你却不关心你拿走的是什么。也许，在你自己的国家，你爱你所拥有的，关心你所拥有的，但是，有时候，我甚至认为你在自己的国家也不是这样的。"

"好吧，我承认我们白人殖民者有一段腐败的历史。但是，这并不能帮我和素茵道别。我不知道只是这么简单的一次见面，李安究竟在怕什么。"

"切斯特，切斯特。"阿布杜拉安慰道，"你看，你连利安的名字都说不对。你把它叫成了一个美国名字。这就是她害怕的，她害怕你会让她的女儿成为美国女儿。"

切斯特不理会阿布杜拉的话，转头跟萨马德谈他的英语语言项目。三天后，萨马德开车送他去樟宜国际机场，经旧金山飞往纽约。他还没有把从大学语言档案中收集到的材料打包好。他需要找个合适的箱子来装他的文件。

　　但是，阿布杜拉却固执地继续提利安的名字。"你还记得吗，切斯特，你嘲笑过利安，因为她认为英国文学很重要。现在，你正在研究英语交际在新加坡社会发展中的地位。利安以前是对的。我们国家的语言，是我们国家的灵魂，而英语，是马来西亚和新加坡的货币语言。马来西亚的目标是赚钱。所以，英语也可以说是我们国家将来的命运。"

　　切斯特有些愤愤不平，怀疑自己让阿布杜拉和萨马德参与自己的过去，是不是错误的。在过去的十几年里，他一直把自己看作和他们是一伙的，尽管他自己是与他们不同的人。但是现在，利安还在他们的圈子里，而他已经消失了。现在，他们通过利安的光环记住了他，而他在马来西亚，除了和利安的那一段过去，没有任何痕迹留下了。他怀疑他们不再对他的事感兴趣，除非是他和利安的事。晚上剩下的时间里，他只能听他们谈生意和政治话题，就像一出阴郁的哑剧。这已经不再是他记忆中的文化辩论了，而是一场关于股票和创立公司的谈话，是关于去年在皇家授勋仪式上获得的荣誉的谈话。他注意到，他们从不和他谈论他们的妻子和孩子。

　　三天后，他独自登上了飞往纽约的飞机。但是，他已经在计划返回新加坡的事了。他会把自己的研究成果写下来，发表在《人类传播学日报》上，金斯顿在那里做编辑，他会得到另一笔资助，然后飞回新加坡，这次是和梅里尔一起去。他会在那里待长达六个月的时间。这一次，他会写信给利安，让她做好思想准备。

　　他听着阿布杜拉和萨马德谈论语言、金钱和政治，他知道，利安最终还是会让素茵来纽约。这没什么好问的，他可以等。

第十四章

　　叶奶奶给了素茵一个玉坠子，她说这是个特殊的护身符，是个法宝。素茵喜欢这个坠子的梨形样子。叶奶奶说，这是一颗桃子——吃了能长生不老的桃子，长在天上的蟠桃园里，观音娘娘怜悯人们，就背着其他神仙偷偷地给他们。

　　奶奶说，人类的过去令人同情。哈帕别墅里的旧雕，显示了我们人类悲惨的遭遇：无法治愈的疮、牙疼、饥饿、剑与火、野生动物和野人、截肢、疯狂的行为、恶魔。她说，让人痛苦的方式有千万种，但是，即便如此，人类还是因为短暂的寿命而遭受了极大的痛苦。直到观音娘娘给人类偷偷带来了使人长寿的桃子。

　　素茵为在听完奶奶的故事后哈哈大笑起来，她感到很不好意思。学校里，每个女孩都有一个玉坠，而每个人似乎都听妈妈或奶奶讲过一个关于玉的荒谬故事。

　　她妈妈让她向奶奶道歉，但是，奶奶并没有生她的气。事实上，她认为，她比其他任何女孩都聪明，因为她知道这只是一个虚构的故事。事实上是耶稣基督帮助了他们。只不过，奶奶用的是像救赎和天父这样的说法。这一次，素茵没有笑，因为妈妈一直在盯着她。

　　素茵不知道奶奶是跟耶稣去了天堂，还是跟观音娘娘去了蟠桃园。她不喜欢奶奶已经死了这种说法。也许，这就是为什么奶奶给她这个坠子的原因——它是可以用来怀念的护身符。

　　每次，素茵看到曹康的姑娘们脖子上都挂着玉坠，她会把这些玉坠当作承载记忆的磨石。它们看上去颜色很浅——有浅绿色的、奶油色的、白色的、透明的，弯曲成弧形，看上去很精致。但是，她妈妈说，真正的玉石，是最坚硬的石头之一，只有用另一块玉石才能切割它。

　　玉石让她想起了妈妈和艾伦姨妈，她们看上去是瘦得皮包骨的小女人，但是，她知道她们内心有多坚强。素茵戴着奶奶的护身符，就像戴着奶奶的回忆、戴着妈妈和艾伦姨妈的回忆、戴着那些女人们的回忆。

　　她非常希望奶奶当初没有给她玉坠。现在，她就像曹康这儿所有的女孩一样，也许也像新加坡所有中国女孩一样。有时，她认为回忆只是另一个令人不悦的故事而已，就像奶奶的那个观音娘娘和长寿桃的故事一样。

　　妈妈和艾伦姨妈从未忘记她只是个孩子。又或许，她们忘记了她还是个孩子，因为她们总是告诉她该做什么，该期待什么，该准备什么，该如何坚强。

　　她只想当个孩子，她想要安全感。她想要觉得生活很容易，她可以快乐、开心地玩耍。生活并不全都是工作、学习、通过考试、挣扎、恐惧以及如何做出正确的选择，因为任何一个错误的选择，都可能意味着灾难。也许这些都是事实，但是她不想每天都听一遍。

　　切斯特是唯一一个从不对她说那些话的人。有时候，素茵觉得他是火星人，因为他总是会说些非常有趣的事。她知道了纽约的地铁系统有多好玩，大学有多好玩，因为她能选择适合她的大学，能听感兴趣的课，可以尽情尝遍他家附近的三十一种口味的芭斯罗缤冰激凌，而新加坡的芭斯罗缤冰激凌只有十二种口味。

　　也许，这就是父亲的职责吧——让孩子玩得开心。但是不知何故，素茵觉得新加坡的情况并非如此。即使在学校的比赛中，她也能看出其他孩子的父亲有多忧郁。只有他们的孩子获胜时，他们才会露出微笑。他们从不对她微笑，因为她不是中国人。

妈妈不愿意告诉她一些真的很重要的事。比如，为什么她明白切斯特是她的父亲，但没人跟她说他是。就像为什么她在奶奶的葬礼上才第一次见到的亨利，现在别人却说他是她的父亲。素茵希望奶奶还在世，能跟她解释这一切，即使她会说出另一个令人难以置信的故事。

素茵不是不喜欢亨利。奶奶经常谈起他，对他印象很好。要是素茵没有那么聪明，她就不会困惑为什么在她以前的生命里没有父亲，而现在突然却有两个父亲了。

素茵问妈妈亨利究竟是谁时，妈妈说，亨利是她的养父。但是素茵想知道，谁领养了她，因为她根本没有被收养。

艾伦姨妈说，你可以把他当成是你的男性监护人。下午，他把素茵从学校接回家后，就开始向她解释很多复杂的概念，比如遗嘱、股票、股息、佣金、利率、租金、信贷和债务。他说，奶奶把一切都留给了她，所以，他和她现在是生意伙伴，妈妈说她可以绝对地信任亨利。

她很喜欢"绝对地"这个词的发音。她告诉艾伦姨妈，亨利不是男性监护人，而是一个可以绝对信任的人。

他第二次给她读各种各样的文件时，她告诉他，我绝对地信任你。她能够看出他很震惊。他脸色发白，好像处于痛苦之中，然后，他握住她的手，把它贴在自己的脸颊上！

他说，如果他在新加坡见他的会计师或律师，那么每月至少会来看她一次。然后，放学后，他就去曹康学校接她，带她回家，花些时间帮她辅导功课——尤其是代数！——直到她妈妈下班。素茵觉得他不喜欢她妈妈，但是，他说他喜欢素茵，希望在奶奶还在世时就认识她。

她妈妈对切斯特的态度很神秘，但是，素茵认为她对亨利的态度更神秘。因为她承认过亨利是素茵的父亲，但是，她对素茵却只字未提。奶奶葬礼后的第一个星期，她就签署了一份给学校的协议，允许亨利放学后去接素茵。她在表格中的"关系"一栏里，填了"父亲"一词，而亨利每天下午都开车送她回家，就像其他学生的父亲一样，这令素茵难以理解。

他不像切斯特那样，带她去看电影或去玩具店。相反地，他开车直接送她回家，跟她坐在一起，直到她完成家庭作业。然后，他拿出一堆文件，读给她听，边读边停下来，向她解释这些文件的意思。这些公司的文件上有许多压印凸起的签名，有些文件还用丝带系着。还有几本厚厚的精美小册子，里面有建筑物和办公室的图片。他说，她年纪太小了，不能自己签这些文件；他是奶奶财产的执行人，可以为她签署任何文件，但是，他想要，她，素茵，奶奶心爱的孙女，他自己的女儿，知道他在做什么，为什么要这么做。只要有任何可能，他都想要她和他共同签署文件。

素茵对他的解释不很明白。"执行人"听起来不是什么令人愉快的词。"这就和当刽子手一样吗？"她问道，他紧张地笑了。

"不，不。这就像一个看管人。有人来照看你的财产，这样当你长大了，你就会比现在更富有。"

"财产？是像一座组屋①那样的房子吗？"

"不，不是像那样的。有很多财产都是看不见的。你拥有许多公司和企业的股份。你祖父把许多他的股份留给了你祖母。她一直都没有卖掉它们，而且它们的价值越来越大。她让我成为她的生意伙伴，现在，她的遗嘱让你成了我的伙伴。"他微笑着说道。他似乎很喜欢跟她说他的工作。

亨利五点钟就马上离开了。"马上就要堵车了，"他看着手表说道，"我可不想被困在去我哥家的高速公路上。"

素茵抬起头，她正在喝一杯阿华田。亨利的哥哥，那是她的伯父吗？

---

① 组屋，组合房屋的简称，由新加坡建屋发展局承担建筑的楼房，为大部分新加坡人的住所。

祖母的去世似乎打开了一个奇异的平行世界的大门，在这个世界里，她可能有各种各样的亲戚。假洋鬼子，假洋鬼子——混血魔鬼，她终于明白她的同学从上学第一天起就叫她的名字是什么了。有那些奇奇怪怪的亲戚，这些亲戚她以前都闻所未闻，在吉隆坡，在新加坡，在美国。也许这就是所谓的假洋鬼子吧。在这里，在那里，到处都是。

妈妈下班回家后，从不过问她和亨利下午干了些什么。就像亨利从不谈论妈妈、艾伦姨妈或切斯特一样。

也许，素茵想，他可能也不知道切斯特或艾伦姨妈的事。整整一个星期，艾伦姨妈下午都不在家，只有晚上才来和妈妈喝茶聊天。切斯特也从新加坡神秘地消失了。没有人提起他的名字；星期六也没有电话叫她出去，虽然他答应过她，等她从波德申回来后就带她去听音乐会。

葬礼后，妈妈把奶奶的一些照片裱了起来，新的锡制相框在客厅的角落里闪闪发光。素茵知道，她应该把亨利的到来归功于奶奶。他是奶奶给她的最后一份礼物。在曹康学校，他们看见亨利来接她之后，没有人再叫她"罪人"了，再也没有了。"我爸爸在等我。"张老师想要素茵留下来帮她冲洗白板时，她大声说道。每个人都十分惊讶，他们看着她走出学校，没有人像往常那样捉弄她。

亨利身材矮小，有些秃顶；他头顶的头发很稀疏，额头上还留着几缕细丝，一点也不像她额头上的尖 V 字形，把她的脸分成两半。每天晚上说再见的时候，他都会亲吻她的脸颊——那是一个正式而害羞的吻，一个新爸爸的吻。在最后一天，一个周五，他带来了巧克力，一个两磅重的大盒子，用红色的玻璃纸包着，绑着金色和绿色的丝带，就像圣诞节时，装饰果园路商店窗户的盒装巧克力。

"噢，噢，我还不能打开它，必须得到我妈妈的允许！"她说道，笑容里混杂着焦虑和喜悦。

"我允许你行不行？"他的微笑也很急切，但是，随着他解开丝带和撕掉玻璃纸，笑容变得更灿烂了。利安走进家门，撞见这个暴食的场景，他们俩正在吃搁在财产契约上的第三块松露巧克力。

没有人提醒亨利，利安在星期五会提早下班。《生物合成－标志》在星期五早上付印，这意味着在这天，利安可以轻松地清理办公桌上的旧材料，开始一到周末就发作的偏头痛。到了下午三点，她就回家了，在星期五，她要清洗素茵的衣服，整理她的房间。她把这些下午的时间都用来扮演母亲的角色，那些愉快的活儿让她不再绷紧神经，脑袋里的压力也消失了，她几乎能够听见绷断的弓弦发出的叮当声，她的哈欠越来越大，隐隐的头痛也发作得越来越厉害，几乎要穿破脑袋。

今天，她一冲进大门，就看到了亨利的身影，他正张开嘴准备吃松露，朝门口看去，脸色变得苍白，苍白得像她自己呼吸的急促声音那样明显。

"妈妈，他同意我吃巧克力了！"素茵的嘴里塞满了巧克力，她拼命地咀嚼着，尽管她把盒子推得远远的。

"好吧，不用征求我的意见。这很好。这是很开心的事。好大的盒子啊！你说谢谢了吗？"

他们都内疚地盯着盒子，盒子里仍然塞满了亮晶晶的方块和楔形巧克力。

"没事，你和素茵继续吧，"亨利起身准备离开时，利安说道，"我去厨房给自己泡杯茶。"

但是，他很拘谨，拒绝了利安给他泡的茶，即便利安已经进了厨房，也不愿再吃巧克力。他身上父亲的特质已经消失了。他像读超市传单那样，仔细阅读那些契约文书。"我下个月再来。"他吻了一下素茵悲伤的脸颊，"我下次来看你之前，会给你妈妈打个电话。我还有更多文件需要你我共同签署。"

他告诉她，他必须在星期六返回吉隆坡。素茵已经做好了准备，接受他的离开，但是不知道为什么，现在却在为他的离去而感到难过。只是几个下午而已，她就如此信任他了。即使现在知道他会一直躲着妈妈，那也没有什么影响。她对他的信任，就像寻找一颗新的行星一样坚定。他答应每个月都会回来，就像一颗行星回到她的轨道上一样。她只需拿出望远镜，等着他就好。

然而，切斯特却没说一声再见就走了。这个星期天晚上，妈妈在给她梳头时告诉她这个消息。奶奶不在了，妈妈在给她慢慢地梳头，这看上去很奇怪，她这么做似乎是为了弥补原本奶奶和她在一起的时间。

她以为素茵并不明白那些重要的东西，但是，素茵却知道妈妈的心思。妈妈认为，如果她在素茵快要睡着的时候告诉她那些难以接受的事，她会更容易接受一些。妈妈觉得她在睡着时，大脑会停止活动。

"他可能回去研究另一个项目了吧。"她说道，素茵把这句话理解为警告，她可能再也见不到他了。

"我不在乎。"她闭上了眼睛，但是，与此同时，她觉得自己的眼睛里充满了泪水。她知道母亲错了。切斯特要回新加坡的。但是，他回来的时候，她已经不再是十一岁了。既然亨利代替了奶奶的位置照顾她，既然现在曹康学校，没有人再叫她"罪人"了，她可能不再是以往的那个她了。

"叶素茵。"她无声地在口里念着自己的名字。它就像一块奶油夹心巧克力，一下子就滑下去了，滑过她的喉咙，给她胸腔里带来满满的温暖。

艾伦姨妈曾说过，只要她到了十八岁，她就能决定自己想要什么。还有不到七年的时间。母亲不可能给她梳一辈子的头发。

等到她十八岁时，亨利依然还会是她的父亲，然后，她就可以自己去寻找其他的父亲了。很快，妈妈和艾伦姨妈就会告诉她，很快很快，她就十八岁了，是和她们一样的女人了。

第十五章

在过去的两个星期里，每件事都非常重要，每一个细节都有潜在的危险，需要她集中全部注意力去克服。利安甚至没有时间稍微考虑一下切斯特提出的想与素茵再次会面的要求。现在，如果她不在家，素茵就不睡觉。利安下定决心，要避免再一次离别的痛苦。

她让切斯特不要来参加葬礼。毕竟，她向艾伦解释过，即便她从未问过，他从来没有见过叶奶奶。她和她们一起生活的时候，叶奶奶从来没有问过素茵的父亲是谁。利安有时有一种奇怪的感觉，觉得叶奶奶毫不怀疑亨利就是素茵的父亲。她似乎没有意识到素茵出生时的环境有任何奇怪的地方，就好像素茵天生就长成那样，不像中国人，像混血儿。奶奶对切斯特没有任何印象，也不会欢迎他来参加她的葬礼。

悲痛之中——夜深人静的时候，她恍然大悟叶奶奶对她和素茵来说，究竟意味着什么，她失去了对她们的忠贞，她近乎麻痹地对自己的自私产生了恐惧——利安知道她必须继续担任《生物合成－标志》的主编。虽然讣告已经告诉了全世界她失去了什么，但是，她不能把这个消息带进办公室，在那里，任何导致股票下跌的东西，都会被视为是污染。

仅仅在这一代人之前，家人的死亡，意味着她至少在一个月之内不会被欢迎回到办公室，直到仪式和时间净化了她的坏运气。她是不会被允许跨进另一栋房子的门槛的，因为死亡是一种传染病，像一摊死水，幸存者们像无声的容器一样携带着它，它可以洒在健康幸运的人身上。

　　她几乎也相信这些，因为她的眼泪，才刚刚哗哗留下，眼角边尚有泪痕，但是，她到办公室时，眼睛里已经是干干的了。新闻通信依靠的是她的编辑眼光，就像她修改稿件的铅笔一样，她让自己也在工作中时刻保持敏锐。《生物合成－标志》在该出版的时候出版，和平时一样，在老时间寄出，在早上老时间准时送到首席执行官的办公桌上。本月的主要新闻是，在有关东西方贸易稳步增长的第二季度报告中，德国面临的衰退威胁有所减弱。但是，有一则更重要的新闻悄悄地夹在每月新闻小则中：新加坡和以色列签署了在军用飞机发展方面相互合作的协议。

　　这一次，瑞安打电话祝贺她对公司的标识做出了调整，这需要与董事会进行多次紧张的谈判。董事会认为，是时候做些创新了，但是，在公司经营得不错的时候，谁也不愿轻易改变。在这次小小的创新中，他状似不经意地警告她："创新与安全，鱼和熊掌不可兼得，对吧，利安？但是，你知道的，这就是亚洲人做事的方式。不像美国人。美国人从不害怕，因为他们有很多土地，很多机会，他们可以把创新失败的东西丢掉，但是，自身还是很安全。对于美国人来说，创新并不是改变，因为风险很小。美国是个幸运的国家。但是，我们没那么幸运。我们必须始终确保，我们的创新安全性更高。我们从不为了创新而创新，而是为了提高安全性，增加优势。"

　　她知道他在提醒她，要她当心该给新闻通信设计什么样的新标识。把龙和凤图案叠加在一起，只需要简单的电脑图形操作，但是，读者得能从设计的商标中看出来这是龙凤的形状才行。但是，一旦看到了这些蜿蜒的图形，就再也无法把视线从上面移开了。这个标识暗含了一些欧洲中世纪的元素，但是，显然，它源于中国，利安知道，她的设计就是根据每一位董事会成员对龙的引吭高吟和凤凰的涅槃重生的理解，从人类实现抱负失败到注定的转世轮回，而重生是件更美好的事。就像新加坡本身一样，它从一个破败的殖民城市废墟中独立，甚至连声称要统治它的英国人也瞧不起它，然后一个叫作马来西亚的国家，作为新加坡的伙伴，也从灰烬中再次重生。每个股东都能理解这些图形代表的含义，认可它们重述的历史。

当然，她的私事没必要让公司知道，她也没有因为这些私事要求休假，尽管她知道，即便她这么做了，瑞安也不会提出任何质疑。

利安打电话给亨利讨论葬礼安排时，不耐烦地想，如果她在处理私事的时候，能保持清醒就好了。她不知道亨利之前和叶奶奶有多少联系。她们搬到新加坡之后，在最开始几个月里，亨利曾写信给叶奶奶，要把契约和账目转到她那里，还寄给了叶奶奶几箱窗帘、床上用品和餐具。一尊有着红色飘逸头发的观音玉像，装在一个同样风格的盒子里，寄给叶奶奶。但是，他从来没有寄过任何东西给利安。一直都是律师写信给她，而她拒绝了律师们提出的解决办法。

永远不会，她曾对艾伦说道，而艾伦因为她的固执、自尊心和愚蠢而对她大吼大叫。永远不会。她永远不会从亨利那里拿一分钱。她觉得他的抛弃是一种背叛，她不明白他怎么会因为切斯特是孩子的亲生父亲，就拒绝接受素茵。是的，她承认，她是有些不讲道理；亨利和其他男人没什么两样，但是，素茵有一双绿眸和一头红发，和所有婴儿一样漂亮，她可以成为任何男人的女儿。如果亨利愿意爱她，她就会成为亨利可爱的女儿。

她要把葬礼的事通知亨利吗？只是个关系疏远的继子，他会以叶奶奶继子的身份参加葬礼吗？最后，她让律师打电话通知他，让她惊讶的是，他竟然会来参加葬礼。

然而，他并没有来新加坡的殡仪馆守夜。她和艾伦则睡在折叠椅上守夜。她们友善地数了数《生物合成－标志》的董事会成员和竞争对手公司的董事和编辑送来的兰花花束以及这些花束的费用，看着空调的风把艾伦学校老师送来的黄白鸡蛋花和蕨菜花环吹得微微拂动。叶奶奶浑身僵硬，面色发黄。她躺在米色的缎子覆盖的棺材里，只露出了她那白皙而矜持的脸和摆放得规规矩矩的双手。素茵仍然无法相信这个事实，她并没有唠唠叨叨地和他们坐在一起，而是和女仆一起待在公寓里。

星期天，棺材被送到火葬场后，她们去了一座英华小教堂，叶奶奶以前给教堂寄过圣诞礼物。教堂里没有一个人见过叶奶奶，但是，牧师对和她每年慷慨的支票一起附着的卡片上的书写和签名很熟悉，同意在星期天祈祷之后，为她举行一场特别的纪念仪式。

她们来得太早了，就在一旁等着，现在祈祷的信徒正排队走向牧师，牧师与他们握手，拍拍他们的背，向他们喃喃低语着安息日的问候。很快，信徒的祈祷就要结束了。接着，好像一阵铃声响了，艾伦学校的老师到了，利安办公室的三个同事、瑞安，还有印刷公司的某员工来了，接着，亨利也来了，独自一人来的。

利安紧紧地握住素茵的手，就像抓着一个救生圈一样。亨利一个人坐着，一个人站起来念主祷文。她能听见他的声音，低沉而自信。她知道，就在几个月前，他有了一个女儿——他的第一个孩子。她从过道的另一头看着他，心想，她从来都没有了解过他，因为她从未深爱过他。但是，她也明白，这并不完全是她的问题。她从来不知道深爱一个人是什么感觉——对她来说，爱要么少得可怜，要么多到无法承受——牧师为叶奶奶祈祷，请求神能原谅她生前些许罪过的时候，她一直紧紧地握着素茵的手。

令利安吃惊的是，祷告结束后，亨利并没有马上离开，而是走过来跟她告别。她看着他把目光转向素茵，拉着素茵的手，说："我是亨利，你的父亲。"听到这话，素茵睁大了眼睛，这是第一次，利安在这么多人面前流泪。

切斯特的离去并非难以承受。他经常打电话过来，每一通电话比其他任何电话都要急切。利安每次接电话时都会提醒自己，他是打给素茵的，不是给她的，接线员用她抑扬顿挫的英语说道："叶太太，切斯特·布鲁菲尔德先生的电话。"

她本可以拒接他的电话，但是，她内心的某些悲伤情绪，让她接了他所有电话。"这太快了，"她反复说道，"素茵还没有准备好承受过多的压力。你可能觉得她去美国就只是去度个假而已，但是在情感上，她会很难接受。"

她知道自己很聪明，是个好母亲，但是，与此同时，她想证明自己的判断是对的，而切斯特是错的。"再见一次面也不会有什么收获。当然，我会告诉素茵你要走了。当然，如果你想再见到她，除非你回新加坡……"

她知道，她的悲伤也是因为素茵，对素茵来说，切斯特的爱已经太迟了。她的女儿不得不把她的幸福寄托在女人身上，因为她没有履行作为一个母亲最重要的责任之一，那就是为她的孩子找一个父亲。

然而，每天下午放学后，都是亨利去接素茵。她叫他爸爸，他似乎也愿意承担叶奶奶所期望的责任；不，比叶奶奶期望的还要多，他看上去对素茵很温柔。

利安坚信，亨利一定是一时冲动。就在几个月前，他抱起了一个哇哇大哭的婴儿，一定是第一次感觉到了作为父亲那沉重的心跳，所以，他看到这个高高瘦瘦的女孩，就很容易产生移情作用。他对她说："我是你的父亲。"这是亨利父亲的妻子，也就是叶奶奶，这么多年来一直想让他说的话，如今她去世了，而他终于能够说出口了。

利安知道，素茵在葬礼上的流泪让他很困扰。他很难见她一面，但是，素茵是他父亲妻子的孙女，正如叶奶奶告诉大家的那样，她就是亨利的女儿。素茵只是一个纤细的家庭纽带；但是亨利，作为一个优秀的中国父亲，不会拒绝这种关系纽带。

"这么说，他走了。"艾伦即使只是陈述一件事，也像在质问。星期天的晚些时候，她敲响了利安家的门，解释道，她来拿她的记录本，不小心落在厨房桌子上了。自从叶奶奶去世以后，她们就再也不能谈论切斯特，或者亨利，或者任何重要的事情了，因为利安在家时，素茵也一直在家。

"嗯，他走了吗？"艾伦重复道。她有些担心，利安平静的外表下是否隐藏了太多事情。她一直在等利安从消沉中走出来，但是，她很担心利安内心的变化，担心她的内心变成了忧郁的愁思——她确信，这一切都是切斯特的再次出现造成的，且是永久性的。

但是，切斯特不可能永远留在新加坡。他必须回到美国，回到他真正的生活中，就像他在 1969 年所做的那样，那样，他们的生活才能过得舒服。艾伦没必要告诉利安这一切，利安站在门边，似乎被她的来访吓了一跳。利安很了解她，知道她这个唐突的问题其实包含了这些所有想法，甚至更多。

"亨利还是切斯特？"

"我知道亨利上星期已经走了。"

"今天下午。"

"很好。很快，素茵就会忘记他在她脑子里灌输的那些废话。"她见利安沉默不语，皱起了眉头，"你不这么认为吗？"

"我不确定你说的那些废话究竟指的是什么。"

"准确地说，就是，"艾伦嘲笑似的模仿道，"素茵和你说过要去纽约吧。"

"呃，不是这样的。我们聊过让她去纽约跟切斯特度两个星期的假。"

"一个十一岁的女孩儿和一个中年美国男人。"

"艾伦。"她警告道，脸颊有些发烫。

"好吧，我要说的就是，你这是打算要告诉全世界，切斯特就是素茵的爸爸。"

"我要告诉全世界的是，素茵的爸爸是亨利。"

"不，你知道我的意思。你把她弄糊涂了。一个父亲在吉隆坡，一个父亲在纽约。如果她不知道任何一个父亲的话，那才是比较合适。现在，她知道了这些地方和她的爸爸们，而他们俩从一开始就没有想过要和她生活在一起。你为什么要把他们带进素茵的生活？她能从这样的父亲身上得到什么？"

"这是素茵必须要回答的问题，其他人根本不可能代替，"利安语速缓慢地说着，退回房间里，"教母你或者我，根本不可能阻止她以她想要的方式回答这些问题。"

她们为难地看着对方。亨利和切斯特又离开了，但是，她们知道，这是他们各自在为素茵的离开做准备。

"好吧，"艾伦不确定地说，"可能是你不想阻止她吧。"

"不是这样的。"

"你自己不想阻止这些问题的发生。"

"不论问题是什么，我都无法自己阻止。"

"好，"艾伦又开始说道，"我自己去阻止。"

利安静静地站着，斜倚在书架上。面对眼前深深的沉默，艾伦沉下脸，大步走进厨房，然后又走了出来，嘴角一个晚上都耷拉着。

门关上了，利安仔细听了听，想知道她们谈话的声音有没有惊醒素茵。幸好没有，素茵睡得很沉，就像她自己偏头痛发作的那个星期天晚上一样。利安想象着女儿缓慢且有规律的呼吸声，她的过往也跟着一一重现：婚姻、爱情，无论是和亨利还是切斯特的纠缠，可能都已经结束了，但是这些过去的痕迹还没有消失。她过去所经历的一切，都从未彻底地结束过。这种想法让她产生了一种信念，竟能奇妙地给她安慰。

　　她翻开放在椅子上的旧版《牛津现代诗选》。她把书从书架上取了下来，这本书原来是放在几本往期的设计杂志中间的。艾伦走进门时，利安匆匆把书翻过来，好像那是不愿给人发现的色情片似的。她从二手书店里买来已经很旧了，这是她从学生时代起唯一一本一直保留的书。自从离开大学后，她就再也没有翻过这本书，也没有再看豪斯曼、叶芝、霍普金斯等人的诗，这些诗人在英国文学课上都考过。

　　她苦笑着大声朗读霍普金斯的《铅色回声和金色回声》。如果她能回忆起霍普金斯歪斜字迹的诗篇韵律，从谁也不知道的语言背后隐藏的真相里，她就会明白，她并没有完全失去过往。但是，她的声音，没有一个听众回应，她觉得很刺耳。相反，她想起的是切斯特嘲笑这些诗时，她被激起的愤怒。但是，亨利也和切斯特一起嘲笑这些诗了。那时，她还没有想到这么重要的一点。他们嘲弄的笑声，即使是现在，也模模糊糊地在她耳中盘旋。这只是众多复杂的记忆之一，这些记忆，将她和他们分隔开来。她知道，不管是什么时候，他们的嘲笑声并不是关键。

　　她坐下来又读了一遍这些诗，虽然书页已经发黄变脆，但是，这些诗仍然印在纸上，是一种情感上的乐章，将她深深吸引。她本以为她已经忘记了这种深沉的感觉，这种感觉无法用语言形容，也超越了诗歌本身，它是一种内心深处的宁静和回味无穷的感动。此刻，她又一次站在素茵的卧室门前，听着女儿呼吸的回声，如此珍贵，她已经满足了。

后 记

《馨香与金箔》是林玉玲的第一部小说，其特点是感情细腻，是她作为诗人、小说家、学者和自传作者的代表作。这部小说构思精巧复杂，内容丰富，发人深省，探讨了在后女权主义时期，后殖民主义和多元文化留下的痕迹难以磨灭的情况下，在爱情、工作和家庭中成就个人价值的可能性。在这一探讨的过程中，小说对亚洲女性及其身份的刻板印象提出质疑，并且向读者展示了替代《蝴蝶夫人》故事的一个具有挑战性的另类故事。

从 1979 年开始，《馨香与金箔》一书花了二十年时间才完成。作为一部作品，它经历了长时间的打磨，并且一定经过了不断修改和重写，它不仅代表了作者作为一名学者、作家、激进主义者、妻子和母亲，在写作中不时做出的有竞争力的承诺，也代表了一个有耐心、不屈不挠的人，随着时间的推移，对小说叙述视角的不断协商和拓展。林玉玲不仅学术著作不断，文学创作和自传体作品也越来越多，《馨香与金箔》的创作在这些作品之前，并且在作者创作其他作品，记录生活经历时，也在进行它的创作。林玉玲的第一本诗集，《跨越半岛》（1980），因其是英联邦最佳早期作品集，获得了 1980 年英联邦诗歌奖①。接着，她又出版了四部诗集，里面包含了新诗和一些挑选过的旧诗：《林园禁地》（1985）、《现代秘密》

① 由联邦学院和美国国家图书联盟联合管理的一个年度奖项，颁发给除英国外的英联邦国家的诗歌奖。它奖励的是首次出版的英文诗集。英联邦诗歌奖于 1972 年首次颁发。

（1989）、《时当雨季：林玉玲诗选》（1994）和《算命先生未泄露的天机》（1998）。林玉玲的第一部短篇小说集《另一个国家的故事》（1982）也问世了。小说集《生命的奥秘：最棒的林玉玲》（1995）在第一部短篇小说15个故事的基础上，添加了4个故事，美国出版的版本《两个梦》（1997），添加了5个故事。传记体的《月白的脸：一位亚裔美国人的家园回忆录》（1996）在新加坡出版的书名改为《月白的脸：一位娘惹女性的回忆录》，获得了1996年美国书卷奖①。《馨香与金箔》终于出版了，林玉玲也同时在创作另一本新诗集《护照》。

　　这部跨国、跨文化的小说，描述了三个国家，反映了在这个世界中，航空旅行让相隔遥远的国家和它们截然不同的文化之间的距离缩短，仅仅只是时间问题（这是后殖民主义全球化所显示出的一个特征）：马来西亚（第一部分：穿越），美国（第二部分：盘旋），新加坡（第三部分：落地）。这些国家都是作者曾经生活过的地方，这并非巧合。林玉玲出生于马六甲，在马来西亚长大，在马来亚大学学习英语，1969年离开马来西亚，前往美国攻读研究生学位，并最终定居美国，1980年，成为美国公民。在林玉玲的工作生涯中，大部分时间是在美国度过的，她现任加州大学圣塔芭芭拉分校的英语和女性研究教授（女性研究协会前任主席）。但是，她在马来西亚和新加坡都有兄弟姐妹和亲戚，她也经常去这些国家。林玉玲曾在新加坡进行学术访问，并且担任香港大学首席英语教授（1999年至2001年）。

　　我们首先来看看本书的主人公利安，她刚从马来亚大学毕业，留校任教，担任英国文学教师。本书的社会和政治背景是一个多民族的、年轻的发展中国家，种族、宗教、身份和民族主义等问题正在发酵。有关马来西

---

① 由美国前哥伦比亚基金会颁发的一个文学奖项，每年授予有着最杰出文学成就的人，成立于1978年。这个奖项的授予对象不分种族、性别、民族背景和学派。以往的得主包括小说家、社会科学家、诗人、历史学家等，如托尼·莫里森、爱德华·萨义德等。

亚的章节，特别是利安与马来、中国和印度朋友生动的交流，给读者提供
了引人入胜的细节。与马来西亚人的争论和诙谐不同，毕业于普林斯顿大
学的切斯特·布鲁克菲尔德，是和平队的志愿者，是局外人/寄居者。利
安是个自由不羁的女孩，已经嫁给了一位谦虚谨慎、值得信赖的生物遗传
学家，中文名字叫叶亨利，而这个高个子的长发美国人，让利安的丈夫处
于劣势之中。利安对切斯特的兴趣，很大程度上是因为他的异国情调：不
像她在更多正式场合遇到的英国学者那样保守，他是个美国人，直言不
讳，声音洪亮，敢于质疑。切斯特对英国文学的相关性和价值持怀疑态
度，只把它当作是在一个本不应该使用它或它的语言的国家中，推广英国
文化的渠道。切斯特强调，美国化很可能是对陌生环境或文化冲击所产生
的最有可能的结果。尽管他学会了适应这个国家，也结交了一些朋友，但
是，这位由木匠改行成英语教师的人发现，他把马来西亚的历史和美国的
历史、英国殖民主义的残留与美国民主相比较，损害了东道国的利益。他
为此感到困惑和疏离，在服役结束前就返回了家。

马来亚自 1957 年脱离英国独立后，于 1963 年与沙巴、沙捞越和新
加坡组成了马来西亚联邦（新加坡于 1965 年脱离联邦独立成为共和国）。
1969 年，即小说第一部分开始的那一年，与马来西亚历史上有名的吉隆
坡种族动乱有一定联系。动乱于 5 月 13 日开始，发生在当时的联邦首都
吉隆坡。动乱发生之前，马来西亚举行了大选，主要由华裔支持的反对党
在马来亚领导的由马来、华裔和印度裔党组成的统治联盟中取得了重大进
展。1969 年 5 月 13 日发生的事件，印证了马来西亚生活中的种族霸权，
以及一个多种族、多宗教国家固有的紧张局势。

小说有关马来西亚的章节中，有很多对后殖民问题的讨论，比如身份
的形成、多种族主义，以及是什么构成了"马来西亚"。（有关国家身份演
变的问题分别在有关马来西亚的章节和新加坡的章节中继续讨论和辩论。）

但是，不同种族之间真正紧张的关系，在 1969 年 5 月 13 日的悲剧中瞬间体现出来。当时，一名暴徒闯入利安的公公家里，砸了家里所有东西，杀死了他。（巧合的是，在 2001 年 3 月写下这篇后记之前，马来西亚爆发了种族冲突——这是自 1969 年以来的首次——马来人与居住在吉隆坡郊外几个棚户区的印度人发生冲突，六人死亡，四十八人重伤。）

同样戏剧性的是，林玉玲还用印度学生帕鲁和来自传统中国家庭的吉娜之间的悲剧，演绎了种族间那种顽固的压力是如何表现出来的。在绝望中，双方家庭都对这段关系十分不满，两人企图自杀，最后，吉娜死了。

为了恢复秩序，5 月 13 日实施宵禁政策，利安不得不在切斯特和他的马来朋友们合租的房子里过夜。由于这一场偶然的相遇，素茵，一夜情下诞生的孩子，就这么孕育在利安的身体里，她怀孕三个月，而毫不知情的切斯特则回到了美国，这是《馨香与金箔》的第二部分《盘旋》展开的背景之地。十一年后，也就是 1980 年，切斯特和梅里尔·布鲁克菲尔德定居在美国最富裕的中产阶级郊区——纽约州的韦斯切斯特县。小说的第二部分讲述的是切斯特和梅里尔的社会生活和婚姻生活。当前，切斯特在一所私立大学教授社会学和人类学课程，还有梅里尔这么一位充满活力、雄心勃勃的巴纳德学院毕业的夫人。他们结婚之前，梅里尔还是个学生，在切斯特知晓的情况下，她做了一次人流手术。梅里尔选择不要孩子，她希望确保自己今后不会受孕，想让切斯特分担性责任，说服他做了输精管结扎手术。

一位马来西亚朋友写信给切斯特，说利安的孩子是他的时候，切斯特感到了一阵恐慌。远距离的亲子关系对他来说是太过遥远的事实，无法让他用全部的精力来思考。现在，切斯特不太可能成为一位父亲了，他却对成为父亲产生了强烈的欲望。对成为父亲的有意识的渴望，是外部的催化剂，是切斯特回到东南亚的动机，特别是去新加坡，表面上是为了进行人类学研究，但是，实际上是为了找到利安和她／他的女儿。

　　尽管文化不同，地理距离也不同，但是，切斯特生活中的这两个女人其实很相似。这两人对父亲的印象都很有限，甚至对于以前是否和父亲相处过，都不太肯定。利安三岁时父亲就去世了，梅里尔十岁时父亲也去世了。两人从情感上来说，都与再婚的母亲并不亲近。她们都是目标明确的职业女性。梅里尔选择了发展事业，而非作为一位母亲，去接纳未知的孩子；利安则为自己和女儿找到了安全保障。为什么利安会成为一个母亲呢？我们可以推测，她知道这个孩子不是亨利的，而是个美亚混血儿时，她有多么惊慌失措，这可能成为她眼睁睁的罪证。虽然林玉玲没有明确回答这个问题，但是，可能利安自己对孩子的情感需求，远远超过了她原本预估的婚姻和女儿将带来的影响。

　　但是为什么，就像素茵的教母——艾伦，直截了当提出的问题："切斯特是不是想恢复这种意外而来的亲子关系，即便这种亲子关系在过去的十二年里没有影响到他，而且孩子的母亲也从未试图与他交流过？"尽管已经过了相当长一段时间，但是，切斯特并不是出于任何骑士精神的追求去坦白地承认过去，而是在自身利益的驱使下，回到了那个他过去"亚洲人"的经历赋予他的父亲身份的地方，这个父亲身份是他作为美国人，无论现在还是未来，都不可能得到的。讽刺的是，这个自私的男人，迄今为止还没有孩子，在他的前任情人——现在是想象中的将使他受惠的女施主、母亲、离异者、单亲妈妈和成功的职业女性——面前，变成了恳求者。此前，利安在切斯特房子里作为难民的"主体"地位，赋予了她的美国保护人权利，但是，在小说的第三部分，也就是最后一部分，在利安的地盘上，形势有利于她的情况下，两人重逢时，他们之间的处境发生了逆转。

　　很明显，在林玉玲对亚洲妇女身份变化的探索中，传统刻板印象受到挑战并被取代。利安不是蝴蝶夫人，被她的西方情人抛弃了。她也不是切斯特以往的教师杰森·金斯顿认为的那样，是个典型的、想要移民的亚裔女性，利用自己的孩子，强迫孩子的父亲把她带进美国。她很骄傲，很独立，很成功，不需要这样的策略。利安对切斯特没有什么要求，也并不欠他什么。相反，作为一个尽职尽责的母亲，她应该让女儿有认识她父亲的权利。女儿是个有着漂亮的绿眼睛、棕色头发的美亚混血儿。她出生后，亨利拒绝接受她，而她和利安则因为"大城市的包容和陌生"，逃到了新加坡，她由三个女人——教母、叶奶奶（亨利父亲的第二任妻子，陪她一起去了新加坡）和生母抚养长大。现在，素茵十一岁的时候，第一次发现自己不止一个父亲，而是有两个父亲。在马来西亚度假期间，没有孩子的叶奶奶在波德申的海滩突然去世，素茵继承了她的遗产，而亨利是她的遗嘱执行人。与此同时，切斯特正在新加坡进行"研究"。

利安的前夫和前任情人同时出现在她的避难所——新加坡，迫使利安不得不重新审视过去，以及重新审视她与她至今还没有父亲的女儿之间的关系。这让素茵可能拥有一个父亲（甚至是两个）。亨利出席了叶奶奶的葬礼，他宣称自己是素茵的父亲，而切斯特也出现在新加坡，他不言而喻的邀请，也表明他把自己看成是素茵的父亲。而利安，作为一位受人尊敬的商业简报编辑，在新加坡这座"石头城"为自己赢得了声誉——除了在吉隆坡的一次学校聚会——已经从往事中走了出来，她们三个女人一起保护素茵，确保她从未失去过一个家——甚至是一个父亲。十二年后重逢，现年三十五岁的利安有意沉默下来，亨利和切斯特，一个马来西亚人，一个美国人，为她们母女创造了新的选择。

亨利能给她们提供安全体面的未来。素茵已经清楚地意识到，他作为她的公认的父亲出现在学校，这立刻结束了她长期以来因没有父亲而遭受的恶意暗示和嘲弄。他已经成为素茵非常熟悉的人，来看望她，教导她做功课。而她跟尚未公开的生父（凭直觉感觉）去纽约待上一段时间的话，能开阔她的视野。对利安来说也是一样，承认过去而非回避过去——把错误变成丑闻，再变成必要的责任——这可能让她释怀过去，并给未来创造其他可能性。

利安自己从槟城到吉隆坡再到新加坡，首先为了逃避一位不甚关心她的继父和一位冷漠的母亲，然后是为了逃避别人对素茵外国父亲的猜测，所以，对于她快长大的女儿来说，也给她提供了相应的机会。小说中只是有时出场且断断续续露面的男性角色，作为一个整体，代表他们作为丈夫、爱人，或者父亲，尚未完成的角色，在小说第三部分《落地》中得到了必要补充。这表明，父亲的出现，对于孩子母亲来说可能已经太迟了，但是，对于女儿来说，也许还不晚。切斯特知道自己永远不可能和梅里尔一起生孩子，因为她拒绝成为母亲，而切斯特为他偶然得到的孩子学会如何当一名父亲，并且很快就学会了。亨利，在他的第二次婚姻中刚刚成为一名父亲，他冠给素茵他的姓氏，现在，他愿意以实际行动证明这个名字名副其实。

"她过去所经历的一切，都从未彻底地结束过。这种想法让她产生了一种信念，竟能奇妙地给她安慰"。利安在《馨香与金箔》的结尾部分，重新审视了在马来西亚过去，这是对一个更受经济和理性驱动的城邦的反抗，而非情感上的多愁善感。然而，不管有什么样的限制和物质上的优势，新加坡已经为利安和她所选择的女性家庭提供了另一种安全的生活。切斯特在利安身上观察到了"历经磨砺后的成功姿态"，她是一个独立的女人，逆境教会她变强。他不知道的是，曾经的利安还有一些东西留下来了，她仍然对英语诗歌无比热爱。尽管和过去相比有所消退，但是，她文艺的一面尚未完全消失，她把《牛津现代诗选》带到了新加坡，就是个很好的例子。的确，利安与已经决心埋葬的过去重逢，让她又重新回到了情感的世界，如音乐般的语言将她又一次带入了她还是个小姑娘时候的马来西亚。

　　《馨香与金箔》是一部虚构的作品，但是，就像所有此类作品一样，它也带有真实与现实的独特印记。过去、现在和未来，交织着历史的现实与想象，并与不可预知的秩序相结合，林玉玲赋予了这部呕心沥血的作品以人类不完美的感性经验，并且其中的人物，以令人惊讶的方式追求如故事般的生活，也被这样的生活所追逐。

梁廖玉（Leong Liew Geok）

新加坡国立大学

2001 年 3 月

译后记

　　学院因为 MTI 硕士点评估，要求老师们完成一批译著，响应学院号召，我开始了林玉玲老师的小说《馨香与金箔》的翻译。当时我正投入时间写博士论文，还要给学生上课，每天只能抽空翻译小说。那几年是我最繁忙也是最充实的美好时光，对科研和教学的激情，促使我全力投入工作当中。

　　林玉玲老师是有中国血统的马来西亚裔美国作家，她是诗人、作家、教授、学者，退休于加州大学圣塔芭芭拉分校，至今还常常往返于新加坡、马来西亚和美国之间。2018 年 10 月底，她来到北京和上海的一些大学和大使馆进行了学术讲座，我聆听了她在中国人民大学外国语学院的演讲，这是迄今为止我和她的第一次见面，也是唯一一次见面，之前我们都是通过邮件互通信息和交流。

　　台湾师范大学英文系教授张琼惠，也是林玉玲老师的好友，她曾经翻译了林玉玲老师的《月白的脸：一位亚裔美国人的家园回忆录》，由台北麦田出版社出版。在这部译著的附录《林玉玲访谈录》中，她把林玉玲老师的第一部小说 *Joss and Gold* 的书名译为《香与金》。林玉玲老师对书名的解释是，"香与金把华人非常看重的东西给接连起来，香用来拜拜祈求，金子就是钱财，对华人都很重要。""一个指拜拜，尤其是拜祖先，牵涉到过去；另一个是存金子，牵涉到眼前及未来。"[1]国立交通大学教授冯品佳曾

---

[1] 张琼惠：《林玉玲访谈录》，出自林玉玲《月白的脸：一位亚裔美国人的家园回忆录》，张琼惠译，台北：麦田出版社，2001 年，第 391 页。

撰写该书的评论文章，把 *Joss and Gold* 的书名译为《馨香与金箔》，指出该书名"道出马来西亚社会必须认可华裔文化的存在。这是对于马国单一文化、单一语言政策的抗议，也标示了漂泊离散的华裔马来西亚作家如何重新将她的种族、个人与书写植入国家与族裔论述之中"[①]。

　　林玉玲老师对书名的解释微观具体，冯品佳老师的解释则是宏观抽象。我自己对书名的理解有两点：一、香与金是中国文化，有着多重文化身份的林玉玲以"香与金"作为书名，这表明她对中国传统文化的重视和对自己中国血统的认同；二、林玉玲老师具有双重文化身份，华裔马来西亚人和亚裔美国人，书名彰显的是华裔文化，而小说的背景是马来西亚、新加坡和美国，她不仅写在美国身为亚裔美国人的故事，也写在马来西亚和新加坡身为华裔马来西亚人的故事。小说将林玉玲的多重文化身份串联在一起，将她的过去和现在串联在一起，由此，她不仅拥有现实的美国家园，也在华裔认同的精神家园中获得慰藉。香与金，简洁轻快；馨香与金箔，则彰显出音韵美。想不出另一个书名翻译，就采用冯品佳教授的书名翻译作为我这部译著的书名。

　　翻译这部小说，当然要感谢林玉玲老师。她与漓江出版社签订了中文版出版合同，并指定我的译本，耐心地解答我在邮件中提出的翻译问题，并给予很多帮助我研究的建议。林玉玲老师的小说帮我打开了一个丰饶的宝藏，我看到的是具有双重文化身份，华裔马来西亚人和亚裔美国人的地域世界和精神世界。她通过文字剖析了自己在马来西亚或是在美国所遭遇的文化和身份困境，然而无论有多大困难，她依旧能奋力抵抗，冲出重围。我还要感谢漓江出版社的沈东子先生，谢谢他接受我的译稿，他既是编辑也是作家，我经常阅读他写的文章，字里行间颇有耐

---

① 选自冯品佳《漂泊离散中的华裔马来西亚英文书写：林玉玲的〈馨香与金箔〉》。

人寻味的深刻内涵。还有漓江出版社的辛丽芳编辑，谢谢她为我审稿和修改译文。

林玉玲老师的小说和有关书籍，来自北京外国语大学英文学院的华裔美国文学研究中心，我每次在他们那里借三本书，然后回去复印。从他们那里，我收集到了很多国内买不到的珍贵资料。我记得每次都是周三上午十点钟到达他们的资料室，刘波老师帮我找书，登记，而正逢中心主任刘葵兰教授课间休息的时候，她会惊鸿一瞥，偶尔也会交流几句。

我还要感谢张静灵博士，每当遇到小说里马来文的词和句子时，我都会去问她，她不厌其烦地一一帮我扫除了语言上的障碍。她是年轻的博士和年轻的教师，虽然年纪不大，但蕙心兰质。

还有董戎等老同学，每当遇到闽南语的时候，我会去问他们，董戎会说："张燕又来考我们了。"他如今已是一位成功的商人，不同职业，不同的人生轨迹，其创业付出的努力也值得我借鉴。

我们学院的刘绍忠教授、陆晓明博士、张平老师、任晓红老师等，还有我以往的同学贺赛波博士和陈西军博士，我遇到翻译中的问题，他们都会跟我讨论，帮我解决难题。他们不仅是同事、同学，也是我的良师益友。

谢谢方文开教授为我写译文述评！和方老师的交往始于八年前，他是研究美国作家霍桑的专家，我向他讨教申报书的撰写，他把自己的项目申报书给我做借鉴，还帮我修改申报书。后来翻译小说，我请教了他一些问题，他不仅教我如何翻译，还用理论进行诠释。我觉得自己很幸运遇到了方老师这样一位在外国文学研究领域和文学翻译领域专研颇深的行家，于是我把译文给他，请他帮我写述评。看完他写的述评，我意识到自己还有很长的路要走，这样才能不辜负他的述评文字对我的期望。

翻译这部小说的过程，也是我学习的一段经历，我遇到了许多让我敬爱的老师和专家学者，他们为我答疑解惑，让我受益匪浅。《馨香与金箔》是我的第一部译著，译文中肯定还存在许多问题，后续我会继续修订。

张燕

2019 年 3 月 16 日于桂林

译文述评

2018年9月11日，接到张燕女士的邀请，替她的译著《馨香与金箔》（*Joss and Gold*，2001）写一篇述评，有些诚惶诚恐，原因是自己对翻译知之甚少，不敢妄言；林玉玲于我而言，也是一片空白；更主要的是怕自己手头的事务忙不过来，耽搁了译著的出版，有负所托。有感于张燕女士的诚恳，最终还是硬着头皮答应试试。

与张燕女士相识，虽八年有余，至今仍未谋面，几次相约参加学术会议，都因各种原因而错过。2018年10月底11月初，《馨香与金箔》的作者林玉玲女士访问中国大陆，在北京外国语大学英文学院举行座谈会，介绍自己的创作，讨论亚裔美国人身份问题，虽然错过没能前往，但有幸第一次见到了张燕女士与林玉玲女士的合影。所以对她的认知，都源自网络信息和偶尔间的微信交流，知道她是桂林电子科技大学外国语学院教授，北大博士，国家社科项目"东南亚裔美国小说研究"主持人，国内东南亚裔美国小说研究专家，这几点已足以展示她的成就与才华。

过去两年多，偶尔的微信联系都是讨论《馨香与金箔》的翻译问题，如 Suyin, So-yin-yang, Sinner Yeh, Sue-ing you, Si-in-Yeh 等名字的翻译；slate-cold smack, playing with her thoughts, sink down with it and swell with emptiness, in a clear pointed widow's peak, shortsighted smile, circular drive, the bland clean shampooed middle-class reality 等文本信息的翻译，由此可以看出张燕女士在翻译的过程中

对译文的每一个细节都力求传神，凸显其精益求精之精神。2018 年 9 月
20 日收到张燕女士邮件传过来的译文后，一口气就读完了小说，不仅仅
是小说的情节吸引人，更重要的是译文通俗易懂，朗朗上口；由于其他事
务的耽搁，直到新的一年到来才有时间读原著。与原著对照来看，译文不
仅很好地再现了原文的风貌，而且是在原文基础上的再创造。

第一，充分考虑汉语的表达习惯，彰显了翻译目的论原则。这部小说
构思精巧复杂，内容丰富，发人深省，其显著特点之一是感情细腻；原著
文本文风朴实，并保持英文多长句、从句等特点。因此，要把这样一部感
情细腻的小说翻译好，需要译者在翻译过程中考虑读者的阅读期待，原语
文化以及目标语文化之间的关系，特别是目标语的表达习惯。该译本在做
到忠实原文，尽可能展现原文精髓的基础之上，非常好地建立起了译文与
原文之间的语际关系，一方面保持了原文风格，另一方面使得译文尽可能
贴近中文读者的阅读及表达习惯。例如：

原文：But she imagined Chester's face falling, as ignorant of what it
meant for her to pregnant as he was ignorant of what it had meant that
night when she — her body — could not be sorry for the riots, when
she forgot, never knew, she was Malaysian and Chester was American.
（Lim 2001：93）

译文：但是她猜测切斯特的脸会垮下来，不知道她怀孕到底
意味着什么，就像他不知道那晚意味着什么一样，她——她的
身体——没法因为那骚乱而后悔，她忘记了，从未意识到，她
是马来西亚人，而切斯特是美国人。

在这段译文中，"不知道她怀孕到底意味着什么，就像他不知道那晚

意味着什么一样"，不仅很好地体现了翻译目的论原则：不改文意、忠于原文、展示精髓，契合汉语的表达习惯，而且也契合作者对利安的定位。如果不是有着当初对切斯特负责她命运的迟疑，自然也不会有后来利安被迫离开马来西亚，流亡新加坡，并逐渐成长为独立女性的形象。因此可以看出，译者的翻译是基于原文及语篇环境之上的，同时选择了更易于被目标语读者理解和接受的语言，而译文目的受到目的语读者的影响，如果他们无法接受译文，也就代表这篇译文在交际环境中是没有实际意义的。

再如，小说的第一部分《跨越》，也就是在吉隆坡的八打灵再也，在第一章便向读者展现了一位善于交际，语速很快，喜欢骑着摩托车风驰电掣，还喜欢抽烟，以及向往自由美国，崇尚西方文学、诗歌、散文和绘画的利安。在利安读大学期间，有一次因为用功过度，缺少睡眠和食物，在图书馆晕倒了，富有的华裔学生亨利开车把她送回宿舍，从此亨利便奇迹般地恋上了利安。对于性格大相径庭的亨利，她喜欢高谈阔论，语速很快，而他之前却从未谈过恋爱，他太羞涩；她向往自由，充满想象，渴望探险，而他只对科学感兴趣，整日埋头于实验室，传统守旧。但是也正是在那天晚上，亨利对利安心生悸动。

原文：He felt a painful pressure in his upper chest and twisted his body to evade it. He resented that she could sit so near and seem indifferent, her profile hidden in a reflectiveness that he suspected didn't include him.（Lim 2001：10）

译文：亨利感觉胸部有一种很疼的压迫感，他扭动了下身体，想缓解这种疼痛。他有些气恼，利安离他这么近，但好像很冷淡，她的轮廓浸润在沉思中，他担心她的世界中没有他。

　　在进行此段翻译时，为了更好地实现翻译目的，译者在注重原文的忠实程度和基于语篇环境的基础之上，采用了将英文中长句、从句划分为中文短句的方法，选择了更适宜目标语读者所接受和理解的表达形式，既将传统守旧的亨利在面对充满思想的利安时内心的担忧与不自信完整地展现给读者，同时也正是通过细微的描写为后文利安与切斯特的一夜情奠定基调，贴近小说试图颠覆人们对传统女性的刻板认识的主题，同时较好地诠释了目的论指导下的翻译方法。

　　第二，变通使用多种翻译方法，彰显了翻译功能对等原则。对于《馨香与金箔》这类文学作品的翻译，译者不仅应该尽可能地再现其艺术价值，而且更应该再现其社会功能，如认知功能、教育功能和审美功能。因此，在翻译过程中，译者应竭尽所能来挖掘原文所反映的社会生活，并且充分利用自己的创造力来领悟原作；同时要全面了解作者的思想、文体风格及对文中人物和事件的态度，然后用译文再现原作中的形象、情节与审美。只有这样，原作的审美价值才能在译作中体现，才能实现文学翻译的社会功能。

　　阅读原著作品后，可发现原著作品文风朴实，人物形象也多以角色的自我陈述和口语对话的形式展开，因此，在翻译中，译者再现原文的内容必须要像原作本身产生的效果一样。也就是说，他（她）要以原著作者的文体风格，而不是他（她）自己的风格来翻译作品，将作者的原意充分表达出来。张燕女士的译本采用直译、意译、增译、省略、分译、转换等多种翻译方法，较好地再现了原著的风格，即在追求译文功能对等原则的基础上，强调译文读者的反应与原文读者反应的基本一致性，力求译文读者与原语读者的相近体验。例如：

原文：So，calmly，she had come to decide that Suyin could meet Chester. Tracing the vivid widow's peak with a gentle finger, humming wordlessly，she set to brushing Suyin's hair，a ritual so old to her daughter that Suyin could not remember a time without the caress of brush on scalp sweeping her languorously to sleep.

"Suyin，I want you to meet an old friend of mine."

"Hmmm…"

"Chester Brookfield. From America."

This was something new. Suyin's eyes fluttered，but drowsiness weighed them down again.（Lim 2001：213）

译文：于是，她心平气和地决定，素茵可以和切斯特见面。她用手指沿着女儿额头清晰的美人尖，温柔地梳理素茵的头发，一言不发，只是轻声地哼着歌。这对女儿来说是一种非常古老的仪式，素茵甚至都不记得她梳了多久，早已经昏昏欲睡了。

"素茵，我想让你见见我的一个老朋友。"

"嗯……"

"切斯特·布鲁克菲尔德。美国人。"

这可是件新鲜事儿啊。素茵眨了眨眼睛，但很快睡意又涌了上来。

这段描写生动形象地刻画了离开吉隆坡前往新加坡后，三十五岁的利安俨然已经蜕变为一位全新的、独立的女性。她不再像以前喜欢骑着摩托车风驰电掣，已不再是侃侃而谈的那个叛逆女孩，而是试图将自己所有的精力投注在默默的对女儿的关怀之下。曾经在吉隆坡经历了和美国人切斯特出轨，丈夫亨利也毅然与自己离婚之后，出于对伦理秩序的触犯，年轻的利安遭受了吉隆坡社会的排斥，于是她毅然离开吉隆坡，前往新加坡开始了新的生活。新环境下，利安不仅减弱了对文学的热爱，她也主动放逐自己的心灵，祛除了对男人的幻想，努力适应新加坡生活，和艾伦、叶奶奶以及自己的女儿素茵形成了一个自足的女性世界，她自己也成为一位独立的女性。因此，当再次与那位自己曾经虚幻美化出来的切斯特相见时，利安愈显得淡定从容，作者也正是通过简单的动作描写，刻画了女性利安的蜕变。通过阅读译文发现，译者保持了原著口语化表达的特点，专注于原著的动作描写，并在此基础上保持了中文多短句表达的特点，恰当准确地将经历蜕变的利安再现于读者眼前。可见，译者进行此段翻译时，是在全面了解作者的思想、文体风格及对文中人物和事件的态度的基础之上，然后用译文再现原作中的形象、情节与动作，尽力做到了与原文的"风格对等"。

再如，在《馨香与金箔》的结尾部分，利安重新审视了她在马来西亚的过去，也已经决心埋葬过去的重逢，当她再次回首往事时，她发现这是对一个更受经济和理性驱动的城邦的反抗，而非从情感上的多愁善感。然而，不管有什么样的限制和物质上的倾斜，新加坡也终已经为利安和她所选择的女性家庭提供了另一种安全的生活。再次归来的切斯特，在利安身上也观察到了"历经磨砺后的成功姿态"，她是一个独立的女人，逆境教会她变强。原著中这样写道：

原文：As the door closed, Li An listened to hear if their voices had wakened Suyin. No, Suyin was asleep, like her migraine, for once somnolent on a Sunday night. Imagining the slow regularity of her daughter's breathing, she followed the unwinding chain of her life : marriage, love, whatever she shared with Henry or Chester, might have ended, but the traces had not disappeared. Nothing she lived through was ever finally over. This thought struck her with a conviction that was oddly comforting. (Lim 2001：264)

译文：门关上了，利安仔细听了听，想知道她们谈话的声音有没有惊醒素茵。幸好没有，素茵睡得很沉，就像她自己偏头痛发作的那个星期天晚上一样。利安想象着女儿缓慢且有规律的呼吸声，她的过往也跟着一一重现：婚姻、爱情，无论是和亨利还是切斯特的纠缠，可能都已经结束了，但是这些过去的痕迹还没有消失。她过去所经历的一切，都从未彻底地结束过。这种想法让她产生了一种信念，竟能奇妙地给她安慰。

从译文中我们发现，译者对原文中使用的词进行了进一步的阐释，加入了自己的审美情趣，具有阐释原文内在感情的特点。译者在个别词之前加的限定词，将"listened to hear"翻译为"仔细听了听"，所加入的"仔细"一词将利安对女儿的关心进行了一定程度的描绘，是对原文的重构。"she followed the unwinding chain of her life：marriage, love, whatever she shared with Henry or Chester, might have ended"被翻译为"她的过往也跟着一一重现：婚姻、爱情，无论是和亨利还是切斯特的纠缠，可能都已经结束了"。译者所使用的"无论是和亨利还是切斯特的纠缠"，虽然原文中并没有这样的表达，但是读者在阅读过程中能够体会出来。因此，这样的表述不仅能将人物及其内在感情纠葛充分地展现出来，让人物更加鲜活，而且更好地再现了林玉玲原著的思想和风格。

第三，灵活重构原著中的语境，再现了马来文化的混杂性。 从跨文化的视角来看，林玉玲通过《馨香与金箔》中的三个场景——吉隆坡的八打灵再也、纽约州的韦斯切斯特县以及《落地》部分的新加坡——呈现给读者一幅跨文化的现实生活图景。也正是通过刻画利安这一"流亡"女性在三个场景的不同形象，作者描绘了马来文化的混杂性。

为了再现这种文化的混杂性，译者针对华人、马来人、旁遮普人、美国人等不同文化的各自特点，重构原文的语境，对译文做了灵活处理。不仅将作者的创作思想和情感近乎完整地展现在读者面前，更是将带有地方地域文化的词汇较好地展现出来。譬如，第一部分的第四章，当利安与亨利、切斯特谈论到华人是不是马来西亚人时，原文中这样写道：

原文："…Everything in Malaysia is champor-champor, mixed, rojak. A little Malay, a little Chinese, a little Indian, a little English. Malaysian means rojak, and if mixed right, it will be delicious."

…

"And lots more. You see, what you are saying is quite wrong. Chinese and Indians are also Malaysians here. What matters is what you know you are, inside." She put her hands to her chest "Give us a few more years and we'll be a totally new nation. No more Malay, Chinese, Indian, but all one people. "（Lim 2001：34-35）

译文："……马来西亚的一切都是混杂的马来西亚沙拉。一点点马来的，一点点中国的，一点点印度的，一点点英国的。马来西亚人就是马来西亚沙拉，如果调制得好，就会很可口。"

……

"还有更多。要知道，你说得很不对。华裔和印度裔在这里都是马来西亚人。重要的是你内心深处知道你是谁。"她把手放在胸前，"再给我们更多几年，我们就会是一个全新的国家。不再是马来裔、华裔或印度裔，而是一个民族。"

由此可见，译文在忠实于原文的基础上，同时基于社会意识形态下的马来历史和文化，将利安的"民族视野"——想象构建一个有共同价值观的所有种族的团体——完整地表现出来。而对于具有多重文化身份以及辗转于马来西亚、美国和新加坡等多个国家和地区的离散经历的作者林玉玲来说，加之对华裔境况感触颇深的情况，译本不仅做到由原文出发，而且在意识形态的主导下，较好地彰显出作者试图跨越狭隘、单一的民族、种族和文化的界限，倡导不同地区、文化和种族相互和谐共存的美好愿望图景。

再如译者将 teddy boy 译作"古惑仔"。"古惑仔"原意指的是不良少年，但马来西亚作为一个多元文化国家，很多人讲粤语，或者闽南语，而且古惑仔在中国南方也被广为流传，译者这样处理，更符合中国南方文化。针对混在的文化现象，译者添加了大量译注。原著作者在小说中用了多种语言，如马来语、法语以及闽南语，译者在翻译这些语言的同时，也做了相应的译注。此外，原著中出现了较多的专有名词，例如一些品牌的名字，地名，跟当地文化有关的服饰和饮食，还有像娜塔莉·伍德等演员的名字，译者都添加了译注进行了详细的解释说明，这不仅让译文通俗易懂，而且让读者在阅读的同时也能有丰富的文化获得。

第四，灵巧利用语言风格的转换，形象再现了原著语言的美感和诗意。小说语言既有人物对话，又有叙述语言。人物对话要符合人物的身份、年龄、性格等，叙述语言则要贴合作者本身的语言风格。译文通过口语化的会话，巧妙利用语言风格的转换，不仅契合了原著中细腻的感情表达，而且形象再现了不同的人物形象。例如：

原文：“I'm not sure what poetry is.” Henry smiled with a slight embarrassment.（Lim 2001：8）

译文：亨利感觉有点尴尬，但仍笑着说：“我不大清楚什么是诗。”

这是亨利对利安说的话。在原著中，亨利是一个研究生物遗传学的理工男生，腼腆，不擅长语言，甚至大部分人觉得他无趣。译者将这句话翻译成"不大清楚"时，体现了口语化，甚至和亨利腼腆、不擅长语言的理工男生形象相契合。

原文：“Is she the grandmother？”

…

“Why not？ Don't they？”

…

“After all，they are also our relatives. Look，her hands are just like mine！”

…

“See，you think she is the grandmother also. Grandma，Grandma！”（Lim 2001：244-245）

译文：“她是猴子的奶奶吗？”

······

“为什么不会？难道她们认不出吗？”

······

“毕竟，她们和我们人类也有亲缘关系。你看，她的手和我的手一样呢！"

......

"你看，你也觉得她是奶奶吧！奶奶，奶奶！"

这里是切斯特带素茵去动物园看金发叶猴，素茵对他说的话。译者添加了多个例如"吗、呢、吧"的语气词，把孩子口语化的语言表达得淋漓尽致，译文和孩子的形象融合，使读者能从译文中直观地感受到孩子的稚嫩天真可爱。

林玉玲是一位作家，更是一位诗人，她的小说语言都充满着诗意美。译者在翻译过程中，不仅充分考虑到了原著小说的故事情节，而且通过补充和延伸，充分发挥汉语的魅力，让译文凝练含蓄，充满艺术美感和感情色彩。例如：

原文：The faint glow from a sky seeded with stars and a quarter moon showed neatly scythed fields and tall reeds concealing dim puddles.（Lim 2001：10）

译文：昏暗的辉光来自点缀着星星的夜空，一轮弦月的光洒在几近镰刀的原野上，细长的芦苇遮掩住暗淡的水洼。

这里译者充分表现出了原著中的环境描写的诗意美。glow 当作名词时指"光彩"，原文后面提到了天空中的星星，因此译者采用"辉光"二字来对称。seed 当作动词有"播种，结实"之意，但语境是在天空中，因此译者意译为"点缀着"，给读者以星星点点的星光的感觉。原著紧接着写到原野的景象，show 有"出现、表现"之意，但根据现实月亮不可能在原野上出现，译者将月亮引申为月光，"洒在"这个动作将月光轻柔的美体现得淋漓尽致。

此外，译者将"She felt her boat whirling in the current of his talk"译作"她感觉到生命的小船在他话语的激流里旋转"，译者补充了"生命"二字，最大限度地将原文语境的动态表现出来。还有将"webs of feathery smoke"译作"轻柔如羽的烟雾编织的网"，极具当时语境的美感。原著中涉及大量的环境背景的描写，译者的译文都充分发挥了文学的审美性，使环境描写更好地烘托人物。

作为一部长篇小说译作，难免个别地方有些瑕疵，例如译者将"Mr. Pound, who had come out of England just two years earlier."翻译成了"庞德两年之前来自英国"。译文表达的是庞德的国籍，而原文强调的是时间，因此翻译成"两年前，庞德从英国来到这里"更契合原文。

从总体上看，张燕女士的译本全面地把握了原著的内容和语言特点，展现了原著语言的多层内涵和美感，完美地再现了原著的风格，这既是她作为林玉玲研究专家的体现，也是她作为才女教授的能力展示。

方文开

2019 年元月于融创熙园